KB126758

잔업세 2: 마루자 살인사건

잔업세
2
마루자
살인 사건
고마에 료 장편소설
한수진 옮김
소미미디어
Somy Media

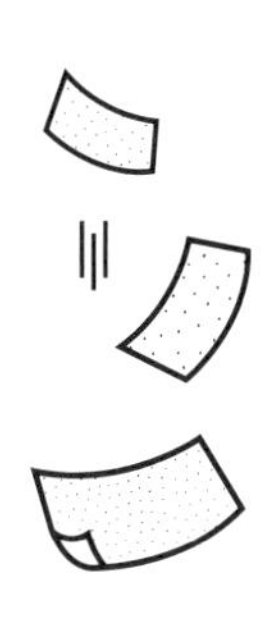

차례

1

군마 현경찰(일본의 지방 경찰) 소속 노자와 고조 경위는 난잡한 책상 위에 아무렇게나 다리를 올려놓고 앉아 있었다. 오른손으로는 멋대로 자라난 수염을 쓰다듬고 왼손으로는 전자담배를 만지작거렸다. 빙글 한 바퀴 돌린 전자담배를 입에 물려고 했을 때, 통화 중인 수사1과 과장과 눈이 딱 마주쳤다.

수화기를 내려놓은 과장은 미간에 주름을 잡고 있었다. 불길한 예감이 들었다.

"노자와. 이리 와봐."

노자와는 천천히 다리를 내리고 느릿느릿 일어나 과장 앞으로 다가갔다. 과장이 다리를 덜덜 떨다가 멈췄다.

"나가노하라 마을에서 남성 시체 발견. 타살 의혹 있음."

마치 글자 수 제한이 있는 듯한 말투였다. 정보가 너무 부족했다.

"나가노하라? 기타카루이자와입니까, 구사쓰입니까?"

'기타카루이자와'란 말을 듣고 노자와는 한숨을 쉬었다.

"그것도 가루이자와잖아요? 그냥 나가노 현경찰한테 맡깁시다."

물론 그럴 수는 없었다. 애초에 현 경계를 넘어서 가루이자와라는 이름을 붙인 것은 군마 측의 사정이고.

과장에게 농담은 통하지 않는다. 철저히 무시당한 노자와는 어쩔 수 없이 다시 진지하게 이야기했다.

"신원은 파악했습니까?"

"그걸 알아보는 것이 네 임무야."

과장은 가면처럼 차가운 얼굴로 노자와를 응시했다.

"'남성 시체'라는 말만 듣고는 떠오르는 게 하나도 없는데요. 살해된 직후인지 아니면 백골로 변했는지, 젊은이인지 늙은이인지. 어째서 타살 의혹이 있다는 것인지. 그런 정보를 가르쳐주지 않으면 저도 의욕이 안 나잖아요."

노자와가 빠르게 떠들어댔지만 과장의 표정은 변하지 않았다.

"빨리 가봐. 정보는 중간에 알려줄게."

"알겠습니다."

노자와는 건성으로 인사하고 자기 자리로 돌아갔다. 주머니에 든 경찰수첩을 살펴보고, 지갑에 돈과 면허증이 들어 있는 것을 확인하고, 가방 내용물을 흘끗 보고 나서 출입구로 향했다.

그걸 본 과장이 젊은 형사에게 명령했다.

"다카하시, 운전해."

네! 하고 대답하는 소리와, 의자를 박차는 소리가 동시에 울렸다.

10분 후. 노자와는 경찰차 조수석에 앉아 있었다.

"살인 사건은 오랜만이네요. 제가 1과에 온 이후로는 처음이에요."

다카하시 와타루 경사는 눈치 보면서 말을 걸었다. 노자와는 이 아들뻘인 후배를 힐끗 보았다. 단정한 얼굴의 뺨 근처가 긴장해서 씰룩거리고 있었다. 다카하시는 바로 얼마 전에 수사1과에 왔는데, 범인을 호송할 때에도 아마 이 정도로 긴장하지는 않을 것이다.

"오랜만이어도 기뻐할 만한 일은 아니잖아."

퉁명스럽게 대꾸하자, 젊은이는 고개를 갸우뚱했다.

"하지만 또 한 건 해낼 기회잖아요?"

다카하시는 빨간불에 맞춰 차를 세우고 조수석을 쳐다봤다. 노자와가 대답했으니까 계속 이야기해도 될 거라고 판단했나 보다.

"지난 20년 동안 이 현에서 일어난 흉악 범죄 사건의 절반은 노자와 경위님이 해결했다고 들었는데요."

"누가 그래?"

네? 하고 되묻는 다카하시. 노자와는 말없이 손가락으로 앞을 가리켰다. 신호가 파란불로 바뀌었다. 차가 출발하자 노자와는 한 번 더 말했다.

"들었다고? 누가 그랬어?"

"어…… 수사1과 선배님들도, 검도 교관님도 다들 그러셨어요."

"직접 확인해봤나?"

"네? 아뇨, 그건……."

"확인도 안 하고 무책임하게 말하지 마."

죄송합니다. 그렇게 사과하는 다카하시의 목소리에는 은근한 불만이 섞여 있었다. 이유 없이 혼났다고 생각하는 것이다. 그래, 그럼 됐다. 노자와는 눈을 감았다. 이제 한동안 말 걸지 않을 테지.

그러나 이 젊은 형사는 노자와의 예상보다 더 멘탈이 튼튼한 남자였다. 아니, 어쩌면 감정 조절을 잘하는 타입인지도 모른다.

"그런데 노자와 경위님이 현경찰 중에서 가장 우수한 형사인 것은 틀림없는 사실이잖아요? 정말 굉장해요. 존경합니다. 머리 좋은 사람은 독특한 분위기가 있단 말이죠."

"바보 아냐?"

노자와는 저도 모르게 중얼거렸다.

"네? 저요?"

다카하시는 여전히 앞만 보면서 대꾸했다.

"너 말고 누가 있겠냐."

말투가 이래서 늘 미움 받는 거다. 노자와는 스스로 알고 있었지만 고칠 마음은 없었다. 처음으로 "너 성격 나쁘다"라는 말을 들은 것은 초등학교 4학년 때였다. 그때부터 40년 가까이 꾸준히 듣고 있었다.

"어려운 사건을 해결하는 데 필요한 것은 머리가 아니야. 발이다."

"발? 발로 뛰면서 탐문한다고요?"

"그뿐만이 아니야. 지루한 조사를 끈기 있게 해야 해. 체력과 인내력 싸움이지. 그래서 나는 싫어해."

"그렇군요. 무게가 느껴지는 교훈이네요. 감사합니다."

그 솔직한 말을 듣고 노자와는 고개를 홱 반대편으로 돌렸다. 말을 너무 많이 했다. 씁쓸한 후회의 감정이 밀려왔다.

무선 호출음이 그런 노자와를 구해줬다. 관할서인 나가노하라 경찰서에서 연락이 온 것이다.

"그쪽 과장님께서 빨리 사건 개요를 설명해드리라고 하셔서요……."

그렇게 서두를 필요는 없는데. 하지만 정보가 필요하다고 말한 사람은 노자와였다.

"간단히 설명해줘. 자세한 내용은 그쪽에 가서 들을게."

현장으로 달려가 봤자 할 수 있는 일은 거의 없다. 현장감식반이 작업을 하고 시체를 수습할 때까지는 우두커니 서서 기다려야 한다.

그럼에도 불구하고 과장이 서둘러 자신을 현장으로 보낸 이유가 뭔지는 상상이 갔다. 과거에 초동수사가 늦어지는 바람에 수사 시간이 길어지거나 아예 사건을 해결하지 못한 경우가 있었기 때문이다. 수사관이 즉시 파견되지 않으면 일차적으로는 조직이 책임을 져야 하지만, 수사관이 판단을 잘못 내리면 그것은 개인의 책임으로 돌릴 수 있다.

"30대 또는 40대로 추정되는 남성의 시신입니다. 사후 4~5일 정도 경과된 것 같습니다. 목 졸린 흔적이 남아 있고, 후두부에도 상처가 나 있습니다. 소지품은 없고 신원은 아직 밝혀지지 않았습니다."

"알았어. 고마워."

물어보고 싶은 것이 몇 가지 있었지만 나중에 묻기로 하고 통화를 마쳤다.

"살인과 시체 유기 사건이네요. 신원이 밝혀지면 금방 해결될지도 몰라요."

젊은 형사는 어쩐지 들떠 보였다. 노자와는 일부러 무시하고 창밖으로 시선을 돌렸다.

푸른 하늘은 높고도 좀 흐릿해 보였다. 추분이 지나 햇빛은 다소 약해졌다. 구사쓰나 기타카루이자와는 벌써 가을 기색이 완연할 것이다. 이런 날에는 사건 현장이 아니라 골프장에 가고 싶은데. 마지막으로 코스를 돈 것이 춘분 때였나.

약 한 시간 뒤에 나가노하라 경찰서에 도착했다. 거기서 그쪽 경찰이 운전하는 차로 갈아타고 시체 발견 현장으로 갔다.

기타카루이자와는 아사마 산 북동쪽에 위치해 있다. 구사쓰와 가루이자와 사이에 있는 지역. 다이쇼 시대(1912~1926년)부터 별장지로 개발되기 시작했다. 관광지로서 대대적으로 흥한 시기는 역시 버블 경제 시대였다. 가루이자와 같은 곳에 비하면 좀 소박한 분위기의 작은 별장이 많은 동네였다.

분양 중인 별장지에서 자동차로 10분쯤 이동하여 사건 현장에 도착했다. 비포장이긴 해도 차가 지나다닐 수 있는 도로 근처였다.

이미 주차된 차가 많아서 우리는 좀 떨어진 곳에 차를 세우고 현장까지 걸어갔다. 중년 경찰관이 두 형사에게 설명했다.

“버섯을 따러 온 별장 사람이 시체를 발견했습니다. 데리고 간 개가 갑자기 짖어서 따라갔다가, 하반신이 낙엽에 묻힌 시체를 발견했다고 합니다.”

“하반신이? 그럼 시체를 숨길 생각이 없었던 걸까, 아니면 시간이 부족했던 걸까?”

질문했다기보다는 그저 의문을 입에 담았을 뿐이다. 그런데 경찰관은 착실하게 대답했다.

“구덩이를 파지 않고 그냥 산비탈의 흙이 파인 곳에다 시체를 놔두기만 했나 봐요. 그 위에 낙엽이 쌓인 것 같습니다. 곰에게 습격당하지 않은 게 그나마 다행이었죠.”

“곰이 있어요?”

다카하시가 허둥지둥 좌우를 둘러봤다.

“어떤 해에는 이 근처에서도 곰이 목격되곤 합니다. 사람을 공격한 사례는 아직까진 없지만요.”

시체가 훼손될 가능성도 있었나 보다. 훼손됐으면 사건을 해결하기 어려워졌을 텐데. 그것이 범인의 목적이었을까?

노자와는 도로를 가로막은 로프 밑을 통과해서 현장으로 다가갔다. 감식 작업도 이제 막 시작된 모양이다. 감식반이 바닥에 푸른 비닐을 깔고, 시체를 옮길 준비도 병행해서 하고 있었다.

이 임산도로의 폭은 대형 자동차 한 대가 지나갈 만한 크기였다. 어떤 곳에서는 아슬아슬하게 두 대가 스쳐 지나가는 것도 가능해 보였다. 주위에 가로등은 없어서 밤에는 캄캄해진다. 시체를 버리기에 적합한 장소였다. 계획성 없는 살인사건에서 흔히 볼 수 있는 상황이군. 그러나 선입관을 가지고 수사하는 것은 금물이다.

시체를 보러 간 다카하시가 파랗게 질린 얼굴로 돌아왔다.

"상당히 충격적인데요."

노자와는 말없이 어깨를 으쓱했다. 뭐든지 다 경험이 되는 거다.

그들을 여기까지 안내해준 경찰관이 무선 통신을 하다가 눈짓으로 두 사람을 불렀다. 그는 통화를 마친 후 들고 있는 수첩을 보면서 보고했다.

"신원이 판명될지도 모르겠네요. 시체의 특징과 일치하는 행방불명자가 있나 봅니다. 특이행방불명자예요."

범죄에 휘말렸을지도 모르니까 수색해 달라. 그런 식으로 행방불명 신고를 했다는 뜻이다. 이른바 수색원搜索願을 낸 것이다.

"어떤 녀석인데?"

"도이가키 고지, 35세. 이 근처에 별장을 소유하고 있습니다. 직업은…….”

잠깐 뜸을 들이더니.

“……잔업세 조사관입니다.”

거참 골치 아픈 사건을 맡게 되었군. 노자와는 속으로 혀를 찼지만 겉으로 내색하진 않았다. 그러나 아직 젊은 다카하시는 자기 생각을 솔직하게 표현했다.

“마루자요? 원한을 살 만한 직업이잖아요. 용의자가 아주 많을지도 모르겠네요.”

노자와는 수사 과정에서 마루자와 이야기해본 적이 있었다. 잔업세 탈세를 조사하는 그들의 이미지는 썩 좋진 않았다.

2

모니터 양옆에 알록달록한 서류철이 잔뜩 쌓여 있었다. 무너지지 않도록 엇갈리게 쌓아놓은 이 서류철에는 아직 조사되지 못한 사건 서류들이 보관돼 있었다. 거기에 붙어 있는 대량의 포스트잇이 안타까움을 자아냈다.

오바 리에는 산더미처럼 쌓인 이 일거리를 싫어하지 않았다. 좋아한다고 할 정도는 아니지만, 적어도 식후 마시는 커피나 자기 전에 하는 스트레칭처럼 자신의 일상생활에서 빼지면 안 되는 요소라고 생각했다.

자정이 되어도 도쿄 국세국의 불은 꺼지지 않았다. 사찰부, 그리고 리에가 속한 과세부 자료조사과를 중심으로 많은 직원들이 남아서 잔업을 하고 있었다.

시간외노동세=잔업세가 도입됨으로써 민간 기업의 잔업은 극적으로 줄었다. 그러나 그 효과는 국세국까지 미치진 못했다. 국세 조사관은 경찰관이나 의사 등과 마찬가지로 제외 직종이므로 잔업세 제도의 영향을 받지 않는다.

이 기묘한 세금 제도가 처음 시행됐을 때 리에는 고등학생이었다. 제도 도입이 결정됐을 때의 일은 똑똑히 기억했다. 중견 종합 건설회사에 근무하는 아버지는 잔업을 많이 하셨다.

"이건 세금을 더 많이 뜯어가겠다는 거잖아? 너무하네."

어머니는 뉴스를 보고 몹시 화를 내셨다.

"그런데 여보, 당신은 과장이잖아? 잔업수당도 안 받으니까 저래도 상관없지?"

"아니야. 새로운 기준에 의하면 우리 회사의 과장급은 관리직으로 인정되지 않는다나 봐. 그래서 잔업수당이 생기고 잔업세도 내게 될 것 같아."

아버지 말씀을 듣고 어머니는 눈을 동그랗게 떴다.

"뭐? 봉급이 오른다는 거야? 아, 하지만 세금을 내면 오히려 손해 보는 거지?"

"받은 돈보다 더 많은 세금을 낼 리가 없잖아. 하지만 잔업수당을 받는 대신에 관리직수당은 사라질 거야."

"에이, 뭐야. 그래서 우리는 돈을 더 받는 거야, 덜 받는 거야?"

글쎄. 아버지는 시선을 피했다.

"저게 실제로 시작되기 전까지는 몰라."

틀림없이 일본의 모든 가정에서 이런 대화가 오갔을 것이다.

그때 고등학생이었던 리에는 문득 의문을 느꼈다.

"저기, 그거 목적이 뭐야? 잔업을 줄이는 거? 아니면 세금을 많이 걷는 거?"

아버지와 어머니가 동시에 이쪽을 돌아봤다. 딸의 질문에 깜짝 놀랐나 보다. 리에는 우등생이지만, 그래도 부모님과 사회문제를 논한 적은 거의 없었다.

이윽고 아버지가 입을 열었다.

"표면적인 이유는 잔업을 줄이는 거지."

"아, 그래?"

리에는 왠지 좀 민망해져서 대화를 빨리 끝내려고 했다. 그런데 아버지가 말을 이었다.

"담배세 같은 것은 국민의 건강을 위한 세금이라면서 실제로는 세입歲入으로 계산되니까, 이것도 비슷한 게 아닐까?"

"담배세? 비싸?"

리에 주변에는 담배를 피우는 어른이 없어서 잘 몰랐다.

"비싸지. 가격의 절반 이상이 세금이야."

"그렇구나. 그래도 사는 사람은 있나 봐?"

그래도 잔업을 하는 사람은 있을까.

한동안 아버지의 잔업은 줄지 않았다.

"사람은 늘었는데, 과장 업무는 남이 대신해줄 수 있는 게 아니라서."

아버지는 피곤하다, 졸리다고 하면서도 자랑스럽게 그런 말씀을 하셨다. 한 달 잔업시간은 100시간이 넘는다고 했다.

고3이 된 리에는 일부러 차갑게 말했다.

"바보 같아. 과로사 라인을 훌쩍 뛰어넘었잖아?"

"그런 것도 아니? 네가 조사해본 거야?"

리에는 대답하지 않고 자리를 떴다. 조사해본 것은 사실이었다. 잔업세에 관심이 있어서.

잔업세 논의가 시작된 시기는, 노동자를 착취하는 블랙 기업이 화제가 되면서 디플레이션의 위험성이 거론되던 시기였다. 재계는 자기네 부담이 커진다면서 맹렬하게 반발했지만, 법인세 실효 세율을 20퍼센트로 단숨에 낮춰준다는 교환조건이 제시되자 소극적 찬성으로 태도를 바꾸었다. 마찬가지로 이 제도에 반대했던 언론과, 태도를 분명하게 정하지 못했던 노동조합도 결국 교묘한 설득 공작에 넘어가 침묵했다.

애초에 이 제도의 목적이 '지나친 노동을 억제해서 국민의 건강을 되찾고 삶의 질을 높이는 것'이므로 그 자체에는 반대하기 어려웠다.

따라서 반대론은 간접적, 감정적이 될 수밖에 없었다.

"아무리 제도를 만들어도 블랙 기업은 반드시 편법을 찾아낼 것이다. 노동자의 부담만 가중된다."

"경제가 혼란에 빠져 경쟁력이 떨어질 것이다."

"잔업이 줄어드는 것은 좋은데, 법인세를 낮춰 세수입이 줄면 문제가 생길 것이다."

"증세는 무조건 반대한다."

정부는 이런 반대론을 하나씩 차근차근 무너뜨렸다. 제도의 골격이 만들어질 때까지 이미 당파의 경계를 뛰어넘은 의원들과, 관청의 벽을 뛰어넘은 관료들이 모여서 몇 번이나 토론을 거듭했던 것이다. 내부의 격렬한 토론에 비하면 외부의 공격은 별것 아니었다.

일련의 법안은 대다수 찬성에 의해 성립됐다. 그리고 2년쯤 되는 준비기간을 거쳐 마침내 잔업세가 도입됐다.

잔업세의 핵심은 노사가 반반씩 부담한다는 것이다.

본디 노동기준법 규정에 의하면 하루에 8시간 또는 일주일에 40시간이 법정 노동시간으로 정해져 있고, 이를 초과한 노동에 대해서는 할증 임금을 지불해야 한다. 이 할증 임금의 20퍼센트가 잔업세로서 국고에 들어간다. 노동자가 10퍼센트, 고용주 즉 회사가 10퍼센트를 부담하는 것이다.

법정외 잔업을 한 시간 해서 2500엔이란 임금을 받는다면, 노동자는 그중 250엔의 잔업세를 제외한 나머지 금액을 받고, 고용주는 그 250엔까지 포함해서 500엔의 세금을 국가에 내야 한다.

그런데 이것은 기본 세율이다. 잔업세는 누진세이므로 월 환산 잔업시간이 증가할수록 세율도 점점 올라간다. 한 달의 잔업시간이 40시간을 넘기면 그 초과 시간에 대해서는 노사가 20퍼센트씩 총 40퍼센트의 세금을 내야 하고, 잔업시간이 과로사 위험 수준인 80시간을 넘기면 거기서부터는 무려 노사가 40퍼센트씩 총 80퍼센트의 세금을 내야 한다. 요컨대 잔업시간이 증가하면 노동자도 고용주도 더 큰 부담을 짊어지게 된다. 잔업을 해도 양측 모두가 이익을 얻지 못하는 것이다.

"잔업수당조차 주지 않는 블랙 기업이 그렇게 큰 세금을 순순히 낼 리 없다."

이런 비판의 목소리가 나오는 것도 당연했다.

그런데 잔업세는 노사 반반씩 부담하므로, 설령 잔업수당이 나오지 않더라도 잔업을 하면 노동자도 납세 의무를 지게 된다. 그러나 실제로는 잔업수당을 주지 않고 잔업세만 공제해서 납부하는 사업장은 없다. 그럼 어떻게 되는가.

"서비스 잔업은 탈세입니다."

잔업세 계몽 포스터에 적힌 표어다. 퇴근한다고 타임카드를 찍은 후에도 회사에 남아서 일을 계속하거나, 신고하지 않고 집에서 일을 하면 노동자도 고용주도 탈세죄로 처벌을 받게 된다.

단, 서비스 잔업을 세무서나 노동기준 감독서에 고발한 노동자는 잔업세 납부 의무가 면제된다. 이 경우에는 고용주가 노동자 몫까지 포함해 두 배의 세금을 내야 한다. 당연히 그동안 주지 않았던 잔업수당도 줘야 하고, 악질적인 경우에는 추징 과세를 당하기도 한다.

노사 반반씩 세금을 부담한다는 이 규정은 잔업 의욕을 떨어뜨리고 탈세 고발을 촉구하는 것이었다.

이런 고발이 들어왔을 때 잔업세 탈세를 조사하는 사람이 마루자, 즉 잔업세 조사관이다. 정확한 명칭은 시간외노동세 조사관이다.

오바 리에는 적당히 유명한 사립대학 법학부를 졸업하고 국세 전문관 채용시험에 응시하여 멋지게 합격했다. 세무대학교에서 연수를 마치고 국세 조사관으로 일하기 시작했다.

그날 문득 떠올랐던 의문이 현재의 직업을 결정지었다. 이렇게 말한다면 너무 낭만적인 해석일 것이다.

고등학교 시절의 리에는 아웃사이더에 가까운 존재였다. 따돌림을 당하지는 않았어도 친구는 적은 편이었다. 예쁘지만 좀 날카로워 보이는 외모와 지나치게 솔직한 말투 때문에 주변 사람들이 리에를 껄끄럽게 여겼던 것이다. 리에는 운동이나 음악에는 별 관심이 없었다. 학생회 활동만 열심히 했고, 부회장과 서기를 각각 한 번씩 맡았다.

"이 사회에 도움 되는 일을 하고 싶습니다. 일 잘하는 인간이 되고 싶어요."

진로 상담에서 리에가 그렇게 말하자, 담임은 마치 희귀동물을 보는 것처럼 리에를 쳐다봤다.

"면접에서는 가끔 그런 말을 하는 사람도 있지만. 글쎄, 구체적으로는 뭔데? 넌 문과니까 법조계? 공무원? 아니면 정치가가 목표니?"

"그걸 정하지 못해서 상담하러 온 거예요."

"허……."

교사는 기막히다는 듯이 고개를 푹 숙였다. 그리고 일단 법학부나 경제학부로 진학하라고 조언했다. '교사'란 직업을 추천하지 않은 것은 스스로 이 사회에 도움이 된다고 느끼지 못했기 때문일까.

진로 상담 당시에 리에가 말했던 것은 꾸밈없는 진심이었다. 그때 벌써 고등학생이었으니까 현실사회에 환상을 품지도 않았고 또 절망하지도 않았다. 사회는 모순으로 가득 차 있다. 바른 사람이 바르게 대접받지 못한다. 하지만 그렇기 때문에 자신은 이 사회에 공헌하고 싶다고 생각했다. 사회정의를 실현하는 사람이 되고 싶었다. 좀 더 나은 사회에서 살아가기를 원하는 것이 그렇게 신기한 일일까?

외동딸인 리에는 주로 조부모님의 과도한 기대를 받으며 자라왔다. "남자애였으면 좋았을 텐데"라는 무신경하고 시대착오적인 말을 들으면서도, 그 말을 있는 그대로 받아들이고 바르게 잘 자랐다.

일 잘하는 사람이 되고 싶다. 그것은 처음에는 외부에서 주어진 목표였을 것이다. 그러나 리에는 그것을 자기 자신의 인생 목표로 바꾸었다.

그런데 이 사회에서 일을 삶의 보람으로 삼는다는 것은 만만한 일이 아니었다. 자기 인생을 바쳐 일할 직업을 찾다 보니 자연히 제외 직종에 다다르게 되었다. 잔업이든 뭐든 신경 쓰지 않고 죽어라 일하면서 이 사회에 공헌하는 직업.

의사, 경찰관, 소방관, 해양구조원, 재판관, 검사, 공립학교 교사…… 이런 다양한 제의 직종들 중에서 리에가 흥미롭게 여긴 것은 국세 조사관이었다.

탈세 행위를 찾아내 단속한다. 탈세범은 대부분 돈 많은 악당이다.

상상만 해도 가슴이 두근거렸다. 악을 물리치고 이 사회를 조금이라도 살기 좋은 곳으로 만들고 싶다. 약자를 도와주고 싶다. 리에는 그렇게 생각했다.

그리고 현재로선 그것은 올바른 선택이라고 할 만했다.

리에는 올해 스물아홉 살이었다. 두 번 연수를 받고 도시마 세무서에 근무하면서 좋은 성적을 거둔 뒤 도쿄 국세국으로 옮겨온 지 2년이 되었다. 국세청 엘리트 관료에 비하면 천양지차일 테지만, 국세 조사관으로서는 엘리트 가도를 밟고 있는 셈이다. 그 대신 과잉노동을 해야 했지만. 사실 그건 리에가 바라던 바였다.

물론 사생활보다도 일을 더 중시하는 가치관은 요즘 시대에는 소수파였다.

"나와 데이트하는 것보다 일이 더 중요해?"

"당연하지."

과거에 이런 식으로 헤어진 남자가 두 명이나 있었다.

한 명이면 이해한다. 그러나 두 명이라니, 스스로 생각해도 기가 막혔다. 경험을 살리지 못하고 똑같은 실수를 해버린 게 아닌가. 어쩌면 상대도 아차, 실수했다 하고 생각할지도 모르지만.

일반적으로 잔업세가 도입된 다음부터는 잔업이 줄고 여가시간이 늘었다고 한다. 노동자를 대상으로 한 설문조사에 의하면 잔업이 절반 이하로 줄어들었다, 잔업이 아예 사라졌다고 대답한 사람이 많았다. 평균적으로는 60퍼센트 이상의 감소율이었다.

"1000엔을 더 지출하는 것은 괜찮다고 하는 인간도 세금을 100엔 더 내라고 하면 싫어한다. 그 어떤 엄벌을 내리는 것보다도 세금을 부과하는 것이 효과가 더 크다."

한 정치가가 그렇게 말했을 때 그를 비웃었던 언론은 반성해야 할 것이다. 실제로 잔업은 감소했다.

그러나 잔업세 세수입은 예상했던 것보다 훨씬 더 많았다. 서류상 일본 노동자의 잔업시간은 줄기는커녕 늘어났다. 아마도 암암리에 이루어지던 서비스 잔업이 표면으로 드러났기 때문일 것이다.

여기서 '격차 축소'라는 잔업세의 또 다른 효과를 찾아볼 수 있다. 대기업의 정사원은 잔업을 줄이고 그만큼 수입이 줄어든 반면, 그동안 잔업수당을 받지 못했던 블랙 기업 사원이나 비정규직 노동자는 수입이 늘었다.

인건비 총액은 상승했고 덩달아 물가도 상승했다. 이는 정부가 예상한 것이었다. 처음에는 스태그플레이션이 시작될 거라는 비관적인 관측도 나왔었다. 그러나 그것은 결국 기우에 그쳤다. 물가 상승률은 예측된 범위 내에 머물렀고, 경기는 점점 좋아졌다. 평균 급여는 감소하고 총액은 증가. 이 사실이 보여주듯이, 증대된 인건비는 넓고 얇게 분배되었고 그로 인해 소비자들의 구매력이 강해진 것이다. 물가 상승 기미가 오히려 사람들의 소비를 촉진했고, 법인세가 감세되어 기업의 의욕이 강해진 것도 이러한 경기 회복의 원인일 것이다.

여가시간이 증가하자 젊은이들 중 적극적인 사람들은 바깥으로 나왔다. 사회인 동호회에 가입해 스포츠를 즐기기도 하고, 이성을 만나기 위해 술자리를 마련하기도 했다. 그 결과 연애에는 별 관심이 없는 리에에게도 저절로 그런 기회가 찾아오곤 했다.

같이 사는 부모님은 외동딸인 리에를 걱정해서 틈만 나면 다음과 같이 말씀하셨다.

"일도 중요하지만 빨리 좋은 남자를 만나야지."

자기 부모님이 설마 이렇게 흔하고도 성가신 잔소리를 할 줄은 몰랐다.

"시시한 남자와 결혼하는 것보다는 차라리 혼자 사는 게 나아."

리에는 정색하면서 틀에 박힌 대답을 했다. 그러나 성격이 담백한 아버지와는 달리 어머니는 포기할 줄을 모르셨다.

"리에, 너에게 잘 어울리는 남자가 분명히 있을 거야. 가치관이 같은 남자를 만나면 되잖아?"

같은 가치관…… 사생활보다 일을 우선시하는 사람과 무슨 수로 만나서 어떻게 친해지란 말인가. 사내연애 따윈 하고 싶지 않았다. 그러다 업무에 영향을 주면 곤란하니까. 결국 자신과 잘 맞는 사람과는 만나지 못할 운명이었다.

어머니는 가끔 다른 각도에서 공격을 시도하기도 했다.

"육아는 엄마가 도와줄게. 그러니까 자식이 생겨도 일은 계속할 수 있을 거야."

이런 때에는 무슨 표정을 지으면 좋을지 모르겠다.

"그럴 만한 상대도 없는데 왜 김칫국부터 마시는 거야?"

"그야 뭐, 네가 생각이 너무 많은 타입이니까 그렇지."

"아~ 엄마가 보기에는 내가 그런 것 같아?"

리에는 가시가 보일 듯 말 듯한 통명스러운 한마디로 어머니의 입을 막아버렸다. 심장이 차가워지면서 꽉 조여들었다.

그런 대화를 할 때마다 독립해서 혼자 살까 하는 생각도 들었다. 그러나 늘 망설이기만 했다. 경제적으로는 충분히 독립할 수 있지만 집안일을 잘 해낼 자신이 없었다. 비록 차갑게 식어버리긴 했어도, 막차를 타고 집에 돌아왔을 때 식탁에 음식이 차려져 있는 이 환경은 포기하기 어려웠다. 설거지도 빨래도 어머니가 알아서 다 해주셨다. 일에 몰두하기에 이보다 더 적합한 환경은 없었다.

잔업세가 도입된 지 10년이 지났을 때 신문에 특집 기사가 실렸다. 그 내용에 따르면, 결혼 연령이 낮아지고 출산율이 상승한 것이 잔업세에 의한 사회 변화 중 하나라고 한다. 이 변화를 보고 잔업세의 효과를 칭찬하기보다는, 그동안 장시간노동 및 젊은 노동자 착취 행위가 이 사회를 얼마나 좀먹었는지 재확인해야 할 것이다.

그런데 이것도 리에를 괴롭히는 수단이 되었다. 어차피 내가 사는 세계와는 상관없는 이야기라고 느껴져서 질투할 마음도 안 나는데, 주변 사람들이 이러쿵저러쿵하는 것이 귀찮았다.

"일이 최고라고 생각하는 것은 역시 시대착오적인 발상일까요?"

선배 앞에서 불평했더니 상대는 명쾌하게 대답했다.

"응, 맞아."

그러나 선배는 뒷말을 이었다.

"시대착오적이든 소수파든 상관없잖아? 뭐 어때. 자신을 가져."

깨달음을 얻었다.

"사실 이건 남이 해준 말이지만. 예전에 나도 선배한테서 그런 말을 들었어."

"여긴 일중독자들이 득실득실한 곳이니까요."

"왜, 그래서 싫어?"

"아뇨, 안 싫어요."

리에는 아직 10대 시절의 마음을 잃지 않았다. 부조리에 직면하는 경우도 있지만 기본적으로는 악을 처단할 수 있는 직업이라서 좋았다.

그러나 잔업세에 관해서는 개인적으로는 미묘한 감정을 느꼈다. 그런데 제외 직종 종사자로서 세금 부담이 없는 잔업을 하고 있을 때, 리에는 그 뉴스를 접하게 되었다.

"저기, 뉴스 좀 봐봐."

화장실에 갔던 동료가 휴대폰을 들고 오면서 말했다. 리에도 자기 휴대폰을 확인해봤다. 혹시 오사카 근처에서 거액의 탈세 사건이라도 발각됐나? 했더니, 뜻밖의 헤드라인이 눈에 들어왔다.

"군마 현에서 발견된 시체, 행방불명된 잔업세 조사관으로 판명."

곳곳에서 사람들이 놀라는 소리가 들렸다.

사망한 사람은 도이가키 고지(35세). 살인 및 시체 유기 용의로 수사가 진행되고 있었다.

"이 녀석, 내 동기인데……."

직원 하나가 벌떡 일어나더니 파랗게 질린 얼굴로 사무실에서 빠져나갔다.

리에는 그 이름을 들어본 적이 없었다. 세무대학교 동기들 중에서도 잔업세 조사관이 된 사람과는 연락을 하지 않았다. 죽은 사람에게는 미안하지만 그다지 관심 있는 뉴스는 아니었다.

"순직한 거야?"

"그럴지도 몰라. 마루자가 순직하다니, 처음 있는 일 아냐?"

조그맣게 속닥거리는 소리가 리에의 귀에 들려왔다.

3

다치바나 소마는 전화기 너머에 있는 고객에게 영업용 미소를 지었다.

"네, 그러니까 고객님께서 원하시는 조건에 딱 맞는 집의 예약이 취소됐습니다. 그러니 한 번 더 모델하우스를 방문해주실 수 없을까요? 네? 아, 다다음주요? 아니, 이번 주말에 오시면 안 될까요? 인기 있는 구조의 집이 취소된 거라서요.

당장 다른 분께서 예약을 신청하실지도 모릅니다."

그는 수화기를 손으로 가리면서 소곤소곤 말을 이었다.

"실은 지금 옆에서도 똑같은 이야기를 하고 있어요. 진짜로 빨리 오시는 분이 임자예요. 꼭 오셨으면 좋겠습니다. 아, 취소한 이유요? 그건 정확히 말씀드릴 수는 없지만, 보통 아파트를 사실 때에는 대출 끼고 사시는 고객님들이 많으셔서 그쪽 문제로……. 네, 그래서 저의 개인적인 욕심으로는, 꼭 고객님처럼 자금이 넉넉하신 분께서 이 아파트를 구입하셨으면 좋겠습니다."

시계를 힐끔 보고 잠시 기다렸다. 이윽고 그가 원하던 대답이 나왔다.

"네, 토요일 열 시요, 알겠습니다. 감사합니다. 그럼 기다리고 있겠습니다."

다치바나는 전화를 끊고 기지개를 쭉 폈다. 직속 상사가 말을 걸었다.

"표정을 보니 느낌이 괜찮은가 봐?"

"네. 성공률은 50퍼센트 이상입니다."

상사는 고개를 끄덕이더니 사무실 전체 사원들에게 말했다.

"일곱 시 15분 전이다. 슬슬 퇴근할 준비 해. 오늘도 잔업은 안 할 거니까."

"전화 한 통만 더 할게요. 대출 심사 결과가 나와서 오늘 내로 알려줘야 합니다."

다치바나가 부탁하자 상사는 얼굴을 찡그렸다.

"5분 안에 끝내."

대답할 새도 없이 다치바나는 손을 움직였다. 휴대폰으로 전화를 걸었는데 상대가 좀처럼 받지 않았다. 음성사서함 설정도 안 되어 있나 보다. 1분 정도 기다렸는데도 공허한 연결음만 계속 들려왔다.

"오늘은 그만 포기해."

다치바나는 "네" 하고 대답하고 퇴근 준비를 하면서 속으로 씩 웃었다. 포기하라는 말을 듣고 순순히 포기하면 영업사원이 아니지.

정시보다 2분 늦게 황급히 타임카드를 찍고 매장 밖으로 나갔다.

다치바나는 올해 나이 32세인 아파트 분양회사 직원이었다. 이 업계에서 두 번 직장을 옮겼는데, 현재 근무하는 회사는 대기업이라서 그런지 법을 철저히 지켰다. 정시보다 10분 이상 늦게 퇴근하면 그때부터는 잔업수당과 잔업세가 발생하므로 원칙적으로는 잔업을 금지했다. 당연히 일거리를 집에 가져가는 것도 안 되고. 업무용 휴대폰은 날마다 회사에 반납하게 되어 있었다. 혹시나 자료를 집에 가져갈까 봐

가끔씩 검사도 했다.

그러나 이렇게 법을 딱딱 지키면 좋은 성적을 내지 못한다. 다치바나는 가장 가까운 역까지 걸어가 개인 휴대폰을 꺼내 들었다. 그리고 아까 그 고객에게 전화했다.

요새는 잔업을 시키지 않는 기업이 증가했으므로 평일 밤에 전화하는 손님도 적지 않았다. 성수기에는 야간에도 모델하우스를 안내하는 경우도 있으므로 그때는 예외적으로 잔업을 할 수 있었다. 그러나 보통은 정시 이후에는 고객에게 연락이 금지되어 있었다. 물론 개인 휴대폰 번호를 가르쳐주는 것도 금지였다. 다치바나는 규칙을 어긴 셈이지만 아마 다른 동료들도 마찬가지일 것이다. 아니, 영업 성적을 보면 그건 아닌가?

세 번째로 전화했을 때 전화가 연결됐다.

"일본 레지던셜 분양회사의 다치바나입니다. 지금 통화 가능하세요? 대출 심사가 무사히 끝나서 연락드리게 되었습니다."

상대가 안심한 것 같아 덩달아 안심이 되었다. 그 후 몇 가지 질문에 대답해주다 보니 어느새 통화 시간이 20분이 넘었다. 통화료는 정액이니까 상관없지만 배터리 잔량이 좀 걱정되었다.

통화를 마친 다치바나는 집에서 그를 기다리는 아내에게

지금 집에 갈 거라고 메시지를 보냈다. 아내는 육아휴직 중이므로 한 살 된 아들과 함께 기다리고 있을 것이다.

전에 다니던 회사는 신흥 디벨로퍼였다. 할당량은 많지만 그만큼 돈을 많이 줬다. 기본급은 낮고 성과급과 잔업수당이 높은 시스템이라서 일을 많이 하면 할수록, 성과를 올리면 올릴수록 더 많은 급료를 받을 수 있었다. 처음에 입사한 회사는 박봉이었으므로 이 시스템이 마음에 들었다. 다치바나는 여기서 열심히 일해서 톱클래스 성적을 거두었는데, 아내의 임신을 계기로 생각이 바뀌었다.

"이러면 모자가정이나 다를 바 없잖아."

아내의 그 말을 듣고 정신이 번쩍 들었다.

잔업세가 도입되고 나서 맞벌이 가정의 숫자는 더욱 증가했다. 한 개인의 노동시간이 단축되는 바람에 어디서나 인력난이 발생했고 시급은 높아졌다. 한편 대기업 정사원의 실수령액은 감소했고 배우자 공제가 폐지되었으므로, 부부 중 하나가 집안일에만 전념하기는 어려워졌다.

다치바나가 지금처럼 앞으로도 쭉 일한다면 아내는 일을 계속할까, 그만둘까. 어느 쪽이든 미래가 밝아 보이지는 않았다. 일을 계속한다면 가사와 육아와 일을 다 떠맡아야 하니, 그 부담은 상상을 초월할 것이다. 그리고 일을 그만둔다면 아버지는 그저 월급만 가져다주는 존재가 되어버릴 테고 가족의 장래도 불안해질 것이다.

적어도 남들처럼 주말에는 쉬는 일을 하면 좋을 텐데. 아파트 분양은 그런 일이 아니었다. 추석과 설 명절 휴가는 있지만, 그 외에는 남들이 쉴 때가 이 업계의 대목이었다. 그래서 주말에 아이를 데리고 놀아줄 수는 없어도 최소한 평일 밤에는 함께 있고 싶었다.

"그래, 이직하자."

결정한 다음부터는 일사천리였다. 이직 에이전트의 도움을 받긴 했지만, 그래도 겨우 2주일 만에 내정을 받고 이전 직장에 사직서를 낼 수 있었다.

회사 내부규정은 약간 달라도 업무 내용 자체는 거의 비슷했으므로 적응하기 쉬웠다. 다치바나는 신천지에서도 금방 자기 입지를 잘 다졌다. 아들도 무사히 태어났고, 충실한 회사원 생활을 보내게 되었다.

어느 날 아내가 현재와 과거의 급여명세서를 비교해보더니 진지하게 한마디 했다.

"금액은 줄었는데도 실수령액은 거의 똑같네. 그동안 잔업세를 많이 냈었나 봐."

"아, 그래?"

다치바나는 별로 관심은 없었지만 무심코 아내가 든 급여명세서를 들여다봤다. 현재의 직장은 전산화된 급여명세서를 주지만 예전 직장은 고전적인 방식으로 줬었다. 어느 쪽이든 자기 급여명세서를 자세히 살펴보는 사람은 적을 것이다. 독신 시절의 다치바나는 그냥 흘끗 보고 쓰레기통에 던져 넣었었다. 그러나 지금은 아내가 꼼꼼하게 관리해준다.

명세서에는 원천징수 된 잔업세, 소득세, 주민세, 사회보험료가 기재되어 있지만 다치바나는 다 무시하고 총액 부분만 봤다. 연수입으로 환산해서 이 정도면 은행이 얼마까지 대출해줄지 순식간에 계산했다.

도쿄 시내에 있는 멀쩡한 집이라면 5000만 엔, 아니, 잘 교섭하면 6000만 엔까지 대출받을 수 있을 것이다. 예로부터 주택 대출은 연수입의 다섯 배까지라고 알려져 있는데, 그것은 대출받는 사람의 입장이고, 돈을 빌려주는 입장에서는 신용도에 따라 그보다 더 많이 빌려줄 수도 있다. 은행 입장에서 본다면 확실한 담보가 있고 보증회사까지 끼어 있는 주택 대출은 이율은 낮아도 위험성이 적은 상품이니까.

잔업세가 도입된 이후로는 물가도 금리도 상승세를 보였다. 그러니까 다들 빨리 집을 사야 한다고 생각하게 되었고, 부동산 업계도 호황을 누렸다.

“이거 봐.”

다치바나는 아내의 손끝이 가리키는 숫자를 읽었다.

“어, 한 달 잔업수당이 36만 엔이고, 잔업세는 8만 4000

엔. 이렇게 보니까 꽤 많이 뜯겼네?"

"그렇지? 여기서 또 소득세와 주민세도 빠져나간다고."

"진짜로 이직하길 잘했네. 고마워, 당신 덕분이야."

이전 직장은 다치바나가 퇴직한 지 반년 후에 갑자기 도산했다. 실적은 나쁘지 않았을 텐데. 재무 쪽에 문제가 있었을지도 모른다. 전 직장의 동료들 중 절반쯤은 같은 업계에서 일하고 있으므로 아직도 서로 연락을 했는데, "넌 일찌감치 도망쳐서 좋겠다?"라는 볼멘소리도 종종 듣곤 했다.

그런데 꼭 좋은 일만 있었던 것은 아니다. 이직하는 바람에 자기 집을 마련한다는 꿈은 당분간 포기하게 되었다. 퇴사하기 전에 아슬아슬하게 대출 신청을 해볼까 생각도 해봤지만, 근속 연수가 짧아서 조건이 나쁠 것 같았고 신중하게 집을 고를 만한 시간도 없어서 단념했다. 전문가의 자존심상 그저 그런 집은 사고 싶지 않았다. 그동안 직장에서 자기네가 판매하는 집을 사라고 강력하게 권해도, 다치바나는 적당히 핑계를 대면서 계속 안 사고 버텼던 것이다.

"왜 안 사? 자네가 직접 살지 않아도 남한테 빌려주면 되잖아? 은행에 안 들키게 잘할 수 있잖아."

대출금으로 주택을 사서 남에게 빌려주는 것은 계약 위반이다. 그런데 상사가 아무렇지도 않게 그런 말을 하는 회사였다.

"아~ 그게 좀, 사정이 있어서요. 대출은 받고 싶지 않아요."

"뭐야? 혹시 개인파산이라도 했어?"

"아니 뭐, 그런 건 아니지만……."

대충 얼버무리고 도망쳤다. 그러나 상사가 바뀔 때마다 똑같은 대화를 반복해야 했다.

'스스로 사고 싶지도 않은 물건을 파는 거냐'라고 지적한다면 답변이 궁해지지만, 원래 집에 대한 가치관은 사람마다 다른 것이다. 역에서 가깝다든가, 최신 설비가 되어 있다든가, 주변 환경이 자연친화적이라든가, 뭐 그런 다양한 셀링 포인트를 특별히 매력적으로 느끼는 고객에게 그 상품을 팔면 된다. 아파트 분양은 단순히 집을 파는 것이 아니다. 그곳에서의 생활을 파는 것이다. 보통 영업을 할 때에는 "행복을 판다"고 표현한다.

전 직장에 다닐 때였다면 다치바나도 약간 머뭇거렸을 테지만 지금은 자신 있게 그렇게 말할 수 있었다.

4

무라시타 마모루는 양복 주머니에 손을 찔러 넣고 4층짜리 빌라를 쳐다보고 있었다. 3층 오른쪽 끝에서 두 번째 집이 피해자의 집이었다. 창문은 다 닫혔고 커튼이 쳐져 있어서 안이 보이지 않았다.

"경감님, 멍하니 서 있지 말고 빨리 들어가요."

그렇게 말을 건 사람은 반 고이치로였다. 무라시타는 그를 힐끗 보고 한숨을 쉬었다.

"이 몸뚱이를 보세요. 쉬엄쉬엄하지 않으면 아무것도 못하니까 너무 재촉하지 마세요."

무라시타는 키는 평균보다 좀 작은 수준이지만 체중은 경시청 수사1과에서 1, 2위를 다툴 정도였다. 젊을 때에는 유도로 단련된 강철 같은 육체를 과시했지만, 마흔이 넘자 그중 대부분은 지방으로 바뀌어 이제는 걷는 것조차 귀찮아졌다. 그다음부터는 악순환이 계속됐다. 점점 건강하지 못하게 살만 찌게 되었다.

부하인 반 경사는 그와는 대조적으로 날씬한 남자였다. 얼굴도 모델처럼 수려하고 헤어스타일도 멋있었다. 마치 수사물에 나오는 경찰 같았다. 그러나 일을 잘한다는 평가는 받지 못했다. 형이 경찰청 엘리트라서 그 연줄로 수사1과에 들어왔다는 소문이 있었다. 소문의 전반부는 사실이지만, 후반부는 무라시타가 직접 확인해보진 못했다.

"먼저 들어갈게요."

반은 외부 계단을 가볍게 올라갔다. 저렇게 서두르는 이유는 근로 의욕이 넘쳐서가 아니라 빨리 일 끝내고 돌아가서 놀고 싶기 때문일 것이다.

무라시타는 우선 입구에 있는 우편함들을 확인했다. 305호 우편함에는 점잖은 글씨로 도이가키라는 이름이 적혀 있었다. 피해자의 필적일까. 다이얼식 자물쇠가 걸려 있는 우편함 안을 들여다보니 광고물처럼 보이는 편지가 열 통이 넘게 들어 있었다. 나중에 유족에게 열어 달라고 부탁해야겠다.

반이 바깥쪽 복도 난간을 짚고 몸을 쑥 내밀더니 소리를 질렀다.

"경감님, 열쇠 주세요!"

무라시타는 어깨를 으쓱했지만 너무 살이 쪄서 그 동작조차 제대로 할 수 없었다. 주머니에서 꺼낸 열쇠를 3층에 있는 반에게 던졌다. 좀 높이 던졌는지 반이 열쇠를 놓쳤다. 그러나 다행히 열쇠는 그의 발밑에 떨어졌다.

"정말 손이 많이 가는 사람이네요."

무라시타는 속으로 중얼거리면서 계단을 올라갔다. 끔찍하게도 이곳은 엘리베이터가 없는 빌라였다.

헉헉 숨을 몰아쉬면서 305호에 도착했더니 반은 이미 집 안을 뒤지고 있었다.

"집에 물건이 거의 없네요. 후딱 끝내버립시다."

집 구조는 1DK(방 하나에 다이닝 키친이 딸린 구조)처럼 보였다.

2평 남짓 되는 조그만 주방과 4평쯤 되는 서양식 침실, 독립된 화장실과 욕실이 있었다. 열쇠를 빌려준 부동산 중개인의 말에 의하면 집세는 8만 5000엔이라고 한다. 사유철도 역까지 걸어서 5분이면 갈 수 있으므로 건물이 낡은 것치고는 집세가 비쌌다.

그 부동산은 지역 밀착형인 듯한 오래된 부동산이었다. 그 건물만큼이나 나이 든 주인은 내키지 않는다는 듯이 여벌 열쇠를 내주었다.

“도이카키 씨가 살해됐다고? 거참, 오래오래 잘살아준 세입자였는데. 다음 세입자를 빨리 찾을 수 있을지 모르겠네. 뭐, 거기서 사건이 일어나지 않아서 다행이지만. 이전 세입자가 살해됐다는 사실이 알려지면 이미지가 나빠질 거 아냐? 이런 것도 소문이 나려나?”

“글쎄요. 동네 분위기나 피해자의 생활방식에 따라 달라질 텐데요. 도이가키 씨에 관해서 뭔가 알고 계신 것이나 인상적이었던 일은 없나요?”

“없어. 월세는 매달 꼬박꼬박 냈고. 계약 갱신도 원만하게 했어. 그런 얌전한 세입자하고는 특별히 연락할 일도 없어.”

“알겠습니다. 감사합니다.”

도이가키는 독신이었다. 가족은 어머니와 누나. 어머니는 사이타마 현 치치부에 혼자 살고 있었고, 누나는 결혼해서 도쿄 시내에 살고 있었다. 시신을 확인한 사람은 이 누나였다.

사인은 질식사. 끈 같은 것으로 목을 졸린 듯했다. 이 살인 및 시체 유기 사건은 군마 현경찰과 경시청이 합동수사를 하게 되었다. 시체 발견 현장은 군마 현이지만, 피해자인 도이가키는 도쿄에서 일했고 그의 직업적인 문제가 사건과 관련됐을 가능성도 있으므로 경시청도 협력을 요청받았다.

보통 공무원들끼리는 수평적 연대가 잘 안 된다고 하는데, 잔업세가 도입된 이후로는 이런 현실도 다소 바뀌었다.

잔업세는 관청끼리의 연대의 극치라고 할 만한 제도였다. 잔업세 조사관은 노동기준 감독서에서 근무하면서 노동기준 감독관과 한 팀이 되어 행동한다. 재무성과 후생노동성이 각자의 목적을 이루기 위해 서로 협력하는 것이다.

잔업세 탈세는 노동기준법 위반과 한 덩어리인 경우가 많으므로, 이렇게 한 팀을 이뤄 행동하는 것은 합리적인 일이었다. 애초에 잔업세 제도를 설계하는 단계에서 그 둘을 한 세트로 만드는 것은 수단이 아니라 목적이 되어 있었다. 노동기준 감독관의 권한은 강력하지만, 이른바 블랙 기업 대책과 장시간노동 억제라는 측면에서는 인원 부족 등의 이유로 인해 그 능력이 충분히 발휘되지 못했다. 그래서 기업에 강한 국세 조사관을 붙여주자는 아이디어가 나온 것이다. 국세 조사관의 업무에 대한 열정은 이질적일 정도다. 고로 체포권까지 가지고 있는 노동기준 감독관과 한 팀이 되면, 악덕 기업을 상대하는 강력한 무기가 될 것이다.

그래도 관청의 벽을 뛰어넘어 협력하는 것은 역시 쉽지 않은 일이었다. 임검臨檢, 즉 사업장 현장 조사를 누가 주도하느냐 하는 문제로 갈등이 일어났다. 재무성과 후생노동성이 치열한 줄다리기를 펼친 결과, 잔업세 조사관이 노기서(노동기준 감독서)에 세 들어 살면서 일하게 되었다. 재무성이 후생노동성에 양보를 해준 것이다. 후생노동성이 마치 명의를 빌려주는 식으로 노동기준 감독관의 권한만 이용당할까 봐 걱정했기 때문이다.

도이가키는 신주쿠 노기서에서 근무하고 있었다. 파트너인 노동기준 감독관은 나시모토 슌키라는 30세 남성인데, 그가 가장 먼저 이변을 눈치챈 사람이었다.

10월 10일 토요일 오전 여덟 시 무렵에 도이가키가 나시모토의 휴대폰으로 전화를 걸었는데, 나시모토가 눈치채지 못하자 SNS로 메시지를 보냈다고 한다.

"살려줘."

나시모토는 약 10분 후에야 그것을 발견하고 즉시 전화를 걸었다. 그러나 아무리 전화해도 상대가 받지 않았다.

한 시간쯤 지났을 때 메시지가 날아왔다.

"이젠 괜찮아. 미안해."

나시모토는 무슨 일인지 물어보려고 다시 전화했지만 도이가키는 받지 않았다. 군마 현경찰은 이때 이미 도이가키가 살해되었고 범인이 두 번째 메시지를 보낸 것일지도 모른다는 식으로 추측했다. 감식에 의해 밝혀진 사망 추정 시각은 9일 심야부터 10일 아침 사이이므로 그럴듯한 추측이었다.

나시모토는 걱정을 했지만, 단순한 직장 동료 관계라서 더 이상 뭘 어쩔 수는 없었다. 연휴가 끝난 화요일 아침에 도이가키는 출근하지 않았다. 연락도 되지 않았다. 그래서 나시모토는 경찰에 신고했다고 한다.

시체가 발견된 것은 어제, 즉 10월 14일 수요일이었다. 시체가 발견되자마자 군마 현경찰은 기타카루이자와의 별장을 수색했고, 경시청은 도쿄에 있는 피해자의 집을 살펴보기 시작했다.

"여자의 흔적은 없네요."

반이 옷장 문을 열면서 중얼거렸다. 그 안에는 남성용 정장과 셔츠가 잡다하게 걸려 있었다.

가구는 수납 침대 하나, 노트북이 있는 책상 하나, 한쪽 벽면을 다 채운 TV대 하나가 전부였다. TV대에는 경제지나 세무 관련 전문서적이 꽂혀 있었고, 그 외에 군함 모형이 전시되어 있었다. 도이가키의 취미일까? 크기는 약 30센티미터인 꽤 정교한 모형이었다.

그 외에 신경 쓰이는 것은 방구석에 평평하게 접은 종이 상자가 쌓여 있다는 점이었다. 택배로 뭘 샀나 보다.

반은 옷장을 구경하고 나서 책상을 조사하기 시작했다. 보통은 순서가 반대이지 않나?

"컴퓨터는 가져가실 거예요?"

"당연하죠."

"혹시 업무용 데이터가 들어 있을까요?"

반이 개인적인 희망을 이야기했지만, 그럴 가능성은 거의 없다는 것을 스스로도 아는 듯한 말투였다. 잔업세 조사관은 제외 직종이므로 잔업세는 내지 않는다. 그러나 기밀 유지를 위해서 일과 관련된 데이터를 집으로 가져가는 것은 엄격하게 금지되어 있을 것이다.

콘센트에는 충전용 어댑터가 꽂혀 있었지만 휴대폰은 발견되지 않았다. 별장에서도 발견되지 않았고 시체의 소지품도 없었다고 하니까 아마 범인이 처분했을 것이다.

반은 책상 밑에 들어가 있는 이동식 수납장의 서랍을 열어봤다. 고개를 설레설레 젓는 것을 보니 특별한 수확은 없나 보다.

무라시타는 신경 쓰이는 것이 있어서 다시 현관으로 돌아갔다. 걸으면서 집 안을 천천히 둘러보다가 그것을 발견했다.

식탁 의자 밑에 검은색 비즈니스 숄더백이 떨어져 있었다. 의자에 놔둔 것이 미끄러져 떨어졌나 보다. 안을 살펴봤더니 두꺼운 수첩이 나왔다. 저절로 미소가 떠올랐다. 그 외의 내용물은 이북리더기와 보조 배터리밖에 없었다.

수첩에는 업무 스케줄이 적혀 있었다. 자세한 내용은 몰라도 그가 언제 어느 회사를 방문했는지는 알 수 있었다. 단, 상당히 개성적인 글자라서 해독하는 데 시간이 걸릴 것 같았다.

"와, 손으로 쓴 수첩이에요? 신기하네요."

반이 옆에서 들여다보더니 감상을 말했다.

"저도 수첩을 사용합니다. 이 손가락으로는 휴대폰 자판은 두드리기 어렵거든요."

"터치펜을 쓰시면 되잖아요."

여전히 엉뚱한 대답을 하는 남자였다. 이렇게 뚱뚱한 자기 몸을 자조하는 것은 무라시타 특유의 자학 개그인데, 상대가 정확하게 반응해주지 않으면 왠지 혼자 바보짓 하는 기분이 들었다. 설마 일부러 무시하는 건 아니겠지?

슬쩍 째려봤더니 젊은 형사는 슬며시 시선을 피했다.

"그나저나 이렇게 검소하게 살면서 별장을 보유하고 있었다는 게 좀 이상하네요."

"별장은 부친의 유산이라고 했어요."

군마 현경찰이 보내준 프로필에 그렇게 적혀 있었다. 신원을 확인할 때 피해자의 누나한테서 얻은 정보였다. 반은 그것조차 체크하지 않았나 보다.

"유산이라고요? 와, 부럽다."

반은 태평한 소리를 하더니 현관으로 향했다.

"경감님, 오늘은 여기서 끝내죠?"

무라시타는 곧바로 대답하진 않았다. 금요일에 일을 마친 도이가키가 주말에는 별장으로 갔다. 도이가키는 근처의 주차장을 사용하기로 계약했고, 그의 자동차는 별장에 있었다. 다시 말해 자동차로 왔다 갔다 했던 것이리라. 그 생활을 상상하면서 머릿속으로 그의 행동을 재현해봤다.

어딘가 이상한 점은 없는가. 있어야 할 것이 없다든가. 반대로 없어야 할 것이 있다든가.

한동안 실내를 관찰해봤지만 아무것도 발견하지 못했다. 무라시타는 커다란 몸을 뒤뚱거리며 피해자의 집 밖으로 나왔다. 예상대로 눈에 띄는 성과는 없었다. 차라리 노기서나 세무서에 가서 물어보는 것이 좀 더 수확이 많을 것 같았다.

그러나 그보다 먼저 해야 할 일이 있었다.

"이웃을 상대로 탐문해봐야죠. 피해자의 생활과 인상이 어땠는지 들으러 가봅시다."

그러자 반은 손목시계를 내려다보고 떨떠름한 표정을 지었다. 현재 시각은 17시였다.

"이 시간에는 직장인들은 집에 안 왔을 테고, 집에 있는 사람들은 한창 바쁠 텐데요. 귀찮아하지 않을까요?"

이쯤 되니 무라시타도 화가 났다. 반은 빨리 퇴근하고 싶어서 핑계를 대는 건데, 그 핑계가 너무 그럴듯해서 짜증이 났다.

"모처럼 여기까지 왔잖아요. 할 수 있을 때 해둬야죠. 필요하다면 나중에 또다시 오면 되고요."

그 말에 반은 마지못해 수긍했다.

"네, 그럼 형식적으로 해보죠. 어차피 괜찮은 정보는 못 얻을 테지만."

무라시타도 내심 그렇게 생각하면서도 그의 입장상 동의하지는 못했다. 일 똑바로 하라면서 반의 등을 떠밀었다. 이 깐족거리는 남자는 사람을 잘 상대하기 때문에 탐문조사에 적합한 인재였다. 무라시타는 뒤에서 조용히 관록 있게 지켜보기만 하면 되었다.

세 번째 집에서 누군가가 대답했다. 집에서 나온 사람은 20대 후반의 젊은 남자였다.

"나 이제 곧 야근하러 가야 해요. 빨리 끝내주세요."

"응, 알았어. 305호에 사는 도이가키 씨. 혹시 알아?"

"글쎄요? 이름까지는 모르는데…… 아, 맞다. 자주 스쳐 지나가는 사람인가? 머리는 7:3으로 갈라서 딱 붙이고 꼬박

꼬박 정장 입고 다니는 사람. 나 그런 사람은 별로 안 좋아해요. 누가 봐도 '난 좀 딱딱한 직업을 가진 사람입니다~' 하고 광고하는 느낌이잖아요? 공무원 맞죠?"

"뭐, 그 비슷한 거야. 이 사진 속 인물이야?"

"아, 맞아요. 이 사람. 그런데 왜요? 이 사람이 무슨 짓 했어요?"

"무슨 짓을 했다기보다는 당한 거지. 아무튼 협조해줘서 고마워."

쓸데없이 유쾌하게 이야기를 나눴지만 그다지 유용한 정보는 얻지 못했다. 그 후에도 몇 명과 대화해봤는데 단서는 얻을 수 없었다. 혼자 사는 남성은 대체로 이웃과도 친하게 지내지 않으니까. 어쩔 수 없었다.

반은 만족한 것처럼 보였다.

"자, 그럼 오늘은 여기까지 합시다. 컴퓨터 데이터는 내일 확인해보죠."

"또 바로 퇴근할 겁니까?"

"네. 오늘은 풋살 연습을 할 거거든요. 제가 알아서 연락할게요. 안녕히 가세요."

반은 스스럼없이 그렇게 말하더니 고개를 까딱 숙이고 역으로 가볍게 뛰어갔다. 무라시타로선 도저히 따라갈 수 없는 속도였다.

무라시타는 컴퓨터와 수첩 같은 자료가 들어 있는 쇼핑백을 들고 있었다. 탐문조사를 하는 동안에 들고 다니던 것이었다. 보통 이런 것은 후배가 운반하지 않나? 에이, 뭐, 그러려니 하자. 나는 오늘 이 내용물을 확인해보고 싶었다. 모처럼 입수한 수사 자료를 음미하지도 않고 내팽개쳐두는 사람의 마음을 이해할 수 없었다.

형사는 제외 직종이지만, 어쩌면 잔업세가 도입된 직장은 이런 분위기일지도 모른다. 무라시타는 문득 그런 생각을 했다.

무라시타는 의자에 앉아 천장을 쳐다봤다. 싸구려 의자 등받이에서 삐걱삐걱 소리가 났다. 그는 안약을 넣고 눈을 감더니 한숨을 푹 내쉬었다. 실망한 것은 아니었다. 작업이 일단락되자 피로가 한꺼번에 몰려온 것이었다.

반과 헤어진 뒤 혼자 경시청에 돌아와 이날의 성과를 확인해봤다.

피해자의 수첩은 거의 업무 스케줄로 꽉 차 있었다. 단, 미래의 예정은 기록되지 않았고 결과만 메모되어 있었다. 몇 가지 숫자와 기호, 마감 날짜. 보고서를 완성하기 위한 자료일 것이다. 도이가키의 독자적인 견해가 적혀 있으면 좋았을 텐데, 아쉽게도 그런 것은 없었다.

한 가지 기묘한 것은 백지 페이지에 적힌 글자였다. 전부 다 가타카나(외래어나 의성어 등을 표기하는 데 사용되는 일본 글자)로 된 글자. '영화법교'라고 적혀 있었다. 전화로 들은 내용을 메모한 걸까. 기울고 삐뚤어진 그 글자는 유난히 알아보기 어려웠다.

이렇게 읽을 수 있는 한자가 몇 개 떠올랐지만 현시점에선 추측해봤자 의미가 없을 것이다. 수사가 진척되면 언젠가 알게 될 테지.

노트북에서는 업무 관련 요소는 전혀 찾아볼 수 없었다. 도이가키는 프라모델 제작이 취미였던 모양이다. 이 컴퓨터는 프라모델 상품을 택배로 사고 사진을 정리하는 데 사용한 듯했다. 저장된 사진이 수천 장이나 되어서 일일이 확인해볼 의욕이 나지 않았다. 별장은 이 취미생활을 위한 공간이었나 보다. 한쪽 벽면 전체에 전함이나 전차 프라모델이 전시되어 있는 사진이 있었다.

인터넷 사용 내역과 즐겨찾기도 확인해봤다. 메일을 이용해 같은 취미를 가진 사람들끼리 대화를 나눈 흔적이 있었다. 도이가키는 모형에 관한 블로그를 많이 구경했고, 스스로도 그런 블로그를 운영하는 것 같았다.

살인 동기는 잔업세 조사관이라는 직업에서 비롯됐을 것이다. 무라시타는 그렇게 생각했지만, 같은 취미를 가진 사람들 사이에서 문제가 발생했을 가능성도 당연히 있었다. 살인 현장은 별장 또는 그 주변으로 추정되고 있으므로 어쩌면 그럴 가능성이 더 높을지도 모른다. 단, 이에 관한 조사는 군마 현경찰에게 맡겨야 할 것이다.

내일부터는 세무서와 노기서, 그리고 피해자가 조사했던 회사들을 돌아다니면서 업무상 문제가 없었는지 확인해볼 것이다. 군마 현경찰은 수많은 수사관들을 동원한 것 같았는데 이 경시청에서 이번 사건을 맡은 사람은 아직까진 무라시타와 반밖에 없었다. 앞날이 걱정되긴 했지만 속이 쓰리지는 않았다. 튼튼한 위장은 무라시타의 가장 큰 무기였다.

5

가노 시게키는 난생처음 임검을 하러 가는 중이었다. 노동기준 감독관과 함께 잔업세 탈세 혐의가 있는 사업장에 가서 조사 및 지도를 하는 것이다.

수수한 회색 양복과 빳빳하게 다린 와이셔츠. 남색 넥타이와 갈색 가방. 목에 걸어 늘어뜨린 신분증. 이날을 위해 준비한 아이템들은 전부 다 어울리지 않았다. 게다가 얼굴도 동안이라서 그런지 아무래도 어리숙한 학생처럼 보였다.

앞장서서 걸어가던 노동기준 감독관 나시모토가 뒤를 돌

아보고 미소 지었다.

"어깨의 힘 좀 빼. 누구에게나 첫 경험은 있는 거야. 혹시 네가 실수해도 내가 알아서 수습할 테니 걱정하지 마."

가노는 "네" 하고 대답했다. 그러나 가로등 불빛을 받은 그 얼굴은 여전히 딱딱하게 굳어 있었다. 나시모토가 뒤로 가서 가노의 어깨를 주물러줬다.

"괜찮아요. 갑시다."

두 사람의 눈앞에는 가건물 사무소가 있었다. 오래된 빌라들 사이에 있는 공터에는 소형 중장비들이 늘어서 있었고, 그 안쪽에 흙먼지가 잔뜩 묻은 가건물이 자리 잡고 있었다. 군데군데 물웅덩이가 있어서 구두가 더러워질 것 같았다.

나시모토와 가노는 개의치 않고 공터 안으로 들어갔다. 현재 시각은 여덟 시가 넘었지만 사무소에는 불이 켜져 있었다. 두 사람은 날아드는 날벌레를 손으로 쳐내면서 그 건물로 다가갔다.

나시모토가 시키는 대로 가노가 앞장섰다. 손잡이를 붙잡고 문을 열었다.

"신주쿠 세무서에서 나왔습니다. 지금부터 노동기준 감독관과 잔업세 조사관의 임시 현장 조사를 실시하겠습니다. 노동기준법 제101조와 시간외노동세법 제20조에 근거한 조사입니다. 모두 작업을 중단하세요. 그리고 책임자는 앞으로 나와주세요."

가노는 단번에 우르르 그 말을 토해내고 사무소 안을 둘러봤다. 너무 긴장해서 목이 바싹 말랐다. 내가 뭔가 잘못 말하진 않았을까?

근처에 앉아 있던 작업복 입은 남자가 벌떡 일어났다.

"조사? 그런 말은 못 들었는데! 다음에 다시 와."

가노는 기가 죽어버렸다. 그때 노동기준 감독관 나시모토가 대신 앞으로 나섰다.

"당신이 여기 사장님이십니까?"

나시모토는 키는 175센티미터 정도이지만 균형 잡힌 체격과 꼿꼿한 자세 덕분에 그보다 훨씬 더 커 보였다. 미남은 아니어도 상쾌하고 청결해 보이는 외모를 갖췄고, 남을 대하는 태도도 훌륭했다. 그러나 노동자를 착취하는 경영자 앞에서는 이런 나시모토의 인상이 백팔십도로 달라진다는 사실을 가노는 알고 있었다. 여섯 살이라는 나이 차이보다도 더 든든하게 느껴지는 남자였다.

"뭐야, 넌 누구야?"

"노동기준 감독관인 나시모토입니다."

보이지 않는 박력에 압도되기라도 한 걸까. 작업복 입은 남자는 의자에 털썩 앉았다. 그러나 곧바로 책상을 치면서 다시 일어났다.

"노동 뭐시기가 온다는 얘기는 못 들었어! 일하는 데 방해되니까 썩 꺼져!"

"노동기준 감독관은 체포권도 가지고 있습니다. 직무를 방해하는 행위는 자제하시는 편이 좋을 겁니다."

"체포……?"

작업복 입은 남자는 허를 찔렸는지 입을 다물었다. 사무소에는 다른 남자 하나와 여자 하나도 있었는데, 그들은 걱정스럽게 이쪽을 지켜보고 있었다.

"한 번 더 물어보겠습니다. 당신이 여기 사장님이십니까?"

"아니, 난 그냥 사원이야. 사장님은 여기 없어."

그 순간 나시모토의 말투가 갑자기 부드러워졌다.

"그래요? 그럼 우리는 당신 편입니다."

"뭐? 내 편이라고?"

상대는 눈을 깜빡거렸다. 나시모토가 눈짓하자 가노가 설명했다.

"이 햐쿠스이 토건 주식회사가 사원에게 서비스 잔업을 강요한다는 신고가 들어왔습니다. 이는 잔업세 탈세 행위입니다. 사전 조사를 한 결과, 이 신고가 사실임을 뒷받침해주는 증거도 발견했습니다."

반쯤은 뻥이었다. 가노는 어젯밤에 사무소와 공사현장을 감시해 노동시간을 파악함으로써 그 신고가 거의 정확하다는 판단을 내렸지만, 그것이 서비스 잔업이라는 증거는 아직 발견하지 못했다.

"서비스 잔업은 그걸 해준 사람도 범죄를 저지른 겁니다. 그러나 노동자가 실태를 증언하면, 탈세죄는 사라지고 납세 의무는 고용주가 지게 됩니다. 다시 말해 노동자는 세금을 내지 않아도 되고, 또 그동안 받지 못했던 잔업수당을 청구할 수 있습니다. 이것은 여러분을 위한 일입니다. 부디 저희에게 협력해주세요."

종업원 세 명은 서로 얼굴을 마주 봤다. 30대인 듯한 여성이 조심스럽게 입을 열었다.

"저기요, 저는 아르바이트생이라서 뭐가 뭔지 잘 모르겠는데요."

"아르바이트생에게도 잔업세는 적용됩니다. 당신은 시급 계약을 맺고 근무하는 중이십니까? 아니면 일급인가요?"

가노는 웃으며 말하려고 했다. 그러나 상대의 표정을 보니 실패한 것 같았다.

"일급이에요."

"노동조건은요? 하루에 얼마나 돈을 받고 일주일에 며칠 일하십니까? 하루 근무시간은 몇 시간인가요?"

"어, 그게……."

질문이 한꺼번에 쏟아지자 그 여성은 울상을 지었다. 나시모토가 재빨리 수습했다.

“대답할 수 있는 것만 대답하시면 됩니다. 잘하면 임시 보너스가 생길 수도 있어요.”

“하루에 9000엔 받고 일주일에 5일 일해요. 아침 여덟 시 반부터 보통 저녁 여덟 시까지 일합니다.”

나시모토는 상대를 안심시키려는 듯이 고개를 힘차게 끄덕끄덕했다.

“그렇군요. 그럼 휴식시간이 한 시간이어도 하루에 두 시간 반은 잔업을 한 거군요. 잔업수당은 받고 계십니까?”

“아뇨. 일급에 포함된 거니까 따로 주지는 않는다고 하셔서…….”

“그런 계약은 불법입니다. 당신에게는 잔업수당을 청구할 권리와, 잔업세를 납부할 의무가 있습니다. 단, 조사에 협력해주신다면 잔업세를 낼 필요는 없습니다.”

가노는 살짝 미소를 지었다. 좋은 증언을 확보했다. 햐쿠스이 토건의 탈세는 틀림없이 입증할 수 있을 것이다. 가능하다면 좀 더 추징금 금액을 늘리고 싶지만…….

“이봐, 우리 돈도 그런 식으로 계산하는 거야?”

작업복 입은 남자가 큰 소리로 말했다. 변함없이 거친 말투였지만 험악한 기세는 사라졌다. 나머지 한 남자는 휴대폰을 손에 들고 머뭇거리고 있었다. 그걸 눈치챈 나시모토가 날카롭게 말했다.

"잠깐만요. 지금 여기서 외부에 연락하는 것은 삼가주시길 바랍니다."

"사장님이 이 근처의 집에 계십니다. 오시라고 하면 안 되나요?"

"아뇨, 이 기회에 여러분의 이야기부터 들어보고 싶습니다. 경영자가 옆에 있으면 편하게 이야기하기 어렵잖아요?"

나시모토가 가노에게 눈짓했다. 가노는 문제의 남자가 잘 보이는 곳으로 이동했다. 상대를 계속 관찰하면서 아까 그 작업복 입은 남자에게 질문했다.

"현장에서 일하시는 분들은 어떤 식으로 근무하십니까?"

하쿠스이 토건은 상하수도 점검, 정비, 부설을 주로 하는 회사다. 간단히 말해 수도 공사 회사인 것이다. 그동안 공공 공사를 중심으로 견실하게 경영을 하다가 최근 들어 급속히 사업을 확장하고 있었다.

"어떤 식이긴……. 그냥 아침부터 밤까지 내내 일하는 거지. 전에는 보통 해 지기 전에는 철수했는데, 최근에는 워낙 바빠서 밤에도 일을 해. 나는 관공서에 낼 신청서를 써야 해서 일단 사무실로 돌아온 거야. 나 참, 도대체 이놈의 관공서는 왜 자꾸 귀찮은 서류를 일일이 써 내라고 하는 거야?"

"서류가 갖춰지지 않으면 무슨 문제가 발생했을 때 큰일 나니까요."

가노는 일반론으로 가볍게 대꾸했는데, 어쩌면 좀 더 좋은 대답이 있었을지도 모른다.

"타임카드는 있습니까?"

"그런 체계적인 것은 없어. 당연히 잔업수당도 없고. 그 대신 며칠씩이나 바쁘게 일했을 때에는 보너스를 좀 넉넉하게 주는 편이야."

잔업수당을 보너스로 지불하는 것은 잔업세를 탈세하는 아주 초보적인 수법이다. 도입 초기에는 그런 짓이 유행했지만 세무서의 지도와 조사 덕분에 크게 줄어들었다.

국세청은 특히 청년 교육에 힘쓰고 있었다. 고등학교나 대학교에서는 잔업세에 관한 수업과 강의가 이루어진다. 거기서 잔업세 시스템과 목적을 가르치는 것이다. 현역 잔업세 조사관이 강사로 파견되는 경우가 많았다. 잔업세 제도를 유지하려면 노동자의 협력이 불가결하므로 교육에 최대한 힘을 쏟자는 것이었다.

그러나 현역 노동자를 계몽시키는 일은 아무래도 진행 속도가 느렸다. 서비스 잔업을 시키는 회사에 근무하는 사람들은 그런 지식을 배울 기회도 적었다.

가노는 그 남자와 눈을 맞추면서 설명했다.

"당신도 마찬가지입니다. 이대로 있으면 탈세범이 되지만,

무사히 벗어날 기회가 있습니다. 노동시간이 어느 정도인지 가르쳐주세요. 기억나는 것만 말씀해주셔도 됩니다. 이왕이면 동료분의 이야기도 듣고 싶고요."

"어, 글쎄, 그 정도는 도와줄 수 있지만……."

그의 태도는 좀 분명치 않았다.

"무슨 문제라도 있나요? 혹시 경영자가 협박했습니까?"

가노가 물어봤다. 그러나 그 남자는 여전히 고개만 숙이고 있었다. 정말로 협박당하고 있는 건가? 갑자기 불안해졌다. 그런데 그게 아니었나 보다. 나시모토가 입을 열었다.

"잔업수당과 잔업세를 내면 회사 사정이 어려워질까 봐 걱정하는 거군요."

세 남녀가 동시에 묘한 표정을 지었다.

잔업세가 도입되기 전부터도 그런 비판이 제기됐었다. 잔업세가 도입되면 중소기업이 살아남지 못할 것이다. 불황을 견디고 간신히 경영해왔던 조그만 동네 공장이나 지방의 소기업은 법인세 감세 혜택도 받지 못하니까 잔업세와 잔업수당의 부담을 이겨내지 못한다. 중소기업이 줄줄이 도산하면 일본 경제는 침몰할 것이다.

실제로 도입 준비 단계부터 3년 동안 만 단위의 중소기업이 어쩔 수 없이 사회에서 퇴장하게 되었다. 그러자 어떤 야당은 강하게 따지기도 했다.

"이건 잔업세 도산입니다. 정부는 세수입이 증가했다고 기뻐하고 있지만, 그것은 국민의 부담이 그만큼 늘었다는 뜻입니다. 지방의 작은 공장은 죄다 문을 닫아버렸습니다. 잔업세 때문에 오래된 기업이 몇 개나 도산했습니다. 수백 년이나 이어져온 전통이 이 악정으로 인해 마침내 숨이 끊어진 것입니다."

여당의 답변은 여유로웠다.

"많은 수치가 경기 회복을 증명하고 있습니다. GDP는 크게 성장했고, 실업률은 전례가 없을 정도로 낮아졌고, 취업자 숫자도 늘었습니다. 우선 그 점을 평가해주십시오."

답변하던 각료는 여기서 잠시 말을 끊고 회의장을 둘러봤다.

"잔업세 도산. 이건 환영할 만한 일입니다. 잘 생각해보세요. 잔업수당을 줄 돈이 없어서 도산한 것은, 그동안 노동자를 착취하면서 살아남았던 기업입니다. 그런 기업에 의해 지탱되던 경제는 과연 우리가 지켜야만 하는 것이었을까요? 한번 부숴다가 새롭게 다시 만드는 것이 바람직하지 않을까요?"

회의장에서 우레 같은 박수가 터져 나왔다.

"기업이 사라져도 일이 사라지는 것은 아닙니다. 그 기업이 했던 일은 다른 기업이 할 수밖에 없습니다. 경력 있는 인재는 어디서나 환영받습니다. 그러므로 반드시 재취직할 수 있을 겁니다."

논리적으로는 옳은 말이었다. '노동자를 착취하는 기업과, 을의 입장인 노동자'를 대비시킨다면 당연히 후자를 보호해 줘야 할 것이다. 국회에서는 그런 식으로 깔끔하게 결론이 났지만, 현실에서는 그리 쉽게 일이 풀리진 않았다.

회사가 망할까 봐 무서워서 회사를 지키려고 하는 노동자는 결코 사라지지 않았다.

작업복 입은 남자가 입을 열었다.

"최근에 우리 일이 바빠진 이유는 이 업계의 다른 회사들이 줄줄이 망했기 때문이야. 우리 회사에도 외부에서 흘러들어온 놈들이 있고. 달리 갈 곳이 없으니까 적은 돈이라도 주고 고용한 거야. 그런 녀석들은 일이 좀 힘들고 잔업수당을 못 받아도 절대로 불평하지 않아."

나시모토가 안경을 고쳐 쓰더니 부드럽게 질문했다.

"이 회사가 도산하면, 여기서 하기로 했던 공사는 어떻게 됩니까?"

"그야 뭐, 다른 회사가 하게 될 테지. 공공 공사면 경쟁자가 줄어들어서 입찰 가격은 올라갈 테고."

"그렇게 일거리가 갑자기 늘어도 잘 대처할 수 있을까요?"

"대처하지 못하면 사람을 더 고용해야지, 뭐."

"그럼 여러분이 무직자가 될 염려는 없지 않을까요?"

그 남자는 잠깐 생각해보고 수긍하려다가 다시 고개를 번쩍 들었다.

"아니, 하지만 지금보다 급료가 적어지면 아무 의미가 없잖아?"

"앞으로는 직원에게 잔업수당을 정당하게 지불하는 회사만 살아남게 될 겁니다. 그래서 저희가 존재하는 것이니까요."

한동안 침묵이 흘렀다. 이윽고 그 남자가 중얼거렸다.

"그렇군……. 그래, 현장에 나가 있는 녀석들도 이쪽으로 오라고 해야겠어."

가노는 속으로 '해냈다!' 하고 주먹을 불끈 쥐었다. 그런데 그때 쾅 소리가 나면서 문이 열렸다.

"사장님!"

비명 같은 세 사람의 목소리가 울려 퍼졌다.

하쿠스이 토건의 사장은 체격이 탄탄한 50대 남성이었다. 그는 실내복처럼 보이는 검은 추리닝을 입고 있었다.

"세무서라고? 예고도 없이 찾아오면 곤란해. 나는 신고도 잘하고 있고, 세금도 내고 있어. 불만 있으면 세무사를 통해서 말해."

"일반 세무 조사는 세무사를 통해 예고한 다음에 합니다만, 노동기준 감독관과 잔업세 조사관의 임검은 그것과는 다릅니다."

입에서 말이 술술 흘러나와서 가노는 안도했다. 그러나 사장이 그 말을 듣고 순순히 납득할 리 없었다.

"마루자냐? 짜증나네. 지금 우리 회사는 잘 돌아가고 있어. 다들 만족하면서 열심히 일하고 있다고. 이봐, 그렇지?"

사장의 질문에 사원은 반사적으로 고개를 끄덕거렸다. 사장은 만족스럽게 웃었다.

"거봐. 우리 회사에는 아무 문제도 없어. 자, 그만 돌아가."

예전 같았으면 가노는 기가 죽었을 것이다. 큰 소리로 위협하는 사람은 상대하기 어려웠다. 안 좋은 과거가 떠올랐다. 그러나 조용히 버티고 서 있는 나시모토의 존재가 가노에게 용기를 주었다.

"돌아가라는 말을 듣고 얌전히 돌아갈 수는 없죠. 그런 짓은 마루자도 경찰도 세일즈맨도 안 합니다."

"뭐야?"

사장이 강한 노기를 드러냈지만 가노는 굴하지 않았다.

"지금까지 사정 청취를 한 결과, 잔업수당 미지급과 잔업세 탈세 행위가 있었음이 밝혀졌습니다. 당장 노동환경을 개선해주세요. 그리고 나중에 수정신고와 추징금 납부를 요청드릴 겁니다."

"너희들은 툭하면 세금 내라, 세금 내라 하고 노래를 부르는데, 없는 돈을 어디서 쥐어짜란 거야?"

"일거리가 늘어서 일손이 부족해졌기 때문에 잔업을 시키는 거잖아요. 당연히 매상도 늘었을 텐데요."

"매상이 늘었어도 이익은 별로 없어."

그때 나시모토가 끼어들었다.

"이상하군요. 최근에 신고하신 내용에 의하면 이 회사의 이익은 1억 엔 이상이던데요. 전년도보다 50퍼센트 늘었습니다. 규모에 비하면 우량기업이지요."

종업원들의 시선이 사장에게 집중됐다.

"그렇게 돈을 많이 벌었어요?!"

"아, 아니, 어쩌다 보니 그런 거야. 거기서 세금을 떼면 거의 안 남아."

"현재 법인세 실효 세율은 20퍼센트입니다. 게다가 규모에 따른 우대 혜택도 있죠."

추리닝을 입은 사장의 몸이 왠지 좀 작아진 것 같았다. 나시모토는 계속해서 몰아붙였다.

"이대로 잔업수당을 주지 않으면 종업원들은 모두 다 퇴사할 겁니다. 그러면 회사는 어떻게 될까요? 줘야 할 돈을 주지 않는 기업이 과연 살아남을 수 있을까요?"

나시모토는 의견을 구하는 것처럼 작업복 입은 남자를 쳐다봤다. 그 남자는 나시모토와 사장을 번갈아 보면서 침묵을 지켰다. 그런데 사장을 보는 눈빛은 상당히 날카로웠다.

"……내, 내가 뭘 어쩌면 되는데?"

사장이 조그맣게 물어봤다. 나시모토는 의미심장하게 소리를 낮춰 대답했다.

"원칙적으로는 세무서가 자세히 조사하고 나서 추징 과세 연락을 하게 되어 있는데요. 지금 이쪽도 사정이 좀 있어서 시간이 걸릴 것 같습니다. 그러니까…… 간단히 말해…… 한 달 이내에 사장님이 합법적인 잔업수당을 지급하고, 수정 신고를 한 다음에 자진 납세하시면 추징금까지는 안 내도 될 겁니다."

그것은 나시모토와 가노가 상담해서 정한 방침이었다. 문제의 그 사건 때문에 현재 신주쿠 세무서와 노기서는 비상사태였다. 너무 바빠서 자잘한 잔업세 탈세 사건은 처리하지 못할 정도였다. 그렇다고 문제 있는 기업을 그대로 놔둘 수는 없으니까 이렇게 하기로 결정한 것이다.

"한마디로 지금 당장 대처하면 좀 깎아주겠다는 건가?"

"그렇게 표현할 수도 있죠."

사장은 이마의 땀을 닦았다. 그리고 세 명의 종업원에게 힘없이 명령했다.

"너희들은 일단 퇴근해. 뒷일은 내가 처리할 테니까."

나시모토가 냉철하게 말했다.

"저희는 좀 더 여기에 있을 겁니다. 타임카드는 없다고 하니까, 근무기록이나 업무일지를 복사하도록 하겠습니다."

사장은 혀를 찼지만 거부하지는 않았다.

그 후 두 사람은 차근차근 잘 설명해서 사장을 설득하고 자료를 복사한 뒤 귀로에 올랐다. 심야에 가까운 시간대였다.

"오늘 정말 고마웠습니다. 여러모로 잘 커버해주셔서 고마워요."

가노가 고개 숙여 인사하자, 나시모토는 쑥스럽다는 듯이 웃었다.

"처음이니까 실수하는 게 당연해. 그래도 참 잘했어. 앞으로도 잘 부탁할게."

가노는 네 하고 대답했다. 그리고 좀 신경 쓰였던 부분을 물어봤다.

"그런데 햐쿠스이 토건의 신고 자료는 언제 입수하셨어요?"

"도이가키 씨가 남겨주셨어. 그분은 늘 철저하게 사전준비를 하는 사람이었거든."

나시모토는 별도 없는 밤하늘을 우러러보고 숨을 토해

냈다.

"도이가키 씨가 조사하던 기업은 아직 많이 남아 있어. 하나하나 조사하고 지도하면서 억압된 노동자들을 구해줘야지. 그것이 우리의 사명이야."

나시모토는 담담하게 이야기했다. 그러나 그 절제된 말투 아래에서 정열이 활활 타오르는 것이 느껴졌다.

"열정적으로 일하는 분이셨군요."

그래서 살해된 걸까. 그렇게 생각하니 왠지 무서워졌다. 가노는 그 의문을 차마 입에 담지 못했다.

그 심정을 눈치챈 걸까? 나시모토가 중얼거렸다.

"걱정하지 마. 너에게 무리한 일을 시키진 않을 거니까."

그럼 역시 도이가키는 무리를 했던 걸까. 가노는 물어보고 싶었지만, 나시모토의 옆얼굴이 더 이상의 질문을 허락해주지 않았다.

6

그날 오바 리에는 아침부터 들떠 있었다. 특별히 좋은 일이 있는 것은 아니었다. 단지 아침 밥상에 오른 된장국에 리에가 좋아하는 유부가 들어 있었고, 한 번도 빨간불과 마주치지 않고 역까지 일사천리로 갔고, 완벽한 타이밍으로 전철

환승을 했을 뿐이다. 이런 자그만 행운 이벤트들이 연속으로 발생하자 기분이 좋아져서 일도 잘되었다.

그래서 과장의 호출을 받았을 때에도 리에는 불안해하지 않았다. 무슨 볼일일까? 하는 의문은 생겼지만 그리 커지진 않았다.

현재 리에가 소속된 팀은 어느 대형 상사商社의 탈세 안건을 조사하고 있었다. 해외의 자회사 및 합병기업을 통한 자금의 흐름이 좀 수상했던 것이다. 의도적인 탈세의 가능성이 있었으므로, 신중하고 꼼꼼하게 증거를 찾고 있는 중이었다.

"그래, 요새 좀 어때?"

추상적인 질문이었다. 그제야 비로소 경계심이 발동됐다.

"과장님 덕분에 몸도 마음도 편안합니다. 열심히 일하고 있습니다."

그렇게 대답할 수밖에 없었다. 과장은 여전히 앉아 있었으므로, 똑바로 앞을 보면 휑해진 그의 정수리가 눈에 들어왔다. 리에는 일부러 시선을 밑으로 내렸다. 가격은 비싸 보이지만 별로 멋있진 않은 카키색 넥타이에 시선을 고정시켰다.

"다행이네."

과장은 손끝으로 의자 팔걸이를 가볍게 두드렸다. 지금까지 수십, 수백 명의 탈세 용의자를 고발해온 전前 민완 조사관이 그답지 않게 머뭇거리고 있었다.

즉, 그는 지금부터 뭔가 좋지 않은 사실을 통보하려는 것이다. 리에는 저절로 긴장했다. 별로 관심 없는 부하에게 뭔가를 통보할 때에는 이렇게 머뭇거리진 않을 것이다. 리에는 그만큼 높이 평가받고 있는 것이리라.

그런데 리에는 실패한 적이 없었다. 무의식중에 실수를 하지도 않았을 것이다. 도통 무슨 일인지 알 수 없었다. 빨리 말해줬으면 좋겠다.

상대의 말을 기다리다가 문득 깨달았다. 과장은 머뭇거리는 것이 아니었다. 리에에게 마음의 준비를 할 시간을 준 것이었다.

"무슨 일로 부르셨나요?"

리에는 또렷하게 질문했다. 이미 준비는 다 됐다.

과장은 손깍지를 끼고 책상에 팔꿈치를 댔다.

"그 사건 이야기는 들었지?"

리에는 살짝 눈살을 찌푸렸다. 한순간 말뜻을 못 알아듣고 당황했지만, 곧바로 뭔가를 깨달았다.

"살인 사건 말씀이신가요?"

"맞아. 솔직히 말해서 우리에겐 민폐라고 할 만한 사건이지."

고인에게 실례되는 발언일지도 모르지만, 실은 리에도 동감하는 바였다. 도이가키 사건이 뉴스나 쇼 프로그램에서도 다뤄지면서 세무서와 마루자에 세간의 이목이 집중됐다. 리에는 국세청 앞에서 마이크를 들이미는 리포터를 본 적이 있었다.

"그래도 언론에는 과도한 취재를 하지 말라고 요청해뒀어. 경찰에도 언론을 자극할 만한 정보는 제공하지 말라고 부탁했고."

"그 녀석들에게 부탁해봤자 들어주지도 않잖아요."

"그건 그래."

과장의 미간에 잡힌 주름이 깊어졌다.

"어차피 언론의 관심은 머잖아 사라질 테지만, 경찰 수사는 앞으로 본격적으로 진행될 거야. 경시청은 마루자의 업무가 동기와 관련되어 있다고 생각하는 것 같아."

"그럴지도 모르겠네요."

어쩐지 현실감이 없어서 무심코 건성으로 맞장구치고 말았다. 이 사건이 자신과 무슨 상관이 있는지 의문이었다. 리에는 피해자와 아는 사이도 아닌데.

"자네는 어떻게 생각하나?"

점점 더 곤혹스러워졌다. 눈을 너무 크게 떠서 콘택트렌즈가 떨어지는 줄 알았다.

"어떻게 생각하느냐고요? 글쎄요, 정보가 없어서 아무것도 판단할 수 없네요."

"응, 자네라면 그렇게 말할 줄 알았어."

리에는 초조해졌다. 도대체 무슨 일을 시키려는 걸까.

"저, 이제 곧 미팅하러 가야 하는데요……."

"그건 안 가도 돼."

과장은 가볍게 대꾸하더니 리에를 똑바로 응시했다.

"자네에게는 다른 일을 맡길 거거든."

각오는 했지만 역시 충격적이었다. 현재 소속된 팀을 떠나고 싶지 않았다. 무슨 일을 맡게 될지는 몰라도, 이게 승진이 아니란 것은 확실했다. 리에는 평정을 유지하면서 상사와 마주 봤다.

"자네가 그 살인 사건을 담당해주면 좋겠어. 피해자가 소속된 세무서, 노기서와 협력해서 그가 해왔던 일을 조사하고 단서를 찾아내는 거야. 그와 동시에 경찰 대응도 자네에게 일임할 예정이네."

"자, 잠깐만요."

한순간 리에는 예의조차 잊어버렸다.

"왜 저한테 그런 일을 시키시는 거죠? 저 혼자서 그걸 다 하라고요?"

과장은 진지하게 고개를 끄덕였다.

"자네라면 해낼 수 있을 거야."

리에는 그런 말에 속아 넘어가지 않았다. 열 받아서 얼굴과 뺨이 붉어지는 것을 느꼈다. 분노가 폭발하기 직전에 숨을 크게 들이마셔서 간신히 참았다. 냉정해져야 해. 스스로에게 그렇게 말했다.

"그 잔업세 조사관의 업무를 조사하는 것은 가능합니다. 일종의 내부 조사잖아요? 관할 부서가 협력해준다면 시간이 많이 걸리지도 않을 겁니다. 적어도 수상한 점이 있다면 금방 발견할 수 있어요."

그래, 일이라면 잘할 자신이 있었다. 그러니까 이런 생산성 없는 일을 떠맡는 것이 불쾌했다. 거절할 수 없다면 그냥 빨리 끝내고 원래 하던 일이나 다시 하고 싶었다.

리에는 일단 입을 다물고 입술을 축였다. 목이 몹시 말랐다.

"그런데 경찰 대응까지 저에게 일임하시겠다고요? 그건 너무 무책임하잖아요. 그런 것은 홍보부나 더 높으신 분께서 하셔야 하지 않나요? 제가 혹시라도 실언을 해서 경찰의 눈밖에 나면 어쩌려고 그러십니까?"

"뭐, 그래도 상관없어. 경찰 대응 매뉴얼 같은 건 없으니까. 매뉴얼이 존재하지 않는 일을 맡길 수 있는 인재는 많지 않아."

"치켜세워주셔도 소용없어요."

"그렇게 받아들이다니, 뜻밖인걸."

과장은 의자를 뒤로 밀면서 다리를 꼬았다.

"나는 자네의 능력을 높이 평가하고 있어. 그래서 자네를 기용하는 거야."

"높이 평가해주신다면 그냥 지금 있는 팀에서 계속 일하게 해주세요. 말은 그렇게 하셔도, 실제로는 제일 어리고 직위도 낮은 직원을 팀에서 빼버리신 거잖아요."

과장은 입꼬리를 비틀어 쓴웃음을 지었다. 반항하는 리에를 보고 재미있어하는 걸지도 모른다. 이렇게 상사에게 말대꾸하는 부하는 자료조사과에서도 좀처럼 찾아볼 수 없으니까.

"'적재적소'라는 말은 알지?"

"현재의 팀이 저에게는 적합하지 않다는 뜻인가요?"

"아니, 그보다 더 적합한 역할이 있다는 뜻이야."

"그게 경찰을 상대하는 거라고요?"

"너무 부정적으로 생각하지는 마."

과장은 약간 소리를 낮췄다.

"경찰의 비위를 맞추라거나 정보 제공을 하라는 건 아니야."

"아니, 그렇다고 수사에 협력하지 않을 수도 없잖아요?"

"그야 당연하지. 하지만 표면적으로만 협력하면 돼. 자네라면 이미 눈치챘을 테지만, 우리의 목적은 경찰보다 먼저 진상을 알아내는 것이야. 물론 피해자인 마루자가 업무와는 상관없는 동기, 이를테면 남녀관계나 금전적인 이유로 살해되었다면 그건 괜찮아. 그러나 만약에 살해 동기가 탈세 적발에 대한 원한이거나…… 이런 건 생각하고 싶지 않지만, 혹시나 피해자 본인이 세금 관련 범죄와 얽혀 있다거나 하는 경우에는, 경찰이 먼저 진상을 밝혀내게 놔두면 안 돼. 그건 국세청, 더 나아가 재무성의 위신과 관련된 문제니까."

"아니, 저, 과장님……."

리에는 당황했다. 그런 것까진 생각해보지 못했다.

"경찰은 범죄 수사 전문가입니다. 조사할 수 있는 범위 자체가 달라요."

"우리도 전문가야. 세금에 관해서는 경찰보다 훨씬 많은 정보를 가지고 있어."

리에는 경악했다. 과장의 빈약한 머리털을 뚫어져라 응시했다.

"설마 경찰에게 거짓말을 하거나 정보를 숨기라는 말씀이세요?"

"나는 그런 말까지는 안 했어."

과장은 말투를 바꿔 속삭이듯이 말했다.

"그건 담당자가 스스로 판단할 일이지."

리에는 말문이 막혔다. 그저 입만 벙긋거렸다.

그래서 리에 한 사람에게만 그 일을 맡기려고 하는 것이었다. 큰 문제가 발생했을 때, 도마뱀 꼬리 자르는 식으로 쉽게 무마하기 위해서. 적재적소? 너의 능력을 높이 평가한다? 웃기지 마. 도마뱀 꼬리처럼 미련 없이 잘라내도 되는 사람이란 뜻이잖아.

목구멍에서 뜨거운 것이 치밀어 올랐다. 리에는 고개를 세차게 흔들었다. 울면 안 돼. 역시 여자는 너무 심약하다고 뒤에서 욕먹을지도 몰라.

"어때. 이 일을 맡아주겠나?"

과장이 물어봤다. 리에의 불만을 알면서도 그 일을 시키는 것이다. 조직의 일원인 이상, 이 상황에서 계속 거절하려면 사표를 낼 각오를 해야 한다.

"알겠습니다."

신속한 결단이었다. 리에는 아직은 국세청 일을 그만두고 싶지 않았다. 보람 있는 일을 다시 하기 위해서, 이 시시한 일을 빨리 처리해버리자. 이번 일을 멋지게 해치우면 앞으로 과장에게 큰소리칠 수 있을 것이다.

"그럼 과장님께서 말씀하셨듯이 제 마음대로 한번 해보겠습니다. 꼬박꼬박 보고를 해야 하나요?"

빈정거리는 그 한마디에도 과장은 눈썹 하나 까딱하지 않았다.

"자네를 믿고 이 일을 맡긴 거야. 보고는 나중에 해도 돼. 하지만 선배로서 조언은 해줄 수 있지. 그리고 인력이 필요하다면 소개도 해줄 수 있어. 그러니까 종종 상담하러 오도록 해."

빙빙 돌려 말하고 있는데, 결국 제멋대로 행동하지 말라는 뜻인가.

"뭐 필요한 것이나 물어보고 싶은 것은 있나?"

당연히 있지. 리에는 일부러 도전적인 눈빛으로 쳐다봤다.

"네, 그렇다면 부탁드리고 싶은 것이 있습니다. 조사 권한을 문서화해주실 수 있을까요? 어쩌면 통상 업무를 수행할 때에는 드나들지 않는 곳에 들어가야 할 수도 있으니까요. 동료에게 의심받거나 협력을 거부당하는 일이 없도록 미리 준비해두고 싶습니다."

"문서화……."

과장은 처음으로 생각에 잠기는 모습을 보여줬다.

"그래, 좋아. 정식으로 임명해줄게."

"감사합니다."

"다음 주 초에는 사령장을 받아볼 수 있을 거야. 일은 오늘부터 시작해줘."

리에는 깍듯하게 인사하고 물러났다.

자기 자리로 돌아오자 몇몇 사람들이 호기심 어린 눈으로 쳐다봤다. 리에는 그걸 무시하고 느릿느릿 자료를 정리하기 시작했다. 팀을 떠나려면 자료를 정리해서 동료에게 넘겨줘야 한다.

최후의 반격에는 성공한 것 같았지만, 그래도 여전히 납득이 가지 않았다. 분하고 속상했다. 어째서 내가 이렇게 손해 보는 역할을 맡아야 하지? 제일 어려서? 여자라서? 내 능력을 높이 평가받아 이 부서에 오게 된 줄 알았는데, 내가 너무 자만했던 걸까?

나 말고 팀에서 빠져야 할 사람이 따로 있었을 것이다. 예를 들면……. 리에는 속으로 이름을 떠올리려다가 그만뒀다. 꼴사나운 자기 모습에 환멸을 느꼈다.

동료들은 말도 못 걸고 그저 눈치만 보고 있었다. 팀의 리더인 팀장은 이미 사정을 알고 있을 테고, 다른 팀원들도 아마 눈치챘을 것이다. 리에가 저들과 같은 입장이었어도 역시 말을 걸진 못했을 것이다.

그러나 이대로 조용히 사라질 수는 없었다. 리에는 이 악물고 직속 상사 앞에 가서 섰다.

"팀장님, 이야기 들으셨어요? 저는 한동안 다른 일을 맡게 되었습니다."

상사는 안경을 벗어 손수건으로 닦기 시작했다. 일견 무성의해 보이지만 사실 이것은 그가 진지하게 이야기할 때의 습관이었다.

"나는 반대했었어. 조사가 가경에 접어들었는데 핵심 전력을 빼앗기다니. 이건 너무 커다란 손실이야."

"최대한 빨리 끝내고 돌아오겠습니다."

"건투를 빌게. 도움이 필요하거든 언제든지 나한테 말해."

그러다가 갑자기 안경 닦는 손을 멈췄다.

"아, 맞다. 그 사람이 신주쿠 세무서로 이동했던가?"

"그 사람? 누군데요?"

신주쿠 세무서는 피해자가 소속된 세무서였다. 주로 거기서 조사를 진행하게 될 것이다.

"기누타라는 사람인데. 좀 특이하지만 똑똑하니까 틀림없이 너에게 도움이 될 거다."

상사는 책상 위에 손가락으로 그 이름의 한자를 그려줬다.

"기누타 씨요. 네, 알았어요. 감사합니다."

"지나치게 긴장할 필요 없어. 너는 상부의 체면 따윈 신경 쓰지 않아도 돼."

"네. 하지만 이왕 시작했으니 철저하게 해보겠습니다."

짧은 대화였지만 리에는 생각보다 더 큰 용기를 얻었다. 이 팀에서 자신은 정말로 필요한 존재였던 것이다. 그래서 리에는 과감하게 한번 물어봤다.

"팀장님. 이 일을 하면서 개인적으로 남에게 원한을 사신

적이 있나요?"

상사의 안경은 반짝반짝 빛나고 있었다. 그러나 손수건이 또다시 움직이기 시작했다.

"조사 도중에 경고나 협박을 받은 적은 있지. 그런 것에 휘둘리지는 않지만. 조사가 끝난 다음에는 그런 일은 없었어. 세금은 조사관 개인과 관련된 것이라기보다는 나라에서 거둬간다는 이미지가 강하니까."

"그렇다면 이번 사건은……."

상사는 오른손에 든 손수건의 움직임을 일부러 멈췄다.

"선입관은 가지면 안 돼. 탈세범의 마음은 거의 다 알지만, 살인범의 속마음은 그렇지 않아. 보통 사람으로선 상상할 수 없다고 생각하는 편이 나아."

리에는 깜짝 놀랐다. 아, 그렇구나. 이것은 살인범을 상대하는 일이구나. 물론 범인을 붙잡을 필요는 없지만, 동기를 파헤치다 보면 최악의 경우에는 리에 본인이 위험해질 가능성도 있었다.

뒤늦게 공포가 슬금슬금 등골을 타고 올라왔다. 그러나 동시에 의욕도 솟아났다. 리에는 적이 강하면 강할수록 투지가 끓어오르는 타입이었다.

리에는 18시 즈음에 이타바시 구에 있는 자기 집에 도착했다. 이 시간대에 집에 돌아오는 것은 매우 드문 일이었다.

"어머? 웬일로 일찍 왔니?"

부엌에서 기뻐하는 어머니 목소리가 들려왔다. 리에는 다녀왔습니다 하고 인사하면서 그쪽을 들여다봤다. 프라이팬에서 치익치익 소리가 나고, 살짝 탄 간장의 맛있는 냄새가 코끝을 찔렀다. 저도 모르게 미소가 흘러나왔다.

"오늘의 메인 메뉴는 꽁치 간장구이야."

리에가 좋아하는 음식이었다. 그러고 보니 아침 메뉴도 그랬었다. 갑자기 경계심이 생겨났다. 아까 직장에서 그런 일이 있었기 때문일 것이다. 십중팔구 나에게 뭔가 부탁할 일이 있는 것이리라.

아버지도 벌써 퇴근하셔서 소파에 누워 TV 뉴스를 보고 계셨다. 마침 오늘의 뉴스 제목들이 나오고 있었는데, 문제의 살인 사건은 눈에 띄지 않았다. 새로운 정보는 없나 보다. 어째서인지 조금 안도했다.

"신기하게 일찍 왔네. 조사가 일단락된 거니?"

아버지가 누운 자세로 질문을 던졌다.

"아니."

그렇게 대답했다가 '아, 너무 퉁명스러웠나?' 하고 고쳐 말했다.

"다음 주부터 임시 업무를 맡게 되었거든. 오늘은 그것만 준비하고 온 거야."

아버지가 일어나는 기척이 느껴졌는데, 뭔가 물어보면 대답하기 귀찮으니까 리에는 그냥 2층 자기 방으로 가버렸다. 그리고 잠시 후 다시 식탁 앞으로 불려왔다.

"평일에 셋이서 밥을 먹는 건 정말 오랜만인 것 같아."

어머니는 생글생글 웃었다. 아버지는 왠지 모르게 조심스런 눈빛으로 리에를 보고 있었다. 둘 다 상대하기 귀찮아서 기운이 쭉 빠졌다. 하지만 노골적으로 그런 티를 낸다면 고등학생 때와 달라진 게 없는 거니까. 일부러 명랑하게 말했다.

"아버지도 요새는 빨리 와?"

"금요일에는 거의 정시 퇴근을 하지. 관리직은 솔선해서 일찍 퇴근해야 하거든."

"어머? 그런 것치고는 늦게 오는 적도 많잖아?"

어머니는 심통 난 표정을 지었지만 눈빛은 다정했다.

"예전에는 회의실에서 다루던 주제를 이제는 밥 먹으면서 이야기하는 경우도 있으니까. 그런 때에는 어쩔 수 없어."

아버지는 곁눈질로 힐끔 리에를 봤다. 강제로 참가해서 일과 관련된 이야기를 나누는 회식은 엄밀히 따지자면 업무의 일환이므로 잔업에 해당한다. 그러나 리에는 그렇게까지 깐깐하게 지적할 마음은 없었다. 웬만큼 융통성을 발휘하지 않으면 일하기 힘들어지니까.

"그런데 리에. 다음 주 일요일에 시간 있니?"

아, 역시나. 이럴 줄 알았다. 리에는 젓가락질을 멈추고 어머니의 눈을 똑바로 쳐다봤다. 어머니는 슬그머니 시선을 피했다. 뭔가 꾸미고 있다는 증거다.

"아마 바쁠 거야. 이번에 맡은 일이 일단락되면 또 몰라도. 왜, 무슨 일 있어?"

"네가 한번 만나봤으면 하는 사람이 있어서……."

"설마 맞선 보라는 거야?"

대놓고 눈살을 찌푸리자, 어머니가 당황하여 고개를 흔들었다.

"아냐, 아냐. 그냥 가벼운…… 소개팅 같은 거야. 다카요시 외숙부의 부하 직원 중에 결혼 안 한 남자가 있대. 그래서 한번 만나보면 어떨까~ 한 거지."

형식이야 어쨌거나 맞선의 일종인 건 틀림없었다. 날카롭게 한마디 쏘아붙이고 싶었지만 꽁치 간장구이를 봐서 참고 넘어가기로 했다. 다카요시 외숙부님은 어머니의 남동생으로, 도쿄 도청에서 근무하고 계셨다. 도쿄 도 공무원이면 결혼 시장에서는 무척 인기 있는 사람일 텐데.

"나 같은 사람이 만나러 가면 오히려 실례일 거야."

"어머, 얘, 아니야. 성실한 여자를 좋아한대."

그런 말을 듣고 기뻐하는 여자는 소수파일 것이다. 리에는 말없이 된장국을 먹었다.

"일단 만나기만 해봐. 리에야. 네 직업을 생각해서, 일부러 전근 갈 걱정이 없는 남자를 찾아다니고 있다니까?"

어머니가 살살 달래듯이 말했다. 역시 맞선 상대를 찾아다니고 있었구나.

"미안하지만 지금은 그럴 만한 마음의 여유가 없어. 누굴 억지로 만나봤자 결과가 별로 좋지는 않을 거야."

그게 솔직한 심정이었다. 미소 짓던 어머니의 얼굴이 어두워지는 것을 보니 마음이 아팠지만 어쩔 수 없었다. 그런데 이런 화제에는 방관자로서 거의 간섭하지 않는 아버지가 오늘은 웬일로 참전하셨다.

"가끔은 너희 어머니 체면도 세워드리지 그러냐? 그래서 조금이라도 진전이 있으면, 한동안 이런 이야기도 안 나올 테니까."

리에는 눈을 휘둥그렇게 떴다. 그러니까 어머니한테 결혼하라는 잔소리 듣기 싫으면 빨리 결혼하라는 건가? 순 억지 같았다. 마음이 좀 움직인 것이 분할 정도였다.

"글쎄, 생각은 해볼게."

리에는 마법의 단어를 써서 문제를 회피했다.

"상대가 기다리니까. 빨리 대답해줘야 해, 알았지?"

공적으로나 사적으로나 다난한 가을이 될 것 같았다.

7

군마 현경찰 노자와 경위와 다카하시 형사는 시체가 발견된 다음 날에 범행 현장을 조사하러 갔다. 피해자가 소유한 별장이었다.

이미 현장감식이 이루어졌고 현관과 거실에서 혈액이 검출됐다. 모든 방은 깨끗이 청소되어 있었지만, 거실 의자 뒤쪽에 혈흔 같은 얼룩이 남아 있어서 약품 검사를 해봤다고 한다.

DNA 감정 결과는 아직 나오지 않았지만 아마도 피해자의 피일 것이다. 지문은 여러 개 검출됐는데, 지문을 닦은 듯한 흔적도 발견됐다. 그리고 뭔가 무거운 물체를 질질 끌고 간 흔적도 있었다고 한다. 그건 시체였을 것이다. 이러한 증거들을 바탕으로 이 별장이 범행 현장으로 추정됐다.

이 별장은 별장지 변두리에 있었다. 삼각 지붕을 얹은 멋스러운 건물인데, 적갈색 외벽은 약간 빛이 바래서 칙칙해 보였다. 현관의 나무 발판은 이끼가 끼고 일부분이 썩어 있었다. 적어도 주인이 건물 외관에 신경 쓰지는 않은 것 같았다.

옆 건물과는 50미터쯤 떨어져 있었다. 사이에 나무들도 있었고. 범행이 발생한 주말에 옆집에는 사람이 없었는데, 설령 누가 있었어도 싸우는 소리를 들을 수 있었을지 의문이었다.

흙바닥 주차장에는 검은색 국산 미니밴이 주차되어 있었다. 도이가키의 차였다. 독신이 이런 차를 선택한 것이 좀 신기하기도 했는데, 내부는 2열 시트 타입이고 짐칸이 넓었다.

"이 차로 시체를 옮긴 거겠죠."

젊은 다카하시 형사가 차 안을 들여다봤다. 차 바닥에서 혈액 반응이 나타났고, 시체 발견 현장 근처에 남겨진 타이어 자국이 이 차와 일치했다. 아직 목격자 증언은 얻지 못했지만, 범행에 이 자동차가 이용된 것은 확실했다. 내부에서 지문이 몇 개 발견됐는데, 그중에서 정체가 판별된 것은 피해자의 지문밖에 없었다. 핸들과 문손잡이 등등은 누가 깨끗이 닦아놓았다. 그것도 범인이 이 차를 사용했다는 증거일 것이다.

피해자의 신장은 170센티미터 전후, 체중은 약 70킬로그램. 성인 남성의 표준 체형이었다. 범인이 남자라면 혼자서도 옮길 수 있었을 것이다. 여자라면 어려울지도 모르지만, 범인이 여러 명일 가능성도 아직 배제할 수 없었다.

도이가키의 차는 시체가 발견된 날에는 이곳에 주차되어

있었다. 범행 현장이 이곳이라면 범인은 시체를 버린 다음에 차를 주차장에 다시 놔두고 떠나간 것이리라. 일부러 차를 돌려놓은 것을 보면 단순한 강도 사건은 아닐 것이다. 애초에 연휴 기간에 소유자가 머물고 있는 별장에 일부러 물건 훔치러 들어가는 사람은 거의 없을 테니까, 면식범의 범행일 가능성이 높았다.

주차장에는 차 두 대를 세울 만한 공간이 있었다. 깊은 바퀴 자국이 남아 있었다. 타이어 자국은 육안으로 볼 때에는 피해자의 차와 일치하는 것밖에 없었다. 노자와가 꼼꼼하게 샅샅이 살펴봤지만, 최근에 다른 자동차가 주차한 듯한 흔적은 발견하지 못했다.

이 부근은 별장지라서 교통편이 좋지 않았다. 이동수단은 한정되어 있었다. 예를 들어 도쿄에서 기타카루이자와까지 오려면 자가용이나 렌터카를 타고 오든가, 아니면 가루이자와 역까지 신칸센을 타고 이동해서 거기서부터는 버스나 택시를 타고 와야 한다. 출발 지점이 인터체인지와 가깝다면 또 몰라도, 보통은 신칸센을 타고 오는 것이 빠르다. 잔업세가 도입된 이후로는 JR 각 회사가 금요일 밤 신칸센 편수를 늘렸으므로, 이용하기도 편했다.

범인은 신칸센을 타고 왔을까, 아니면 피해자의 차를 같이 타고 왔을까. 자가용을 타고 왔다면 어딘가 다른 장소에 주차시켰을 텐데, 그렇다면 처음부터 피해자를 죽이기로 마음먹고 왔다는 뜻이 된다.

노자와는 그런 생각을 했다. 그러나 자기 생각을 중시하지는 않았다. 중요한 것은 객관적 증언과 증거다. 아주 조그만 가능성도 허투루 배제하지 않고 일일이 조사해서 하나씩 소거해나간다.

"차를 일부러 별장에 다시 가져다놓은 이유가 뭘까요. 그냥 그 차를 타고 버스 정류장이나 역까지 도망치는 편이 더 나았을 텐데요."

"글쎄, 난들 알겠냐."

노자와는 퉁명스럽게 대답하고 나서 아, 이건 좀 너무했나? 하고 반성했다.

"CCTV에 찍힐까 봐 그랬든지, 아니면 시체가 일찍 발견되지 않게 하려고 그랬을지도 모르지."

요새는 CCTV가 널리 보급됐기 때문에 도시에서는 사람이나 자동차를 추적하기 쉬워졌다. 기타카루이자와에서도 범인이 편의점이나 주유소 근처를 지나갔다면 무슨 단서를 얻을 수 있을 것이다. 그러나 별장지에서 시체 발견 현장으로 이어지는 길에는 점포가 없었고, 당연히 그런 편리한 설비도 없었다.

"CCTV 때문에 그랬다면 이해가 가네요. 그런데 시체가 일찍 발견되기를 원치 않았다면, 그냥 땅속에 묻어버리면 되지 않았을까요?"

"범인의 심정이나 사정을 누가 알겠어? 시간이 없었을지도 모르고, 삽이 눈에 띄지 않았을지도 모르지."

노자와가 불쾌해하는 것이 느껴졌나 보다. 다카하시는 화제의 방향을 바꿨다.

"아무튼 버스나 택시를 조사해보면 범인을 추적할 수 있겠네요."

그러면서 지참한 지도를 펼쳐 들었다. 버스 정류장의 위치가 표시된 지도였다. 휴일이라 승객은 적지 않았다. 범인의 외모나 행동이 어지간히 특이하지 않았다면 아마 인상에 남지도 않았을 것이다. 당장 무슨 단서를 얻지는 못할지도 모르지만, 조사가 진척돼서 용의자가 몇 명 추려지면 탐문 조사를 하기도 수월해질 것이다.

단, 다카하시는 범인이 자가용이나 렌터카를 이용했을 가능성은 떠올리지 못한 것 같았다. 차를 꼭 주차장에 놔뒀으리란 보장은 없었다. 근처에 낯선 차가 주차되어 있지 않았는지 한번 탐문해볼 필요가 있었다. 다카하시가 계속 그 가능성을 떠올리지 못한다면 나중에 지적해줘야 할 것이다.

"그럼 가볼까요?"

다카하시가 흰 장갑을 끼고 먼저 별장 안으로 들어갔다.

현관에서 쭉 이어진 복도에 문이 두 개 달려 있었다.
"이쪽이 거실인가?"
망설임 없이 문을 연 다카하시가 뒤로 돌아서 다시 현관으로 돌아왔다.
"슬리퍼를 보면 손님이 왔나, 안 왔나 알아낼 수 있을지도 몰라요."
길쭉한 신발장 안에는 슬리퍼 여섯 쌍이 들어 있었다. 모두 다 새것은 아니었는데, 그중 한 쌍은 특히 어둡게 변색돼서 자주 사용한 느낌이 들었다.
"전부 다 신발장에 넣어놨네요? 꼼꼼한 사람인가 봐요. 아니면 범인이 한 건가?"
다카하시는 그렇게 중얼거리면서 슬리퍼를 조사했다. 감식 조사에 의하면 실내에서 적어도 여덟 명의 지문이 검출됐다고 한다. 그중 전과자는 없었다.
신발장에는 그 외에도 작은 나무그릇이 놓여 있었다. 그 안에는 열쇠와 도장 같은 자질구레한 물건들이 들어 있었다. 피해자의 성격을 알 만 했다.
노자와는 쭈그려 앉아 현관을 살펴봤다. 모래알 하나조차 발견되지 않았다. 옆에 세워져 있는 빗자루와 쓰레받기 세트를 힐끗 봤다. 범인이 나갈 때 청소하고 간 걸까. 여기까지 걸어온 노자와와 다카하시의 신발은 흙이 묻어 있어서 좀 전에 비닐로 감쌌었다.

거실도 깨끗이 청소되어 있었다. 넓이는 10평쯤 될까. 내부에는 장식용처럼 보이는 난로와 8인용 테이블과 의자 세트, 4인용 소파가 놓여 있었다. TV가 없어서 오히려 별장답다는 느낌도 들었다. 테이블 위에는 아무것도 없었다. 부엌에도 식기 하나조차 밖으로 나와 있지 않았다.

“마치 모델하우스 같네요.”

다카하시의 감상은 정확했다. 생활감이 전혀 없었다.

“범인이 구석구석 잘 청소하고 갔나 봐요.”

증거를 인멸하기 위해서였을 테지만, 그 정도로는 현장감식반을 속일 수 없었다. 도이가키가 이곳에서 살해된 것은 십중팔구 틀림없는 사실이다. 그러나 그 외에도 알고 싶은 정보가 많았다.

사망 추정 시각은 10월 10일 토요일 오전 2시부터 9시 사이였다. 도이가키는 금요일 19시에 노기서를 나와서 차를 타고 기타카루이자와에 왔다. 이것은 노기서의 출퇴근 기록, N시스템(범죄 예방 및 수사를 위해서 도입된 일본의 차량 번호 판독 시스템)을 통해 조회해본 차량 통행 기록에 의해 증명되었다.

문제는 범인이었다. 범인은 이 별장에 금요일에 왔을까, 토요일에 왔을까. 숙박한 흔적은 남아 있을까. 조사해봐야 할 것이다.

다카하시가 부엌을 조사했다. 냉장고에서 이미 개봉한 우유, 쓰레기통에서 편의점 봉투, 찬장에서 콘플레이크 상자를 발견했다. 콘플레이크는 아직 뜯지 않은 것이었다.

"피해자만 있었는지, 아니면 범인도 여기서 묵었는지. 이것만 가지고는 알 수가 없네요."

다카하시는 상자를 한 손에 들고 생각에 잠겼다.

"콘플레이크는 아침에 먹으려고 사온 걸까요? 샀는데도 먹지 않았다는 것은 금요일 밤에 살해됐다는 뜻인데……. 동료에게 메시지를 보낸 것은 토요일 낮이었죠?"

"그건 범인이 보낸 가짜 메시지였을지도 몰라. 아니면 별 생각 없이 아침을 걸렀을 수도 있고. 어설픈 추리로 선입관을 만들어내는 것은 위험해."

노자와의 지적에 다카하시는 묘한 얼굴로 고개를 끄덕거렸다.

"네, 감사합니다. 덕분에 한 수 배웠습니다."

그러자 노자와는 흥 하고 콧방귀를 뀌면서 위를 쳐다봤다. 거실은 위가 뻥 뚫려 있어서 2층 복도가 다 보였다. 천장에는 선풍기 같은 날개가 달린 조명이 매달려 있었다. 호화롭긴 하지만, 자세히 보니 먼지가 쌓여 있어서 그다지 아름다워 보이진 않았다.

두 사람은 거실 조사를 마치고 다른 방으로 이동했다.

"우와!"

문을 열자마자 다카하시가 놀라서 소리를 질렀다.

5평쯤 되는 서양식 방 전체에 모형이 전시되어 있었다. 가장자리 벽을 따라서 검은색 천을 깔아둔 계단식 진열대가 설치되어 있었다. 방 한가운데에는 통로가 있었고, 그 양옆에는 층층으로 된 전시대가 놓여 있었다. 모형은 주로 전차와 전함이었는데, 한쪽 구석에는 애니메이션 로봇이 자리 잡고 있었고 또 스포츠카 같은 것도 있었다. 그중 일부는 조명이 달린 아크릴 케이스에 들어가 있었다. 크기는 대부분 주먹만 했는데, 가장 큰 전함은 길이가 50센티미터는 되어 보였다. 모두 다 금속처럼 빛나는 정교한 물건들이었다.

"본격적이네요."

다카하시는 무의식중에 손을 내밀다가 건드리기 직전에 멈췄다. 얼굴을 가까이 대고 홀린 듯이 커다란 전함을 들여다봤다.

"이런 거 잘 알아?"

"학창시절에 조금 해봤어요……. 심심해서 대형 작품 만들기에 도전해봤는데, 절반도 못 만들고 포기해버렸어요. 이만한 모형들을 모으려면 엄청난 시간과 돈과 노력을 들여야 했을 겁니다."

다카하시가 열심히 사진을 찍어댔다. 언뜻 보면 전시대에 부자연스러운 공간은 없어 보였지만, 만약 컬렉션 중에 비어 있는 부분이 있다면 중요한 단서가 될 테니까 피해자의 친구에게 확인해 달라고 해봐야 할 것이다. 그런 인물을 금방 찾아낼 수 있으면 좋을 텐데. 아직 휴대폰 같은 것은 발견되지 않았다. 수사가 쉽지 않을 듯했다. 노자와는 한숨을 내쉬었다.

도쿄의 집에서 단서가 발견되면 좋으련만. 경시청과의 협동도 과연 잘될지 의문이었다.

"이런 취미를 가진 사람들은 대개 독자적인 네트워크를 구축하고 있어요. 그걸 조사해보면 범인이나 중요한 단서를 발견할 수 있을지도 몰라요."

다카하시는 흥분한 것 같았다. 노자와는 심드렁하게 고개를 끄덕이고 2층으로 올라갔다. 사정 청취를 해봐야 할 사람들의 숫자를 생각하니 정신이 아득해졌다. 빨리 범인이 자수해주면 얼마나 좋을까.

배치도를 보면 2층은 침실이었다. 복도 끝에 있는 계단을 올라가서 두 개의 방 중 하나의 문을 열어봤다.

의외로 그곳은 일본식 방이었다. 손님용 침실일 것이다. 특별한 가구는 없고, 벽장에는 이불이 네 채 정도 들어가 있었다. 사진만 찍고 거실을 내려다보면서 다음 방으로 이동했다.

그 방은 싱글 침대와 넓은 책상이 있는 서양식 방이었다. 책상? 아니, 모형을 만들기 위한 작업대일 것이다. 이 책상에는 작업용 스탠드가 설치되어 있었고, 옆에 있는 선반에는 도구와 도료가 잔뜩 놓여 있었다. 노자와가 주목한 것은 아무렇게나 놓여 있는 흰 장갑들이었다. 원래 작품에 지문을 묻히지 않으려고 쓰는 도구일 텐데, 이것이 이번에는 똑같은 목적으로 다른 대상에게 사용된 것이다.

다카하시는 니퍼나 줄칼 같은 공구를 흥미진진하게 구경하면서 말했다.

"흉기가 될 만한 물건들이 사방에 널려 있네요."

후두부의 상처는 둔기에 얻어맞아 생긴 것으로 추정됐다. 그것은 치명상은 아니었다. 사인은 질식사. 목이 졸린 것이다. 부검 결과 범인이 사용한 흉기는 비닐끈으로 밝혀졌다. 단, 피 묻은 둔기도 끈도 실제로 발견되진 않았다. 피해자의 휴대폰도 어디로 갔는지 알 수 없었다. 증거가 될 만한 물건들은 범인이 가져간 것이다.

"어? 이게 뭐죠?"

다카하시가 손을 뻗었다. 모형 잡지가 꽂혀 있는 선반. 거기서 그는 반으로 접힌 팸플릿을 뽑아 들었다. 불상 같은 조각품과 으리으리한 건물 사진이 실린 팸플릿. 붓글씨 비슷한 서체로 '영화법교靈華法敎'라고 적혀 있는 것이 눈에 띄었다.

"영화법교……? 신흥 종교인가 본데요. 경위님, 들어본 적 있으세요?"

노자와는 신경질적으로 고개를 옆으로 흔들었다. 사건이 더 이상 복잡해지는 것은 사양하고 싶었다.

"이것도 중요한 단서네요."

다카하시는 기뻐하면서 휴대폰을 꺼내 검색하기 시작했다. 그런데 그 표정이 점점 어두워졌다.

"검색이 전혀 안 돼요. 흔한 한자라서 이름이 좀 비슷한 종교단체들은 몇 개 나오는데, 완전히 일치하는 것은 하나도 없어요."

"어차피 모든 종교가 웹사이트를 가지고 있는 것도 아니잖아?"

"그건 그렇지만요. 원래 갓 만들어진 종교일수록 선전에 열을 올리잖아요? 이렇게 팸플릿은 정식으로 만들었는데……."

팸플릿에는 교단의 고마우신 가르침과 성스러운 신체神體의 유래 등이 적혀 있었다. 도이가키는 이 종교를 믿는 사람이었을까? 아니면 세금 관련 문제로 조사하고 있었던 걸까?

"인터넷에 의존하지 마. 정보는 자기 발과 귀로 직접 얻어야 해. 안 그러면 속아 넘어갈 수도 있어."

시시한 설교를 하고 말았다. 노자와는 부끄러움을 숨기려고 얼른 돌아섰다. 등 뒤에서 다카하시가 깜짝 놀란 듯한 소리를 냈다.

"어?! 노자와 경위님, 이거 이상해요!"

"요란 떨기는."

노자와는 다시 뒤를 돌아봤다. 다카하시가 팸플릿을 불쑥 내밀었다.

"보세요. 연락처가 하나도 안 적혀 있어요."

무슨 소리야? 노자와는 고개를 갸웃거렸다. 그러자 다카하시가 시끄럽게 떠들어댔다.

"선전용 팸플릿인데 주소나 전화번호가 안 적혀 있다고요. 이 본당인지 뭔지가 어디 있는지, 위대하신 신체는 어디에 가면 볼 수 있는지, 애초에 이 종교단체에 어떻게 가입하면 되는지, 그런 정보가 전혀 없어요. 이건 이상하잖아요?"

"응, 이상하네. 아무튼 좀 진정해."

노자와는 팸플릿을 받아서 구석구석 꼼꼼히 살펴봤다. 연락처는 어디에도 적혀 있지 않았다. 이러면 팸플릿으로서 의미가 없을 텐데. 아니, 어쩌면 비밀결사처럼 신비함을 강조하면서 개인 대 개인의 권유로 새로운 신자를 영입하는 포교방식일지도 모른다.

그 점을 지적하자, 다카하시는 말문이 막혔지만 금세 정신차리고 반격했다.

"아니, 그래도 인터넷에도 아무 정보가 없다는 게 말이 되나요? 이런 팸플릿으로 포교를 당해서 종교단체에 가입하는 사람은 별로 많지 않아요. 신자는 비밀을 지키려고 할지도 모르지만, 가입 권유를 거절한 사람은 얼마든지 소문을 낼 수 있어요. 재미있는 종교가 있다~는 식으로요."

"너는 인터넷을 과신하는 경향이 있어."

노자와는 둥글게 만 팸플릿으로 다카하시를 툭 때렸다.

"어쨌든 여기서 머리만 굴려봤자 소용없어. 직장 동료나 취미생활을 공유하는 친구에게 물어보면 실태를 파악할 수 있을 거야."

"네, 알겠습니다."

다카하시가 너무 성실하게 반응하니까 괜히 노자와의 페이스가 흐트러지는 것 같았다. 그 후 화장실과 욕실을 체크하고 별장을 나올 때까지 노자와는 내내 입을 다물고 있었다.

다시 차에 탔을 때, 다카하시가 더는 못 참겠다는 듯이 질문했다.

"노자와 경위님은 어떻게 생각하세요? 범인이 별장에 묵은 것 같나요? 그놈이 언제 여기 왔는지 알아내면, 탐문할 때에도 좀 더 정확하게 질문할 수 있을 텐데요."

"현장의 상황만 봐서는 알 수 없어. 하나로 정해놓지 말고 다양한 가능성을 고려해서 수사를 해야 해. 이게 번거로워 보여도 결과적으로는 가장 빠른 길이야."

"네, 알겠습니다. 그럼 범행시간은요? 피해자가 동료에게 SOS 메시지를 보낸 것은 토요일 아침이었죠. 그다음에 온 '이젠 괜찮아'라는 메시지는 아마 범인이 보냈을 테지만, 실은 SOS 메시지도 범인이 보냈을 가능성도 있잖아요?"

"글쎄, 뭐라고 단언하긴 어렵군."

노자와는 무뚝뚝하게 중얼거렸다. 휴대폰 메시지는 누가 어디서 보냈는지 알 수 없으므로 얼마든지 위장이 가능했다.

"그 메시지가 범인이 보낸 가짜 메시지였다 해도, 토요일 아침까지 범인이 피해자를 만나지 않았더라면 그걸 보내지도 못했을 거예요. 범인은 적어도 아침까지는 이곳에 왔을 겁니다. 아니, 잠깐……."

다카하시는 미간을 찡그리고 이마에 손을 댔다. 허세가 느껴지는 포즈였다. 금방 생각이 정리됐는지, 젊은 형사는 눈을 크게 뜨면서 말했다.

"……만약에 범인이 그 메시지를 보냈다면, 목적은 무엇이었을까요? 수사 혼란. 그 시점에서는 피해자가 아직 살아 있었다고 착각하게 만드는 것이었을 테죠. 그렇다면 실제로는 그 전에, 이를테면 한밤중에 피해자를 살해했다는 뜻이잖아요?"

노자와는 흥분한 다카하시를 외면하면서 마지못해 인정했다.

“전반부는 네 말이 맞아. 하지만 후반부는 섣부른 억측이다.”

가능하다면 그 메시지를 받은 노동기준 감독관과도 이야기를 해보고 싶었다. 하지만 그건 경시청이 담당할 일이다. 이쪽은 우선 이쪽 일부터 처리해야 한다. 노자와는 다카하시에게 지시를 내려 차를 출발시켰다.

뒤를 돌아봤다. 주인을 잃은 별장이 조용히 그 자리에 서 있었다.

도이가키의 집과 별장 수색은 같은 날에 이루어졌다. 결과는 즉시……는 아니어도 가능한 한 빨리 서로 공유하게끔 되어 있었다.

경시청이 보내준 수사 자료는 이튿날 아침에 도착했다. 주로 도이가키의 노트북에서 발견된 취미생활 관련 데이터였다. 온라인 정보 교환은 빠르고 편리하지만, 베테랑 형사들은 별로 좋아하지 않았다. 게다가 해킹이나 바이러스에 의한 정보 누설 위험성도 적지 않았다.

“양이 많군.”

노자와가 얼굴을 찌푸리자 다카하시가 자발적으로 제안

했다.

"제가 정리해놓을게요. 블로그는 컴퓨터로 보면 되고, 메일도 일람표로 해둘게요."

고마워, 너무 무리하지는 마. 노자와는 그런 말은 하지 않았다. 그저 곁눈질로 힐끗 보고 "그래, 해봐"라고 대꾸했을 뿐이다.

다카하시는 유능했다. 메일을 주고받은 사람들의 명단을 작성했고, 블로그에 글을 쓴 날짜와 그 내용도 한눈에 알아볼 수 있게 정리했다. 다카하시는 그 작업을 오전에 다 끝내버리고, 심지어 노자와가 파악하기 쉽도록 종이에 인쇄까지 해주었다.

"피해자는 굉장히 신중한 사람이었나 봐요. 블로그를 보면 그 별장에서 동호회 모임을 자주 연 것 같은데, 개인의 이름이나 날짜나 장소 같은 구체적인 정보는 하나도 밝히지 않았습니다."

"비밀로 하고 싶은 취미였나?"

"꼭 그런 건 아닐지도 몰라요. 예를 들어 미리 외출할 예정을 블로그에 적어놓으면 그날 빈집털이범이 집에 침입할지도 모르고, 또 별장에 귀중한 물건이 있다면 역시나 도둑맞을 가능성이 있잖아요? 물론 경위님이 말씀하셨듯이 그 취미를 남에게 알리기 싫어하는 친구들도 있었을 테고요."

"그러니까 10일부터 시작된 연휴 시즌에 누가 올 예정이었는지는 알 수 없다는 거지?"

"네. 아쉽지만 그래요. 하지만 친구 중 하나를 만나서 이야기를 들어보기로 약속했습니다. 나가노 시에 사는 사람인데요. 오늘 밤에는 시간을 낼 수 있다고 했어요."

노자와는 젊은 형사를 물끄러미 쳐다봤다. 칭찬해주는 대신에 질문을 계속 던졌다.

"이름은? 나이는? 도이가키가 살해됐다는 사실은 알고 있나?"

"오누마 신지, 41세. 그동안 익명으로 교류했기 때문에 사건에 관해서는 모르는 것 같았습니다."

"아, 그래. 그런 세계도 있다고 했었지."

노자와로선 전혀 이해할 수 없었지만, 실제로 만나보면 살아 있는 인간일 테니까. 말은 통할 것이다.

그날 밤 노자와와 다카하시는 나가노 시로 향했다. 신칸센을 타고 가는 출장이었다.

노자와는 자리에 앉자마자 눈을 감고 다카하시의 시선을 차단해버렸다. 그러나 이 젊은이는 굴하지 않았다. 역에 도착해서 걸음을 떼자마자 당장 노자와에게 말을 걸었다. 사건 이야기는 그나마 이해해줄 수 있는데, 사생활에 관한 질문까지 튀어나왔다.

"경위님은 결혼을 일찍 하셨다고 들었어요. 아드님은 도쿄에 있는 대학교에 다닌다고 하던데요. 공부를 잘하나 봐요."

노자와는 아무것도 안 들리는 척하면서 고개를 살짝 숙이고 계속 걸었다. 자식은 딸과 아들이 하나씩 있었다. 큰딸은 이미 대학교를 졸업해서 이 지방에서 일하고 있었고, 아들은 대학교 2학년생이었다.

"형사는 일찍 결혼하는 편이 낫다는 선배님도 계시고, 또 늦게 하는 게 낫다는 선배님도 계시는데요. 경위님은 뭐가 더 낫다고 생각하세요? 경험자로서."

"몰라."

결혼은 언제 하느냐보다는 누구와 하느냐가 중요한 거다. 노자와는 그렇게 생각했지만 일부러 아무 말도 하지 않았다.

"날마다 늦게 퇴근하셔도 형수님께서 뭐라고 안 하세요? '하다못해 잔업세 대상이 되는 직종이면 좋았을 텐데!'라는 식으로……."

"쓸데없는 잡담 그만해."

"취조 연습을 하는 거예요. 좀 도와주세요."

"웃기지 마."

노자와는 딱 잘라 말하고 좀 더 빠르게 걸었다.

동갑인 아내와는 스물세 살에 결혼하고 나서 25년이나 함께 살아왔다. 원래 소꿉친구여서 초등학교 때 만났으니까 실제로는 그보다 더 오랫동안 알고 지냈다. 아내는 경찰관이라는 직업을 이해해주고, 근무시간이 불규칙해도 불평 한마디조차 하지 않았다. 승진을 원치 않는 노자와의 성격도 다 알고 받아들여줬다.

잔업세 덕분에 이 사회는 조금씩 변하고 있지만 형사의 일은 변치 않는다. 사건 해결이 그 무엇보다도 중요했다.

그런 아내가 최근 들어 이상해졌다. "좀 더 일찍 퇴근해서 대화할 시간을 가질 수는 없느냐." "형사는 다들 이렇게 늦게 퇴근하느냐." "경감 승진 시험을 볼 생각은 없느냐." 뭐 그런 이야기를 꺼내기 시작했다. 그러면 노자와는 불쾌해져서 대답하지 않았다. 왜 이제 와서 그런 질문을 하는 걸까. 의도가 확실치 않았다. 자식들이 성인이 되어 독립했기 때문일까. 그러나 아들은 아직 학생이고, 딸은 자취하고 있지만 같은 도시 안에 살고 있으므로 아내와도 자주 만나는 것 같았다. 그러니까 외롭진 않을 텐데.

노자와는 주머니 속에 있는 전자담배를 향해 손을 뻗었다. 아내가 간곡히 부탁하는 바람에 금연을 시작했었다. 지난 반년 동안 니코틴을 멀리했다.

내뻗은 손이 중간에 멈췄다. 약속장소로 지정된 카페가 눈앞에 나타났기 때문이다. 셀프서비스 체인점이었다. 잔업세가 도입된 이후로 아르바이트생을 혹사시키면서 영업하던

식당 체인점들은 곤경에 처했지만, 이런 타입의 카페는 타격을 입지 않았다. 어디선가 인건비를 충당할 수 있는 시스템이 존재하는 것이리라.

노자와는 그 카페에 들어가려고 했다. 그런데 다카하시가 그를 말렸다.

"아마 저 사람일 거예요."

가게 앞에서 직장인 같은 중년 남성이 누군가를 기다리는 것처럼 서 있었다. 평균보다 좀 말랐고 안경을 썼다. 그다지 인상적인 외모는 아니었다.

"혹시 오누마 씨 맞으세요?"

다카하시가 말을 걸자, 상대는 그렇다고 하면서 두 사람을 흥미롭다는 듯이 쳐다봤다.

"경찰이시죠? 남들이 보면 좀 그러니까 딴 데로 갑시다. 따라오세요."

그 남자가 안내해준 곳은 근처에 있는 원룸이었다.

"취미생활을 위한 작업실입니다. 좀 좁죠? 들어오세요."

두 형사는 서로 얼굴을 마주 봤다. 집 안에는 종이상자가 쌓여 있고, 공구와 플라스틱 파편이 어지럽게 흩어져 있었다. 의자와 책상 한 세트만 놓여 있어서 앉을 곳도 없었다.

오누마가 미안해하면서 말했다.

"죄송하지만 그냥 서서 이야기해도 될까요?"

"네, 물론이죠."

다카하시는 간신히 영업용 미소를 지으며 대꾸했다.

"도이가키 씨처럼 모형 작업실을 따로 만들어놓으셨군요?"

"글쎄요, 그렇게 우아한 것은 아니지만요. 아무튼, 무슨 일입니까? 도이가키 씨가 뭐 어쨌다는 거죠?"

좁은 방 안에서 형사와 마주 보고 있는데도 오누마는 주눅 들지 않았다. 무해하고 착한 사람처럼 보이는데 의외로 담이 큰 것 같았다.

"본격적인 이야기를 시작하기 전에 신분 증명부터 합시다."

다카하시가 경찰수첩을 보여주면서 상대에게 부탁했다. 그러자 오누마가 카드지갑에서 운전면허증과 명함을 꺼냈다.

"법무사 자격을 취득해 법률사무소를 운영하고 있습니다. 취미생활을 할 때에는 누마곤이라는 닉네임으로 도이가키 씨와 친하게 지냈습니다. 그분은 슌테츠라는 닉네임을 사용했지요. 그런데 그분의 본명은 저도 이번에 처음 들었습니다. 취미생활과 상관없는 정보는 거의 몰라요."

"네, 알겠습니다. 그런데 이런 말씀 드리기 죄송합니다만."

다카하시는 전혀 죄송하지 않은 말투로 말을 이었다.

"도이가키 씨는 세상을 떠났습니다. 누군가가 그를 죽였어요. 그래서 우리는 그와 관련된 사람들을 만나 이야기를 들어보고 있습니다."

오누마도 이번엔 깜짝 놀랐는지 숨을 들이켰다. 눈동자가 흔들렸다. 연기하는 것처럼 보이진 않았다.

"……몰랐어요."

"뭔가 짚이는 것은 없습니까?"

"글쎄요…… 저희는 취미생활만 공유했거든요. 반년에 한 번 정도 별장에 모여 프라모델 이야기를 나눴을 뿐이에요."

오누마는 시선을 떨어뜨리더니 고개를 설레설레 흔들었다.

"마지막으로 만난 게 언제입니까?"

다카하시는 이미 이메일을 조사해서 알아낸 사실을 확인하기 위해 일부러 질문했다. 그러자 오누마는 사실 그대로 8월 초 주말에 만났다고 대답했다.

"그 모임에서 무슨 다툼은 없었습니까?"

"제가 아는 한 없었습니다."

노자와는 질문을 하나 던졌다.

"상대의 작품을 품평하다가 말다툼이 벌어진 적은 없습니까?"

"온라인으로 익명인 누군가와 말다툼을 벌이는 경우는 있어도, 현실세계에서 공격적인 말을 하는 경우는 없었어요.

더구나 살인이라니……."

오누마는 말꼬리를 흐렸다. 그리고 오히려 질문을 했다.

"저기요, 그분 직업이 뭐였습니까? 직업 때문에 스트레스를 많이 받는 것 같았는데요."

다카하시는 한순간 노자와를 쳐다봤다. 그러나 곧 스스로 판단을 내렸다.

"마루자—잔업세 조사관이었습니다."

아…… 하고 오누마는 납득했다.

"이해가 가네요. 하긴, 그런 느낌이 났었어요."

"그런 느낌? 구체적으로는 뭡니까?"

"으음…… 설명하기 어렵네요."

오누마는 고개를 갸웃거렸다. 떠오른 이미지는 있는데 말로 표현을 못 하는 것 같았다. 어쩌면 경찰이 신경 쓰여서 그런 걸지도 모르고.

"뭐랄까요. 딱 공무원 같은 사람이었어요. 성실하고 고지식한 구석도 있었고, 또 묘하게 순진한 구석도 있었죠. 자기 일을 보람 있다고 생각하는 것처럼 보였어요. 다른 친구들 중에서는 철저하게 일을 돈벌이 수단으로만 보는 녀석도 있었는데, 그 사람은 달랐어요."

"독신이었는데요. 사귀는 사람은 없었나요?"

다카하시의 질문에 오누마는 쓴웃음 지으며 대답했다.

"아마 없었을 겁니다. 있었으면 취미생활에 그렇게까지 매진하진 못했을 테죠."

그렇게 말하는 오누마도 결혼반지는 안 끼고 있었다.

"여러분은 별장에 갈 때 어떤 교통수단을 이용하셨습니까?"

"저도 그렇지만 대부분 자동차를 타고 다녔습니다. 너무 먼 데 살거나 운전을 못하는 사람은 아마 가루이자와에서 버스를 탔을 겁니다."

"별장에서 식사는 어떻게 하셨습니까?"

"밤에는 아무 식당에나 들어가서 먹고 마셨고요. 아침에는 대체로 각자 준비해온 음식을 먹었습니다."

"도이가키 씨는 뭘 드셨나요?"

"글쎄요. 아마 빵이나 콘플레이크를 먹었을 겁니다. 그 사람은 커피를 못 마셨거든요. 그래서 우유나 주스를 마셨습니다."

노자와의 수첩이 지저분한 글씨로 채워져 갔다. 다카하시는 만족스럽게 고개를 끄덕거렸다. 사전 조사와 증언의 내용이 일치해서 다행이었다. 증언에 설득력이 생겼다. 그런데 다카하시는 속마음이 표정에 너무 심하게 드러나는 타입이었다. 노자와는 속으로 혀를 찼다.

다카하시는 그걸 눈치채지 못하고 질문을 계속했다.

“도이가키 씨가 종교를 권유한 적이 있습니까?”

종교요? 하면서 오누마는 영문 모르겠다는 듯이 눈살을 찌푸렸다. 그 표정만 봐도 대답을 알 수 있었다. 영화법교라는 명칭도 한 번도 들어보지 못했다고 했다.

노자와는 그 종교가 이번 사건과는 관계가 없을 거라고 생각했다. 범인은 피해자의 휴대폰과 흉기를 처분하고, 범행 및 자기 자신의 흔적을 지우고 떠나갔다. 만약에 범인이 영화법교인지 뭔지와 관련되어 있다면 팸플릿도 가지고 갔을 것이다. 그러나 그건 어디까지나 추측일 뿐이다. 어쩌면 진실은 다를 수도 있다. 그래서 경시청에도 그 정보를 알려줬고, 질문도 해보라고 했다. 선입관이나 개인적인 추리로 수사에 혼란을 가져다주는 것은 노자와의 작업 스타일이 아니었다.

“마지막으로 이거 하나만 봐주세요.”

다카하시는 도이가키의 컬렉션 사진을 보여줬다. A4 크기로 확대 인쇄한 것이었다.

“뭔가 없어진 물건은 없나요?”

오누마는 사진을 가만히 들여다봤다. 가끔 미소를 짓기도 했다. 그리고 예상대로 실낱같은 기대를 저버리는 대답을 했다.

“아마도 없는 것 같아요.”

그 후 다카하시는 모형을 좋아하는 다른 친구들에 관한 정보를 얻었다. 그로써 오누마에 대한 청취를 종료했다.

돌아가는 신칸센에 올라탔다. 다카하시는 올 때에 비해 기운이 없어 보였다. 완전히 의기소침해진 상태였다.

“별다른 단서는 얻지 못했네요.”

“당연하지. 이건 게임이 아니니까, 가는 곳마다 족족 증거가 튀어나오진 않아. 아무튼 관계자 전원을 만나 증언을 모으면서 수많은 가능성들을 하나씩 줄여 나가야 해.”

노자와도 그들이 사건을 해결해가고 있다는 느낌을 받진 못했다. 그러나 금품 목적의 충동적인 범행이 아닌 이상, 끈기 있게 수사하다 보면 반드시 골인 지점에 도착할 수 있을 것이다.

“역시 경시청이 주도권을 쥐게 될까요?”

다카하시의 한마디가 노자와의 심기를 건드렸다.

“이봐. 설마 이상한 라이벌 의식을 가지고 있는 건 아니겠지?”

노기를 띤 말투였다. 다카하시는 깜짝 놀라 고개를 들었다.

“네? 아니 뭐, 그 녀석들보다 빨리 사건을 해결하고 싶긴 하죠. 지기는 싫잖아요?”

“이 멍청아. 사건 해결에 이기고 지고가 어디 있어? 특히 이번에는 수사 대상이 분리되어 있잖아. 범행 동기가 피해자의 직업과 관련된 거라면, 우리가 나설 기회는 없을 거야."

"사건 현장이 이쪽에 있으니까 우리에게도 기회는 있어요. 그러니까 경위님이 말씀하셨듯이 끈기 있게 수사하면서 단서를 찾아볼게요. 그럼 되죠?"

이제 의욕은 되찾았나 보다.

"마음대로 해."

노자와는 차갑게 대꾸하고 눈을 감았다.

8

퇴근시간이라 혼잡한 역 앞에서 신호등이 바뀌길 기다리는 도중에, 스즈하타 겐이치는 등 뒤에 다가온 인기척을 느끼고 고개를 들었다. 뒤를 돌아볼까 말까 망설였다. 뭔가 좋지 않은 분위기가 느껴졌기 때문이다.

신호가 파란불로 바뀌기 직전에 뒤돌아봤더니, 검은 양복을 입은 남자가 스즈하타를 내려다보고 있었다.

"신호가 바뀌었는데요."

그 남자는 나지막하게 말했다.

아, 네. 스즈하타는 떨리는 목소리로 대답하고 걸음을 뗐다. 그 남자는 바로 옆에 붙어서 따라왔다.

횡단보도를 다 건너자 사람들이 좌우로 갈라져 흩어지기 시작했다. 스즈하타는 내심 불안해하면서 집 쪽으로 걸음을 옮겼다. 그러자 그 남자는 좀 더 가까이 다가왔다. 두 사람의 팔뚝이 닿았다.

"국세국 직원 스즈하타 씨?"

스즈하타는 공포에 질려 우뚝 멈춰 섰다. 그 남자는 스즈하타의 어깨를 감싸고 그를 골목길로 데려갔다.

"잠깐 이야기 좀 하자."

그 남자는 30대 초반처럼 보였다. 스즈하타와 비슷한 나이. 격투가처럼 몸이 우락부락하지는 않아도 온몸에서 살기가 흘러나오고 있었다. 나이프라도 숨기고 있는 것 같았다. 스즈하타는 용기를 쥐어 짜내 물어봤다.

"누구십니까?"

"나? 스즈키야. 누가 보냈는지는 알지?"

스즈키라고 이름을 밝힌 남자는 히죽 웃었다. 이곳은 술집이 쭉 늘어서 있는 골목길이었다. 어깨를 끌어안고 걸어가는 두 사람을 주목하는 사람 따윈 없었다.

"그 사건 말인데. 그쪽의 움직임은 어때?"

시치미를 뗄 여유는 없었다. 그냥 빨리 해방되고 싶었다.

"'오바'라는 여자가 담당하게 되었어. 자세한 것은 나도 몰라."

"여자? 몇 살인데. 예뻐?"

"얼굴은 예쁘지만 건방진 여자야."

"그 여자가 뭘 담당하는데?"

"경찰을 상대하는 일. 그리고 아마 도이가키가 비리를 저지르지 않았는지 조사할 거야."

아~ 그래? 하고 그 남자는 신나게 맞장구를 쳤다.

"그럼 다음 타깃은 너일지도 모르겠군."

스즈하타는 걸음을 멈췄다. 배 속이 쿡쿡 찌르는 것처럼 아팠다. 입술이 바싹 말랐다.

"내, 내가 입을 열면, 너희들도 다 끝장이야. 알아?"

"잠꼬대는 침대에서나 해. 우리는 뇌물을 주지도 않았고, 기밀 정보를 듣지도 않았어. 불법적인 짓을 한 사람은 너밖에 없다고."

그건 사실이었다. 스즈하타는 입을 다물었다. 오한이 느껴지는데도 식은땀이 났다. 반론을 해야 하는데.

"협박은 범죄야."

"협박? 글쎄, 우리는 정당한 거래를 요구하는 것뿐이거든?"

부끄러움과 후회가 스즈하타의 가슴속에 가득 차올랐다. 숨이 막힐 것 같았다.

갑자기 그 남자가 웃음을 터뜨렸다.

"걱정하지 마. 너를 위한 일자리도 돈도 이미 준비해놨어. 이번 일이 다 끝나면 사표나 써."

스즈하타는 안심했다. 그게 상대의 노림수임을 알아도, 저절로 얼굴 근육이 풀어졌다.

"사표 써도 된다고?"

"그래. 단, 이번 사건이 마무리된 다음에. 또 물어보러 올 테니까 이것저것 알아봐둬."

스즈하타는 머리를 숙인 채 멀어져가는 그 남자의 발소리를 듣고 있었다. 오바, 오바. 그렇게 중얼거리는 목소리가 귀에 들어왔다.

오늘은 곧바로 집에 돌아가려고 했는데 그럴 마음이 사라졌다. 파친코(일본의 대중적인 성인 오락 도박 게임)나 야간 경마를 하러 가든가, 아니면 유흥업소에 가든가. 어떤 식으로든 마음을 달래야 할 것 같았다.

스즈하타는 불빛에 이끌리는 벌레처럼 밤거리를 향해 걸어가기 시작했다.

9

사건에 관한 이야기를 듣고 싶다. 전화로 그렇게 말하자, 노동기준 감독관 나시모토는 침착하게 대답했다.

"알겠습니다. 협력할게요. 제가 경찰서로 가면 되나요?"

와, 내가 안 나가도 되겠구나! 무라시타는 순간적으로 기뻐했지만 곧바로 그 제안을 거절해야 했다.

"아뇨, 이번에는 댁에 직접 찾아가서 이야기를 듣고 싶은데요……."

용의자나 참고인이라면 취조실로 데려가서 취조할 테지만, 나시모토는 단순한 관계자에 불과했다. 그는 용의자가 아니었다. 게다가 어느 경찰서로 부르느냐 하는 것도 문제가 되었다. 수사본부는 군마 현경찰 나가노하라 경찰서에 설치되었다. 도쿄에는 거점이 없었고, 그렇다고 경시청으로 부르기도 좀 그랬다.

그리고 그의 집에 가보면 뜻밖의 단서를 발견할 수 있을지도 모른다는 은근한 기대감도 있었다.

"그럼 주말에 오셔야 하는데요. 아니면 제가 휴가를 신청해야 하고요. 이거 급한 일인가요? ……급하겠죠."

나시모토는 혼자서 이야기를 진행시키더니 토요일 오전에는 집에 와도 된다고 말했다.

그리하여 무라시타는 젊은 형사 반과 함께 약속대로 오전 아홉 시에 나시모토네 집 초인종을 누르게 되었다. 스기나미 구의 오래된 주택가에 있는 단독주택이었다. 지은 지 40년은 된 것 같은 건물인데 현관 앞에 경사로가 있었다. 배리

어프리 스타일로 개조한 모양이다. 경사로 앞에는 마당 대신 차고가 있었고, 그 안에 검은색 소형 왜건이 주차되어 있었다. 휠체어를 실을 수 있는 구조. 장애인 마크가 붙어 있었다.

"차를 타고 올 걸 그랬네요."

무라시타는 번호판 숫자를 메모하면서 중얼거렸다. 가까운 역에서 버스와 도보로 여기까지 오는 데 20분이나 걸렸다. 이마의 땀을 닦느라 손수건이 축축해졌다.

"이렇게 좁은 길에서는 운전하기 싫은데요?"

반이 그렇게 대꾸했을 때 문이 열리더니 추리닝을 입은 나시모토가 나타났다. 붙임성 있는 미소를 짓고 있었지만, 그 상쾌한 모습이 가식적으로 보이기도 했다. 본디 형사는 인간의 어두운 일면을 찾으려고 애쓰는 족속이다.

"들어오세요. 집이 좀 지저분한데 괜찮으실지 모르겠네요. 양해해주세요."

깨끗이 청소된 현관과 복도를 지나 거실로 안내됐다. 오래된 검은 가죽 소파와 유리 탁자가 존재감을 과시하고 있었다. 중후한 나무 책장에는 백과사전이나 문학 전집 등이 진열되어 있었다. 일단 청결해 보이는데도 왠지 모르게 답답한 느낌이 드는 이유는 모든 것이 오래됐기 때문일지도 모른다.

"부모님과 같이 사시나요?"

무라시타는 소파에 앉자마자 우선 그렇게 물어봤다. 이 집은 도저히 30세 남성이 사는 집처럼 보이지 않았기 때문이다. 그러자 나시모토가 웃으며 대답했다.

"네. 부모님은 두 분 다 고등학교 교사이십니다. 할머님도 같이 사시는데요. 오늘은 다들 외출하셨습니다."

"아, 그래서 이 시간에 오라고 하셨군요."

"네. 특히 할머님께는 비밀로 하고 싶었거든요. 걱정하실 테니까. 사건에 관한 이야기 자체를 안 했습니다."

무라시타가 슬쩍 견제구를 던졌더니 나시모토는 정면으로 받아쳤다. 동요한 기색이 전혀 없었다. 하긴, 스스로 경찰서에 오겠다고 말했을 정도다. 일반 시민과는 달리 경찰이나 형사를 무서워하지 않는 것이다. 같은 공무원이라고 생각해서? 아니면 똑같이 범죄자를 상대하는 직업이니까? 아마 둘 다 정답일 것이다.

"도이가키 씨와 함께 일하신 지는 얼마나 됐습니까?"

"올해로 4년째입니다."

"모든 기업을 둘이서 같이 조사하고 같이 방문하셨습니까?"

"조사는 각자 하는 경우도 있습니다. 조사 대상이 약간 다르니까요. 임검할 때에는 둘이서 같이 합니다."

기본적인 질문을 했더니 나시모토가 먼저 질문을 던졌다.

"그런데 수사는 잘 진행되고 있습니까?"

"그건 말씀드릴 수 없습니다. 당신도 잘 알고 계실 텐데요."

"네. 하지만 꼭 물어봐야 할 것 같아서요. 만약에 도이가키 씨가 업무상 원한을 사서 살해됐다면 저도 위험해질 가능성이 있잖아요. 그러니까 현시점에서 경찰의 의견은 어떤지 알고 싶습니다."

"그걸 판단하기 위해 당신의 이야기를 들어보려는 겁니다. 그나저나 참 침착하시네요. 겁 많은 사람 같았으면 벌써 경찰에게 자기를 지켜 달라고 부탁했을 텐데요. 아, 물론……."

무라시타는 상대를 관찰하는 눈으로 쳐다봤다. 그러나 나시모토는 태연하게 그의 뒷말을 기다렸다.

"당신이 사건과 관련이 있거나, 범인이 누군지 알고 있기 때문에 '나는 안전하다'고 믿고 있다면 당황할 필요도 없을 테지만요."

"아뇨, 침착하다는 것은 과찬이십니다. 그런데 잔업세 조사관과 노동기준 감독관은 같이 행동하더라도 직무 자체는 다르거든요. 저희 업무는 노동자를 지키는 것이고, 마루자의 업무는 잔업세를 징수하는 것입니다. 아무래도 마루자가 원한을 살 가능성이 높죠."

공격이 먹히지 않았다. 무라시타는 방침을 바꿨다.

"알겠습니다. 현시점에선 그 정도면 됐습니다. 그럼 구체적으로 도이가키 씨를 미워할 만한 인물이나 기업은 있습니까?"

나시모토는 미간을 찌푸리고 잠시 생각에 잠겼다. 무라시타 옆에서 반이 답답하다는 듯이 꼼지락거렸다.

"저희가 임검한 기업 중 상당수는 그분을 미워하고 있을 테죠. 하지만 살인까지 할 것 같지는 않습니다. 잔업세 탈세는 추징금이 의외로 적거든요."

"그러나 그것 때문에 도산하는 기업도 있을 텐데요."

"그건 그렇죠. 하지만 잔업세를 탈세함으로써, 즉 노동자를 착취함으로써 돈을 버는 기업은 당연히 도산해야 합니다. 그런 기업이 그대로 존속한다면 사회에 악영향을 주니까……."

열띤 어조. 이야기가 길어질 것 같아서 무라시타는 얼른 말허리를 잘랐다.

"아무튼 그것도 살인 동기로는 충분합니다. 지난 1년 사이에 도이가키 씨가 탈세를 적발한 결과 도산한 기업은 있습니까?"

"1년 사이에는 없었을 겁니다."

"그럼 담당자가 좌천된 경우는요?"

"그것까진 잘 모르겠어요."

나시모토의 태도는 협력적인지 아닌지 판단하기 어려웠다. 자기 입으로 구체적인 이름을 밝히는 것은 꺼리는 걸지도 모른다. 청취하면서 종종 있는 일이었다. 그런데 '고자질하는 것 같아서 싫다'라는 심리는 이해하지만, 나시모토는 그런 생각을 하는 타입처럼 보이진 않았다. 무슨 사정이 있어서 이야기하고 싶지 않은 내용이 있는 걸까.

나시모토는 약간 머뭇거리면서 입을 열었다.

"경찰 측에서 노기서나 세무서에 신청하신다면, 저희 둘이 방문한 기업 명단도 받아 보실 수 있을 겁니다."

"네. 그렇게 해야지요."

"나중에 정식 서류를 제출한다고 약속해주신다면, 지금 여기서 제가 구두로 말씀드릴 수도 있습니다."

멍하니 있던 반이 갑자기 눈을 크게 떴다. 같은 공무원끼리여도 이렇게까지 편의를 봐주는 경우는 드물었다. 무라시타가 파악했던 나시모토라는 남자의 이미지가 또다시 아리송하게 바뀌었다.

"네, 약속할게요. 말씀해주세요."

"가장 최근부터 순서대로 말씀드릴게요. 프로덕션 덴도, 야마기와 커피, 기와미 건설……."

다시 한 번 놀랐다. 아무것도 보지 않고 술술 이야기하다니.

"외우고 계신 겁니까?"

"네, 물론이죠. 업무 자료는 외부로 가지고 나올 수 없으니까요. 머릿속에 입력해두고 있습니다."

"기억력이 좋아서 참 편하시겠어요."

반이 태평한 소리를 했다. 편하게 살려면 노력해야 한다는 사실은 모르나 보다. 나시모토는 힐끗 반을 보고 쓴웃음을 지었다. 그리고 다시 암송을 시작했다.

무라시타는 전부 메모한 다음에 질문 각도를 바꿨다.

"쭉 함께 행동하셨다면 업무 말고 다른 이야기도 하셨을 텐데요. 도이가키 씨는 동료나 친구와 관련된 문제는 없었나요? 사내 출세 경쟁이라든가 금전문제 같은 건요?"

"특별히 짚이는 건 없네요. 도이가키 씨는 정의감이 넘치고 일을 열심히 하는 사람이었습니다. 노기서에도 세무서에도 그분을 싫어하는 사람은 없을 거예요. 저도 파트너로서 존경했습니다."

"그는 독신인데, 혹시 애인은 있었습니까?"

"글쎄요. 없었을 거라고 생각합니다."

아마 그렇겠지. 무라시타도 속으로 동의했다. 여자의 흔적은 어디서도 발견되지 않았다.

"취미에 관한 이야기를 한 적이 있나요? 기타카루이자와에 있는 별장은 알고 계십니까?"

"그 별장에는 두 번쯤 가본 적이 있습니다."

예상치 못한 대답이었다. 무라시타는 속으로 격렬하게 반응했다. 실제로는 투실투실한 몸이 살짝 흔들렸을 뿐이지만.

"그런데 거기서도 거의 업무에 관한 이야기만 했습니다. 저는 모형에는 관심이 없었거든요."

"업무에 관한 이야기? 구체적으로는 어떤 이야기였습니까?"

구체적……? 나시모토는 그 말을 되풀이했다.

"임검하기 전에 어떤 식으로 조사할 것이냐, 내부 고발에 어떻게 대응할 것이냐 하는 이야기였습니다. 제도 자체의 문제점에 관한 토론도 했고요."

아하. 무라시타는 납득하면서 질문을 계속했다.

"금요일에는 같이 일하셨을 텐데요. 도이가키 씨가 뭔가 평소와 달라 보이지는 않았습니까? 혹시 누군가와 함께 별장에 갈 거라는 이야기는 안 했나요?"

"주말에는 별장에 갈 거라고 했습니다. 원래 한 달에 세 번은 가는 것 같았으니까요. 별로 특이한 일은 아니죠. 누구와 같이 간다는 이야기는 못 들었습니다."

그 대답에서 수상한 점은 찾아낼 수 없었다. 보통 주말 스케줄을 회사 동료에게 자세히 설명하지는 않을 테니까.

"그리고 토요일 아침에 도이가키 씨의 SOS 메시지를 받으셨다고요. 그때는 무슨 생각을 하셨습니까?"

"이런 일은 처음이었고, 그분은 실없는 장난을 치는 성격은 아니라서 깜짝 놀랐습니다. 답장이 와서 좀 안심하긴 했는데요. 전화는 안 받으셔서 주말 내내 불안했습니다. 그리고 연휴가 끝났는데도 연락이 되지 않아서 결국 수색원을 제출했고, 그걸로 일이 잘 해결되길 바랐는데……."

"도이가키 씨가 전화했을 때 당신은 뭘 하고 계셨습니까?"

"조식을 준비하고 있었어요. 가스 불을 켜고 환풍기를 가동시키고 있었죠. 그래서 다른 방에서 휴대폰이 울리는 소리를 듣지 못했습니다."

나시모토는 눈을 내리깔고 침통한 표정을 지었다.

"그때 제가 전화를 받았으면 결과가 달라졌을지도 모르죠. 후회가 됩니다."

"왜 곧바로 경찰에 신고하지 않았죠?"

"신고했으면 즉시 대처해주셨을까요?"

무라시타는 말없이 고개를 가로저었다. 예전부터 무슨 낌새가 있었다면 몰라도, 한낱 애매한 메시지만 가지고 경찰이 출동하지는 않았을 것이다.

"결과적으로는 제가 그때 곧장 기타카루이자와에 가야 했던 걸지도 몰라요. 그런데 저는 업무 스케줄을 우선시하고 말았습니다. 이렇게 된 이상, 도이가키 씨와 함께 진행했던 프로젝트를 잘 완수하는 수밖에 없다고 생각하고 있어요. 그걸로 그분의 영혼을 위로해드릴 수 있었으면 좋겠네요."

"그때 당신이 즉시 기타카루이자와에 갔어도 아마 소용없었을 겁니다."

무라시타는 형식적인 위로를 하고 다음 질문을 던졌다.

"영화법교라는 종교는 알고 계십니까?"

그것은 군마 현경찰이 제공해준 정보 중 하나인 신흥 종교였다. 도이가키의 별장에서 연락처가 기재되어 있지 않은 기묘한 팸플릿이 발견됐다고 한다. 영화법교. 그것이 바로 자신이 발견한 '영화법교'라는 사실을 깨닫는 데 3초쯤 걸렸다. 도이가키의 집에서 찾아낸 수첩에 남겨져 있던 글자. 어쩌면 중요한 단서일지도 모른다.

"들어본 적은 있습니다."

나시모토는 가볍게 대답했다.

"절세를 위해 만들어낸 위장용 단체가 아닐까요? 저는 세금에 관해서는 잘 모르지만, 실체가 없는 종교 법인을 매수해서 절세에 이용하는 경우가 있다고 합니다. 그런 사례 중 하나가 영화법교라고 하더군요."

"아, 그래요. 그래서 연락처가 없었던 거군요."

신자를 모집하지 않는 위장용 단체라면 연락처도 필요 없을 것이다.

"그냥 아무 주소나 적어놔도 될 텐데. 쓸데없는 신비주의 콘셉트네."

반이 조그맣게 중얼거렸다.

"그러는 경우도 있지요. 하지만 어차피 세무서는 다 알고 추궁하니까 소용없다고 합니다. 이건 도이가키 씨가 자주 했던 이야기인데요. 종교 법인이어도 모든 세금이 면제되는 것은 아닙니다. 종교 활동 이외의 경제 활동, 이를테면 부동산 사업이라든가 물품 판매 등에는 기업과 마찬가지로 세금이 부과됩니다. 급료를 받는 직원은 소득세나 잔업세를 납부해야 하고, 노동기준법을 위반한 경우에는 지도 대상이 됩니다."

"와~ 진짜? 그럼 스님도 노동자야?"

"그중에 경영자도 있고 노동자도 있죠. 절이 새전이나 시주를 통해서 얻은 수입에는 세금이 부과되지 않지만, 그 돈이 급료라든가 기타 등등의 형태로 개인의 주머니에 들어가면 세금이 붙습니다."

어휴, 뭐가 그렇게 복잡해? 하고 반이 백기를 들었다. 무라시타가 이어서 입을 열었다.

"그 영화법교를 절세 수단으로 사용한 주체가 누구인지는 아십니까?"

"죄송하지만 모릅니다. 그건 제 전문 분야가 아니거든요. 그런데 도이가키 씨가 그 팸플릿을 가지고 있었다는 것은 뭔가 신경 쓰이는 점이 있었다는 뜻이겠죠. 종교 법인은 전부 다 등록되어 있으니까, 경찰 측에서 쉽게 조사할 수 있을 겁니다."

그건 그렇죠. 무라시타는 그렇게 대답하면서, 굵은 목을 움직여 고개를 갸웃거렸다.

"그런데 종교 법인을 이용한 절세인지 탈세인지가 잔업세와 상관이 있나요?"

"직접적으로는 상관없을 테지만, 잔업세 탈세를 조사하는 과정에서 다른 거대한 탈세 행위를 발견하는 경우는 있습니다. 자기 공적을 우선시해서 잔업세에만 집착하는 조사관이 있는가 하면, 그걸 세무서에 보고해서 거대한 탈세 행위를 적발하는 것을 우선시하는 조사관도 있어요. 도이가키 씨는 누가 봐도 후자였습니다."

"조만간 신주쿠 세무서에도 갈 예정이니, 가서 확인해보겠습니다. 너무 오래 있었네요. 슬슬 가봐야겠습니다."

무라시타는 영차 하고 몸을 일으켰다. 그러나 도중에 멈칫하더니 털썩! 하고 앉았다.

"중요한 것을 깜빡할 뻔했네요. 나시모토 씨, 지난주 금요일 밤부터 토요일 사이에는 어디서 무엇을 하셨습니까?"

"알리바이를 물어보시는 겁니까?"

나시모토는 쓴웃음을 지었다. 무라시타는 어깨를 으쓱하며 대꾸했다.

"원래 그래요. 모든 사람에게 다 물어봅니다."

"금요일 업무를 마치고 토요일 오전까지는 혼자 집에 있었습니다. 알리바이는 없어요."

"가족분들은요?"

"부모님과 할머님은 여행을 떠나셨습니다. 공공 버스투어였는데, 할머님께서 다리가 불편하셔서 차를 타고 따라갔고요. 저는 집을 지켰습니다. 그리고 토요일 14시부터는 어느 음식점의 노동 실태 조사를 하러 갔습니다."

가게 근처에 잠복해서 종업원의 출퇴근을 체크하는 것이라고 한다.

"그것도 혼자 하셨습니까?"

"네. 하지만 편의점 앞에 서 있기도 했고, 카페에 오랫동안 머물기도 했으니까요. 누군가가 '이상한 사람이네' 하고 저를 주의 깊게 봤을지도 모릅니다."

"알겠습니다. 확인해보도록 하죠. 그 가게 이름과 주소를 가르쳐주세요."

그러자 나시모토는 고개를 흔들었다.

"가게 이름은 말씀드릴 수 없습니다. 가게 측이 조사받는다는 사실을 눈치채면 증거 인멸을 하려고 할 가능성도 있으니까요."

"그러다 당신이 의심받을 수도 있는데요?"

"임검이 끝난 다음에 말씀드리겠습니다."

타협할 마음은 없나 보다.

"일단 알리바이는 없다고 생각하면 되는 거죠?"

나시모토는 두려워하는 기색도 없이 네 하고 고개를 끄덕였다. 무라시타는 천천히 몸을 일으켰다.

"오늘은 이만 실례하겠습니다."

현관에서 신발을 신었다. 문을 반쯤 열었을 때 나시모토를 돌아봤다.

"그러고 보니 저기 저 차는 당신 겁니까?"

주차장에 있는 왜건을 가리키면서 물어봤다.

"어머니 차입니다. 저도 가끔은 운전하는데, 잘하지는 못해요."

"아, 그래요."

물어볼 것은 다 물어봤다. 무라시타는 이제 그만 떠나려고 했는데 이번에는 나시모토가 그를 붙잡았다.

"저, 사실 이 이야기는 할까 말까 고민했는데요……."

"네, 말씀해보세요."

기대감에 부푼 무라시타의 목소리가 약간 높아졌다. 이런 때에는 대체로 중요한 정보가 튀어나오는 법이다.

"석 달 전이었나? 그때 도이가키 씨가 갑자기 이런 말씀을 하셨어요. '잔업세에는 치명적인 결함이 있을지도 몰라'라고요. 자세한 내용은 가르쳐주지 않으셨고, 그 후에는 제가 몇 번이나 은근슬쩍 물어봤는데도 그분은 시치미만 떼셨는데요. 별로 중요한 것은 아닐지도 모르지만, 이런 일이 생기니까 왠지 모르게 마음에 걸려서요."

"잔업세에 치명적인 결함이 있다고요?"

무라시타는 생각을 해봤다. 만약에 그 결함을 이용해 탈세하는 기업이 있고, 도이가키가 그걸 알아냈다면……. 아니, 잠깐만. 섣부른 추측은 금물이다.

"말씀해주셔서 감사합니다. 참고하겠습니다."

파트너인 노동기준 감독관의 눈에 비친 도이가키는, 고인에 대한 경의는 제쳐놓더라도 '열심히 일하는 존경스러운 인물'이었던 모양이다. 그러니까 일하다가 누군가의 원한을 샀을 가능성도 있을 것이다. 그러나 다른 각도에서 보면 또 다른 인물상이 떠오를지도 모른다. 나시모토는 도이가키를 미화하는 경향이 강해 보였다.

무라시타는 사진으로 본 도이가키의 모습을 머릿속에 그려봤다. 코 옆의 점만 빼면 특징이랄 것이 없는 외모였다. 확실히 성실하고 고지식해 보이긴 했다.

무라시타는 땀을 닦으면서 버스 정류장까지 걸어갔다. 중간에 자판기에서 캔 커피를 샀는데, 이 계절에 어울리지 않게 차가운 커피를 골랐다.

반이 태평하게 질문했다.

"저놈 말이에요. 꽤 수상하지 않아요? 웃는 얼굴도 기분 나쁘고, 알리바이도 없고."

"일단 용의자 후보 중 하나이긴 하죠."

인상만 가지고 범인을 결정짓는 것은 중세 시대에나 하던 짓이다.

"처음부터 알리바이와 자동차에 관해 물어본 다음에 끈질기게 공격하면 좋았잖아요. 세금이나 종교 이야기는 다른 녀석이 해도 됐을 텐데."

"네, 그것도 하나의 방법이죠. 그러나 저는 개인적으로는, 상대가 대답을 미리 준비해놨을 듯한 질문은 나중에 하는 것을 좋아해요."

막판이 되면 상대의 긴장이 풀리면서 속마음이 드러나는 경우도 많다. 그러나 나시모토에게는 그 수법이 통하지 않은 것 같았다. 그는 처음부터 끝까지 자제력을 발휘해 대응하는 것처럼 보였다.

무라시타는 일단 한번 물어봤다.

"나시모토가 범인이라면 동기는 뭘까요?"

"동기요? 뭐든지 가능하지 않아요? 돈이나 여자나 일이나……. 여자는 아닐 것 같은데, 그래서 오히려 수상해요."

"당신의 추리가 옳다면 이건 간단한 사건이겠네요."

나시모토가 범인이라면 그 전화와 메시지는 본인의 자작극일 것이다. 그런데 왜 그런 자작극을 벌였을까? 이유를 모르겠다. 범행시간을 속이기 위해서? 그러나 본인에겐 알리바이가 없으니 무의미한 짓이다. 만약 그 시각이 실제 사망 추정 시각과 어긋난다면 오히려 본인이 의심받을 것이다. 게다가 수색원을 제출한 것도 이상하다. 그러면 시체 발견 및 신원 확인 속도가 빨라질 가능성이 높은데. 이것도 범인의 행동치고는 부자연스러웠다. 현시점에서는 지나치게 의심할 필요는 없을 것이다.

나시모토의 이야기 중에서 신경 쓰이는 부분은 '영화법교를 이용한 절세'와, 그가 마지막에 말한 '잔업세의 결함'이었다. 다음 주초에 세무서에 가보면 단서를 얻을 수 있을까?

"저 곧바로 퇴근해도 돼요? 원래 토요일 오후에는 야구를 하거든요."

반은 대답을 듣지도 않고 떠나갔다. 무라시타는 그 뒷모습을 보고 투덜투덜 혼잣말했다.

"휴일 출근도 잔업세 대상이 되던가요? 휴, 젊은이들이 일을 안 하는 것도 당연하네요."

하긴, 그것이 그 제도의 목적이니까 효과가 나타난 셈이다. 그런데 잔업수당은 받지만 잔업세는 낼 필요가 없는 것이 제외 직종이다. 그럼에도 불구하고 반은 잔업을 싫어했다. 그것이 요즘 시대 풍조인가 보다. 같은 제외 직종에 종사하는 중학교 교사 친구도 "요즘 젊은 사람들은 잔업을 싫어해" 하고 투덜거렸다. 동아리 활동 지도 등 잡다한 일은 다들 기피하기 때문에 외부 사람에게 위탁했다고 한다. 여가시간이 늘어난 직장인이 동아리 코치 아르바이트를 하는 경우가 많단다. 노동력의 재분배가 진행되고 있는 것이다.

무라시타 본인은 탄력 근무를 지향했다. 복잡한 사건을 담당할 때에는 침식조차 잊어버리고 일에 매달린다. 그게 아니면 정시에 퇴근한다. 서류 정리를 하느라 잔업하지는 않는다. 유급휴가는 잘 챙겨서 사용한다.

자신은 그것이 요즘 시대에 어울리는 방식이라고 생각했다. 아내도 좋아했다. 남편이 날마다 꼬박꼬박 일찍 들어오면 귀찮으니까 가끔씩만 일찍 들어오는 게 좋은가 보다. 부부 사이에 자식은 없지만, 개가 세 마리나 있어서 집이 항상 떠들썩했다.

나시모토는 휴일에도 부지런히 일하는 것 같았다. 저 나이에 저렇게까지 일에 열중하는 사람은 보기 드문 걸지도 모른다. 노동기준 감독관은 격무에 시달린다고 한다. '감독관이 오히려 노동기준법을 위반한다'는 그 모순은 자주 야유의 대상이 되기도 한다. 무라시타는 어릴 때부터 경찰을 동경했기 때문에 경찰이 됐는데, 나시모토는 무슨 이유로 노동기준감독관의 길을 선택한 걸까. 그런 생각을 하면서 무라시타는 천천히 귀로에 올랐다.

10

오바 리에는 자신이 긴장했다는 것을 알고 있었다. 마치 구직하는 학생처럼 검은 양복을 입고, 그 위에다 투명 갑옷까지 걸쳐 입은 느낌이 들었다. 화장은 평소처럼 연하게 했고 머리카락은 뒤로 모아 꽉 묶었는데, 지난주까지의 평균시간보다 세 배나 되는 시간을 거울 앞에서 허비했다. 마치 적진에 쳐들어가는 지방 영주, 또는 딴 동네에 시합하러 가는 원정 축구팀 같았다. 아니, 차라리 보이지 않는 적과 싸우는 돈키호테라고 해야 할지도 모른다. 오늘 리에가 가는 곳은 신주쿠 세무서였다. 결코 적진은 아니었다.

탈세 혐의가 있는 기업을 조사하러 간 적은 몇 번 있었다. 그러나 그때 리에는 수많은 사람들 중 하나였다. 그것도 막내. 전술도 전황도 모르고 그저 지시받은 대로 움직이기만 했다.

오늘부터는 다르다. 리에는 여전히 딱딱한 표정으로 문을 열었다. 우선 서장실로 향했다. 오늘 아침 가장 빠른 시간에 만나기로 약속을 잡아놓았다.

기다릴 필요 없이 곧장 서장실로 안내되었다.

"이야기는 들었는데…… 이렇게까지 젊은 분이 오실 줄은 몰랐네요."

그렇게 야유하는 서장님 본인도 30대 후반처럼 보였다. 국세청 엘리트 관료. 딱딱한 직업치고는 꽤 길게 기른 머리카락을 뒤로 넘겼고, 눈썹도 가늘게 정리되어 있었다. 외모에 신경 쓰는 타입인가 보다. 그 스타일링이 본인에게 어울리는지는 모르겠지만. 의견이 분분하지 않을까?

리에는 적당히 관찰하고 나서 정중히 고개 숙여 인사했다.

"제 능력이 부족할지 몰라도 최선을 다하겠습니다. 부디 협력해주세요."

"물론이죠. 협력은 아끼지 않을 생각입니다. 일단 조속한 해결을 바랍니다만, 경찰이 우리 구역을 마구 헤집고 다니면 곤란하니까요. 그쪽 대응도 잘해주세요. 당신이 파견된 이유는 아마 당신이라면 잘 해낼 수 있을 거라고 상부가 판단했기 때문일 테죠. 기대하겠습니다."

리에는 당황하여 고개를 들었다. 아까 그 야유와는 달리 정상적인 격려를 받아서 놀랐다.

"왜 그러시죠?"

"아, 아무것도 아닙니다……. 오늘 13시에 경찰이 온다고 하던데요. 적당한 방을 빌릴 수 있을까요?"

"그거라면 우리 측 담당자가 있으니까요. 그 사람과 상담하시면 됩니다."

서장은 내선전화 수화기를 들었다. 두세 번 말을 주고받고 전화를 끊더니, 다시 리에를 보면서 말했다.

"곧 이쪽으로 올 겁니다."

20초 후에 희미한 발소리가 들렸다. 노크 소리가 났다. 대답과 동시에 문이 열렸다.

리에는 뒤를 돌아봤다가 반사적으로 뒷걸음질 쳤다. 그 여성의 존재감에 압도된 것이다.

연령은 30대 후반 정도. 큰 눈에는 진한 쌍꺼풀이 있고, 콧대가 오뚝한 미인이었다. 헤어스타일은 굵은 웨이브가 들어간 롱헤어. 그런데 단순한 외모보다도 그녀에게서 느껴지는 분위기가 보통 사람과는 달랐다. 여배우라고 했으면 아마 순순히 믿었을 것이다. 늠름하고 강하면서도 왠지 차가워서 아무도 접근하지 못할 것 같은 분위기였다.

"기누타 씨, 이분은 국세국에서 파견된 오바 씨입니다. 경찰에게 주도권을 넘겨주지 않도록 주의해주세요. 제가 할 말은 그것뿐입니다. 나머지는 당신에게 맡길게요. 잘 부탁드립니다."

"네, 알겠습니다."

그렇게 대답하는 기누타의 목소리는 아름다웠다. 같은 여성에게도 고혹적으로 들릴 정도였다. 그러나 자신과 타인 사이에 선을 긋는 태도가 분명히 느껴졌다. 기누타. 팀장님이 도움이 될 거라고 말씀하셨던 인물인데, 나를 도와줄 기미는 전혀 보이지 않았다.

"안녕. 나는 기누타 미치카라고 해."

안녕하세요 하고 대답하는 목소리가 떨렸다. 기누타는 개의치 않고 따라오라는 식으로 손짓했다.

"필요한 데이터는 모아놨으니까. 경찰이 오기 전에 머릿속에 넣어둬. 시간이 없으니 서둘러."

목소리는 좋은데 영 거칠고 무심한 말투였다. 이 사람, 나를 깔보는 건가? 리에는 반발했다.

"뭐가 필요한지 결정하는 사람은 나예요. 내가 책임자니까요."

기누타는 이쪽을 돌아보지 않았다. 아무것도 못 들은 것처럼 빠르게 복도를 지나 계단을 올라가더니 어느 한 방으로 리에를 들여보냈다.

열 명쯤 들어갈 만한 소규모 회의실이었다. 한가운데에 커다란 타원형 탁자가 떡하니 놓여 있었고 주위에 의자가 있었다. 그리고 입구에서 멀리 떨어진 자리에 컴퓨터 한 대가 세팅되어 있었다.

"필요할 것 같은 데이터는 저기 넣어놨어. 인터넷은 차단되어 있지만, 사내 네트워크에는 연결되어 있으니까 궁금한 것이 있으면 마음껏 조사해봐. 물론 자료조사팀의 권한으로 접근이 가능한 데이터만 열람할 수 있어. 그리고 데이터 반출은 금지. 복사도 금지. 굳이 말하지 않아도 알지?"

"네. 알았어요. 그런데 경찰이 요구하면 어떡하죠?"

"그걸 결정하는 것이 당신의 역할이잖아?"

리에는 얼굴이 뜨거워지는 것을 느꼈다. 정답이었다. 방금 자신이 호언장담한 이상, 자기 책임과 판단으로 일을 진행시켜야 한다.

"경찰 조사에는 나도 동석할 테니까 이따 봐. 용건이 있으면 거기 그 전화로 연락해. 내선 629번."

"629번이요?"

확인차 물어보자, 기누타는 고개를 까딱하더니 미련 없이 밖으로 나가버렸다.

"기분 나쁜 사람이네."

리에는 들고 온 가방을 의자에 던져놨다.

저 사람이 나에게 도움이 될 것 같지는 않았다. 팀장님은 사람 보는 눈이 있는 상사라고 생각했는데……. 기누타는 성별에 따라 사람을 다르게 대하는 걸까? 아니, 타인의 접근을 거부하는 그 분위기는 일관된 것처럼 보였다. 팀장님도 특이한 사람이라고 말했었고. 첫인상만으로는 진가를 알 수 없는 인물인지도 모른다.

아무튼. 데이터 분석이나 하자.

리에는 컴퓨터를 켰다. 데스크톱에 폴더가 있고, 다양한 데이터들이 분류되어 있었다. 도이가키의 경력과 인사평가, 최근 임검 결과, 임검한 기업의 납세 기록 등, 관계가 있어 보이는 정보들이 망라되어 있었다.

먼저 경력부터 살펴봤다. 잔업세 조사관 중에는 지방 공무원 출신이 많았다. 잔업세 도입 당시에 발생한 인력 부족 문제를 경력자로 해결하기 위해서 지방 자치단체의 인재들을 '징용'했던 것이다. '세금 관련 업무를 잘 아는 공무원은 짧은 연수 기간만 거쳐도 곧바로 실전에 투입될 수 있다'는 생각을 바탕으로 실행된 정책이지만, 당연히 인재를 빼앗긴 지자체들은 불만을 느꼈다. 각지에서 원성이 높아지자, 정부는 몇 가지 우대 정책으로 이 사태를 무마했다고 한다.

도이가키는 중간에 징용된 사람이 아니었다. 처음부터 국세 전문관이었다. 사이타마 현 출신으로서 지방 국립 대학교를 졸업하고 국세 전문관 시험에 합격했다. 연수와 도내 세무서 근무를 마친 후 하치오지의 노동기준 감독서에서 잔업세 조사관이 되었다. 그 후 가메이도 노기서로 이동했고, 4년 전부터는 신주쿠 노동기준 감독서에서 일하기 시작했다.

극히 평범한 경력. 인사평가에도 특별한 내용은 없었다. 전근을 희망한 흔적도 없었고, 승진 시험을 본 이력도 없었다. 그저 담담히 업무를 수행한 것처럼 보였다. 국세 전문관은 아무리 출세해봤자 세무서장이 한계라고 하는데, 그는 출세를 바란 것 같지는 않았다.

"사람을 죽일 것 같지도 않고, 죽임을 당할 것 같지도 않은데……."

리에는 고개를 갸웃거리면서 다음으로 임검 성과를 살펴봤다. 신주쿠 세무서 소속으로서 신주쿠 노동기준 감독서에서 근무하기 시작한 이후로 한 달에 평균 여섯 번은 임검을 했다. 꽤 많은 횟수다. 열심히 일했다는 것을 알 수 있었다. 파트너가 된 노동기준 감독관에게 감화된 걸까.

그러나 건당 추징금의 액수는 적었다. 20만이나 30만 정도의 추징금만 내고 끝난 안건도 있었다.

본디 잔업세 탈세 액수는 그다지 크지 않다. 기껏해야 100만 엔 단위. 리에와 동료들이 맡은 악질적인 법인세 탈세 사건의 금액과는 자릿수가 두 자리나 달랐다. 그렇기 때문에 세무서 내에서 잔업세 조사관들이 찬밥 신세가 되는 것이다.

사실 리에도 마루자를 동료라고 생각해본 적이 없었다.

추징금 8만 엔이라는 숫자를 보고 리에는 기막히다는 듯이 중얼거렸다.

"겨우 이런 돈 때문에 며칠씩이나 조사해서 임검하는 거야? 업무 효율을 따져본 적이나 있을까?"

자기 급료가 얼마인지 모르는 것도 아니면서. 잔업세는 애초에 징세 경비가 많이 드는 세금이었다. 마루자의 인건비는 그가 획득하는 추징금의 액수에 걸맞지 않았다. 그 액수에만 집착해서 오로지 대형 안건만 다루는 마루자도 너무 극단적인 경우지만, 도이가키처럼 건수에만 신경 쓰는 타입도 문제가 있었다.

혹시 노동기준 감독관의 발언권이 더 강한 게 아닐까? 마루자와 노동기준 감독관은 함께 행동하지만 목적은 서로 다르다. 공정하게 잔업세를 부과하는 것이 목적인 마루자와는 달리, 노동기준 감독관의 목적은 노동 관련법 위반 행위를 적발해서 노동자의 권익을 지켜주는 것이다. 서비스 잔업을 강요하는 기업을 적대시하는 것은 똑같지만 이유는 다르다.

그나저나 기누타가 정리해준 데이터는 사용하기 편했다. 필요한 정보가 깔끔하게 정리되어 있을 뿐만 아니라 원클릭으로 더 자세한 정보에 접근할 수 있었다. 인터넷은 연결되어 있지 않아서 공식 정보는 스스로 휴대폰이나 태블릿으로 검색해서 찾아야 하지만, 그거야 뭐 어쩔 수 없었다. 실무 분야에서는 팀장님 말씀처럼 기누타는 도움이 되는 사람일 것이다. 성격이 서로 맞느냐, 안 맞느냐는 별개의 문제고.

리에는 밥 먹는 것조차 잊어버리고 데이터 체크에 몰두했다.

그러나 눈에 띄게 이상한 점은 발견되지 않았다. 도이가키의 최근 근무 태도나 임검한 회사만 봐서는 그가 살해된 이유를 알 수 없었다. 국세국이 지켜야 할 만한 비밀도 없었다.

"내가 뭐 하는 걸까."

마우스에서 손을 떼고 눈을 비볐다. 가볍게 기지개를 켰다. 자신이 전혀 엉뚱하고도 무의미한 작업을 하고 있는 것 같았다.

시계를 봤더니 약속시간 10분 전이었다. 점심을 거르는 것은 흔한 일이라 별문제 없었다. 리에는 화장실에 가서 옷매무새를 단정히 하고 임전태세를 갖췄다.

신주쿠 세무서에 찾아온 형사는 2인조였다. 나이 든 뚱뚱한 남자는 무라시타, 젊고 경박해 보이는 남자는 반이라고 했다.

리에는 둘 다 형사답지 않다고 생각했다. 무라시타는 푸근해 보이는 몸매에 어울리게 부드러운 미소를 짓고 있었다.

반은 번화가에서 헌팅이라도 하는 게 어울릴 것 같았다. 지나치게 하얀 이빨이 왠지 수상쩍어 보였다.

명함을 교환하고 인사를 나눈 후, 무라시타 경감이 먼저 입을 열었다.

"이번 사건의 원인이 무엇인지, 세무서 여러분께서는 혹시 짐작 가는 바가 있으십니까? 피해자가 기업과 싸우거나 직장 동료와 갈등을 빚지는 않았습니까?"

리에는 일부러 냉정하게 대답했다.

"사람들에게 물어봤지만 특별한 문제는 발견되지 않았습니다. 노기서에서 일하는 동료 잔업세 조사관도, 또 세무서 측에서 보조하는 부서 직원도 전혀 그런 낌새가 없었다고, 청천벽력 같은 사건이라고 했습니다."

서장의 명령으로 사건 직후에 사람들에게 물어봤다고 한다. 리에는 그 결과를 전해 듣기만 했다.

"최근에 조사한 곳에서 다액의 추징금이 발생하거나, 담당자가 해고되거나, 회사가 도산한 경우는 없습니까?"

"기업 내부의 상황까지는 확인하지 못했지만, 미납 추징금은 없습니다. 각 기업은 처분을 납득하고 의무를 다했습니다."

다음 질문으로 넘어가기 전에 리에가 먼저 질문했다.

"피해자는 자기 별장에서 살해됐다고 들었습니다. 사적으로 친한 사람이 의심스럽지 않나요?"

오~ 하고 반응한 사람은 반이라는 젊은 형사였다.

"아가씨, 똑똑하네? 형사가 되도 되겠는데?"

"아, 네. 감사합니다."

리에는 쌀쌀맞게 대꾸했다. 반은 꿋꿋하게 말을 이었다.

"세무서는 좋겠다. 이렇게 예쁜 아가씨가 있어서. 경시청은 완전히……."

무라시타가 헛기침을 해서 반의 입을 막았다.

"확실히 일리 있는 말씀입니다. 그러나 저희가 찾아온 것은 피해자의 업무에 문제가 없었는지 확인하기 위해서입니다. 사적인 인간관계는 다른 사람이 조사하고 있어요."

"그럼 당신들은 손해 보는 역할을 맡은 거네요. 이건 어차피 헛수고예요."

리에는 비협조적인 조사 대상을 상대하는 듯한 말투로 응답했다. 표면적으로는 조금 더 순순히 협력할 생각이었는데, 반 때문에 저절로 적대적인 감정이 생겨났다. 아니, 먼저 도발한 사람은 나인가.

리에 옆에는 기누타가 있었다. 컴퓨터 앞에 앉아 있었는데, 모니터 뒤에 숨어 존재감을 지우고 있었다. 도와줄 기미가 안 보였다.

리에는 무라시타에게 설명을 해줬다.

"애초에 잔업세 조사관이 다루는 안건은 징수 금액이 적어요. 피해자의 경우에는 기껏해야 100만 정도인데, 그건 저 같은 사람에게는 큰돈이지만 기업 측에서 보면 별것 아니죠. 살인 동기가 되지는 않을 겁니다."

무라시타는 쓴웃음을 지었다. '역시 젊은이는 패기가 넘치네~'라고 하는 것 같아서 리에는 발끈했다. 그러자 무라시타가 눈빛만 진지하게 바꾸고 질문했다.

"그렇다면 사회면을 장식할 만한 수억 엔짜리 탈세는 충분히 살인 동기가 될 수 있다는 뜻인가요?"

리에는 한순간 말문이 막힐 뻔했지만 가까스로 대답했다.

"거대한 탈세 사건은 여러 명이 팀을 구성해서 적발합니다. 개인이 원한을 살 이유는 없습니다."

"아하, 그렇군요. 그런데 오바 씨."

무라시타는 타이르듯이 말했다.

"돈이 범죄 동기가 될 때에는 액수의 많고 적음은 문제가 되지 않습니다. 10만 엔 때문에 사람을 죽이는 녀석도 있어요."

"그건 저도 알아요. 그러나 이번 사건에서는, 저희가 조사한 결과 그럴듯한 원인은 발견되지 않았습니다. 이전에 잔업세 조사관이 임검 도중에 감금된 적이 있는데, 그 범인의 범행 동기는 '도주할 시간을 버는 것'이었습니다. 잔업세 조사관이 직업적으로 원한을 사서 습격당할 가능성은 낮다고 생각합니다.”

리에는 자료를 조사하기 전에는 도이가키의 비리를 의심했었다. 마루자가 임검 정보를 대상 기업에게 몰래 가르쳐주는 불상사가 아예 없지는 않았으므로. 그런 비리를 저지르는 놈들이라면, 일이 틀어졌을 때 살인까지 할 수도 있을 것이다. 아무도 모르는 별장에서 밀담을 나눴을 가능성도 높았다. 그러나 데이터를 훑어봤더니 일단 그런 비리의 흔적은 발견되지 않았다. 이건 일부러 경찰에게 가르쳐줄 만한 정보는 아니지만—.

“네, 당신 말씀이 맞습니다. 그런데 신경 쓰이는 점도 있어서요.”

무라시타는 슬쩍 의자를 뒤로 빼더니 리에와 기누타를 동시에 바라봤다. 리에는 속으로 긴장했다.

“‘잔업세에는 치명적인 결함이 있다.’ 피해자가 그런 말을 했다고 합니다. 주목할 만한 발언이 아닌가요?”

리에는 동요했다. 그게 한순간 얼굴에 드러났을지도 모른다. 확실히 주목할 만한 발언이었다. 그런 정보는 미리 얻지 못했다. 힐끗 옆을 봤더니, 기누타가 살짝 고개를 흔들었다.

“누가 그런 말을 했습니까?”

“피해자와 가까운 사람입니다.”

"불확실한 정보에 관해서는 저희도 뭐라고 말씀드리기가 어렵습니다."

리에는 가볍게 어깨를 으쓱했다. 무라시타 옆에서는 반이 오른손으로 자기 머리카락을 만지작거리고 있었다. 그 불량한 태도에 화가 났다. 덕분에 리에는 냉정을 되찾을 수 있었다.

"너무 그렇게 방어적으로 받아들이진 마세요. 그 치명적인 결함이 뭔지, 세무서나 국세청 측은 인식하고 있습니까?"

"일반론을 말씀드리죠. 결함이 있으면 대처할 겁니다. 그걸 방치하지는 않아요."

"피해자가 그 결함을 보고한 적은 있나요?"

리에는 잠깐 생각해본 다음에 대답했다.

"……제가 아는 한 없습니다."

"그럼 피해자는 치명적인 결함을 알면서도 입 다물고 있었던 건가요?"

"글쎄요. 치명적이라곤 해도 그 범위는 일정하지 않잖아요? 뭐든지 과장되게 표현하는 사람도 있으니까요. 예를 들어 소비세는 끝수 처리 방식에 따라 지불액이 달라지는데, 이것을 치명적인 결함이라고 표현하는 사람도 있을 겁니다. 피해자가 누구에게 무슨 의미로 그런 말을 했는지 모르는 이상, 저희도 정확한 대답은 해드릴 수 없습니다."

"알겠습니다. 설명 감사합니다."

상대의 반응이 단서가 되었다. 경찰은 '잔업세의 치명적 결함'이란 것을 중요시하는 것처럼 보였다. 리에는 잔업세를 계기로 이 세계에 발을 들이게 되었지만, 실은 연수 과정에서 배운 내용만 알고 있을 뿐이었다. 도이가키는 정말로 결함을 발견한 걸까? 혹시 발견했다면 왜 보고하지 않은 걸까. 어쩌면 본인도 확신하지는 못했을지도 모른다. 실제로 그 결함을 이용한 탈세 사례가 있으면 보고할 수 있었을 테지만, 그게 아니라면 자기 머릿속의 시뮬레이션 결과에 불과하니까. 그 심정은 이해가 갔다.

리에는 한동안 침묵하다가 입을 열었다.

"다른 질문은 없으십니까?"

"아, 네. 최근에 피해자가 임검하러 갔다가 비리를 발견하지 못한 사례는 있었나요?"

"올해는 전혀 없었습니다. 작년에는 여섯 건. 예고하고 했던 조사는 제외한 숫자입니다."

즉답할 수 있었던 이유는 기누타가 미리 그 사례를 뽑아놨기 때문이다. '혹시 비리를 덮어준 게 아닐까?' 하고 그 숫자를 검토해봤는데 모순점은 발견되지 않았다. 경찰도 같은 의혹을 품은 모양이다.

"예고하고 조사하는 경우도 있어요?"

"네. 현상 파악 및 지도를 위해 기업을 방문할 때에는 예고하고 방문합니다."

"그렇게 방문한 곳이 어디인지 기록되어 있나요?"

"네. 서면으로 요청하시면 기록을 넘겨드리겠습니다."

"네, 알았어요. 그럼 작년의 그 여섯 건까지 포함해서 요청하겠습니다."

형사가 서류를 내밀었다. 수사 협력을 의뢰하는 서류를 준비해온 것이었다.

"단서가 될 것 같지는 않은데요."

리에는 진심으로 그런 말을 하면서 프린트한 명단을 건네줬다.

"그럴 수 있죠. 각오했습니다. 어차피 형사의 노동은 99퍼센트는 헛수고로 끝나니까요."

묘한 얼굴로 서류를 받는 무라시타. 그 옆에서 반이 놀리듯이 말했다.

"에이, 저는 헛수고는 하고 싶지 않은데요?"

기가 막혔다. 그런데 무라시타는 별로 신경 쓰지 않는 눈치였다. 감탄스러운 인내력의 소유자였다. 아니면 그냥 둔감한 건가.

"마지막으로 하나만 더 여쭤보겠습니다."

무라시타가 은근히 목소리를 낮추었다.

"영화법교를 알고 계십니까?"

영화법교? 리에는 입속으로 중얼거리면서 고개를 갸우뚱했다. 뭔지 모르겠다.

"들어본 적이 없으신가요. 그럼 됐습니다. 오늘은 이만 실례하겠습니다."

무라시타는 뚱뚱한 몸을 주체하지 못하는 것처럼 천천히 일어났다. 영화법교가 정확히 뭐냐고 물어봐도 그는 말을 빙빙 돌리면서 대답해주지 않았다.

"수고했어. 많이 긴장한 것 같던데."

형사들이 떠나간 후 기누타가 말을 걸었다. 실제로 긴장했던 리에는 온몸의 힘이 쭉 빠져나간 듯한 허탈감을 맛보았다.

"감사합니다. 덕분에 살았어요. 당신이 정리해준 데이터가 없었으면 저들의 질문에 대답도 못 했을 거예요."

솔직하게 고맙다고 인사했다. 아마 진이 다 빠져서 그런 게 아닐까.

"이번에는 잘 넘겼지만 다음부터는 좀 더 힘들어질 거야. 각오해둬. 나는 조사할 것이 있으니 이만 가볼게."

"자, 잠깐만요."

문을 열려고 하는 기누타. 리에는 다급히 그녀를 붙잡았다.

"다음이 또 있어요?"

"없겠니? 당신은 방금 그 이야기를 듣고 의문을 느끼지 못했어?"

모르는 부분은 있었다. 잔업세의 결함과 마지막에 튀어나온 영화법교. 그게 과연 사건과 관련된 걸까.

"기누타 씨, 당신은 아세요? 경찰이 알고 싶어 하는 게 무엇인지."

"모르니까 조사해보려는 거야. 당신은 우선 그들이 누구에게서 그런 정보를 얻었는지 생각해보지 그래?"

기누타는 추가 질문을 허용하지 않는 말투로 그렇게 대꾸하고 방 밖으로 나갔다. 엇갈리듯이 여직원이 얼굴을 내밀었다.

"노기서의 나시모토 씨에게서 전화가 왔습니다. 사건 담당자를 바꿔 달라고 하시네요."

안 그래도 만나봐야지 했던 상대다. 리에는 머릿속이 복잡했지만 일단 이렇게 대답했다.

"이쪽으로 연결해주세요."

그러고 보니 점심을 안 먹었다. 당분이 부족해서 머리가 굳어버린 듯한 느낌이 드는 걸지도 모른다. 아아, 양갱 먹고 싶다. 찐빵도 괜찮고. 멍하니 그런 생각을 하느라 전화벨 소리를 인식하는 데 시간이 좀 걸렸다. 허겁지겁 수화기로 손을 뻗었다.

"네, 담당자인 오바입니다."

"저는 나시모토입니다. 전임 담당자가 정해졌다는 이야기를 듣고 연락드렸습니다."

유능한 영업사원같이 듣기 좋은 말투와 목소리였다. 묘하게 나긋나긋한 형사보다는 좀 더 호감이 갔다.

"경찰과는 대화를 나눠보셨죠? 혹시 무라시타라는 사람이 왔나요?"

네. 리에가 그렇게 대답하자, 나시모토가 먼저 나서서 리에의 궁금증을 해소해줬다.

"이미 들으셨을지 모르겠는데, 잔업세의 결함에 관한 이야기는 제가 그 사람에게 해준 겁니다. 도이가키 씨는 상당히 신경 쓰시는 것 같았는데요. 그쪽에서는 다 알고 계셨나요?"

"아니요. 좀 전에 그 이야기를 듣고 깜짝 놀랐습니다."

미리 알고 있었어도 똑같은 대답을 했을 것이다. 노동기준 감독관은 한 가족이 아니니까.

"그랬군요. 어쩌면 그게 사건과 관계가 있을지도 모릅니다. 조사를 부탁드리고 싶어요."

"그 한마디만 가지고는 조사하기도 어려워요. 뭔가 다른 단서는 없나요? 그분이 어떤 상황에서 그런 이야기를 꺼낸 거죠?"

나시모토는 한동안 침묵을 지켰다. 고민하는 걸까, 주저하는 걸까, 아니면 생각을 정리하는 걸까.

"저도 일지를 다시 확인해보고 있는데요. 무엇을 계기로 그런 말이 나왔는지 모르겠습니다. 도이가키 씨는 독자적으로 조사하는 대상이 있었고, 그건 저에게도 가르쳐주지 않았습니다. 그리고 영화법교라는 것도 마음에 걸려요. 경찰이 관심을 보이더군요."

영화법교라는 것은 신흥 종교의 이름이라고 한다. 나시모토는 '탈세를 위한 위장용 단체일지도 모른다'고 추측하는 듯했다.

"나시모토 씨, 이번 사건이 그의 직업적 문제와 관련된 거라고 생각하세요?"

"네. 그렇게 생각합니다."

상대는 단언했다. 리에는 고개를 번쩍 들었다. 잔업세 조사관인 도이가키와는 가장 가까웠던 인물의 의견이다. 그 의견이 사실이라면, 이번 임무는 몹시 어려워질 것이다.

"근거는 있습니까?"

"……이건 경찰에게는 말하지 않았는데요. 아마도 도이가키 씨는 위험한 방면에 다가가고 있었던 것 같아요."

나시모토는 신중하게 단어를 고르면서 말했다. 애매하고

점잔 빼는 듯한 말투가 마음에 들지 않았다. 자기 말에 책임을 지기 싫어하는 관료적인 말투였다.

"알겠습니다. 연락 주셔서 감사합니다."

리에는 전화를 끊고 잠시 멍하니 있었다. 긴장이 스르르 풀렸다.

이번 사건이 업무와 관련되어 있다면 경찰보다 먼저 해결해야 한다. 그것이 상부의 지시였다. 그런데 어디서부터 손대면 좋을지 모르겠다. 영화법교란 것을 조사해보고 싶지만, 세금을 내지 않는다면 세무서에서는 얻을 만한 정보가 없었다. 도이가키와 관련된 안건을 하나하나 이 잡듯이 살펴봐야 하나. 그러고 보니 기누타는 무엇을 조사하러 간 걸까.

책상 위에 엎드렸다. 그러자 배가 비명을 질렀다. 가장 시급한 문제는 배를 채우는 것이었다. 팥소가 듬뿍 들어간 찹쌀떡을 먹고 싶었다. 붕어빵도 좋고. 팥소는 지친 뇌를 달래주는 최고의 음식이었다.

리에는 벌떡 일어났다. 좋아, 다시 기합을 넣고 과제를 처리해보자.

11

평일 아침의 아파트 분양 센터는 한산했다. 손님이 거의 없어서 영업사원들은 판매 전략에 관한 회의를 하거나, 대출 심사 때문에 은행원과 서류를 주고받고 있었다. 파견사원인 접수원은 휴일에만 출근했다.

그때 다치바나 소마는 우연히 입구 근처에서 작업을 하고 있었다. 아파트 완성 모형이 조금 부서져서 접착제로 응급처치를 하는 중이었다.

자동문이 열리면서 멜로디가 흘러나왔다. 손님 방문을 알리는 소리였다. 방문 예약을 한 손님은 없을 텐데? 하고 생각하면서 다치바나는 고개를 들었다.

"어서 오세……."

반사적으로 튀어나온 말이 목구멍에 걸렸다. 양복 입은 남자 두 명이 들어왔기 때문이다. 이 아파트는 투자용이 아니니까, 이 남자들은 손님일 것 같지는 않았다.

본사나 디벨로퍼의 직원인가? 아니, 그러면 미리 연락을 받았을 것이다. 관청 공무원인가. 법령상 무슨 문제가 있었나? 어쩌면 다른 업종의 영업사원일지도 모른다. 다치바나는 그렇게 재빨리 머리를 굴리면서도 겉으로는 미소 지으며 그들에게 다가갔다.

"방문 예약을 하신 고객님이신가요?"

그러자 다치바나보다 연상인 듯한 30세 전후의 남자가 대답했다.

"노동기준 감독관인 나시모토입니다. 신주쿠 노기서에서 조사하러 왔습니다. 잠시 이야기를 하고 싶은데, 괜찮을까요?"

의문형으로 말하면서도 그는 거침없이 안으로 들어왔다. 다치바나는 은근슬쩍 그의 앞을 가로막는 위치로 이동했다.

"뭔가 오해가 있으셨나 봅니다. 이 회사는 동종 업체에 비하면 상당히 깨끗한 편이라고 생각하는데요. 잔업을 하고 싶어도 시켜주질 않는 회사입니다."

"네, 그런 것 같네요. 하지만 노동기준법을 위반했다는 고발도 접수됐습니다. 그러니 조사에 협조해주십시오."

"고발이요? 대체 누가……?"

"그건 말씀드릴 수 없습니다."

나시모토는 붙임성 있게 웃었다. 그리고 살짝 고개를 갸웃거렸다.

"실례지만 어디서 뵌 적이 있는 것 같은데요. 제가 조사한 다른 회사에서."

다치바나는 새삼 나시모토와 그 뒤에 있는 젊은 남자를 쳐다봤다. 직업상 사람 얼굴은 나름대로 잘 기억하는 편인데, 뚜렷하게 기억나지는 않았다. 다만 7~8년 전에 그의 첫 직장이 마루자의 조사를 받은 적이 있었다. 다치바나도 협력하여 그때 못 받은 잔업수당을 받았다. 50만 엔이 넘는 보너스를 받고 기뻐했는데 얼마 후 회사가 망해버렸다. 서비스 잔업을 시키지 않으면 이익을 내지 못하는 회사였나 보다.

"글쎄요. 전전 회사에서 조사를 받은 적은 있지만 벌써 7년 전 일입니다. 사람을 잘못 보신 게 아닐까요?"

그런데 나시모토는 자신만만하게 고개를 끄덕이며 말했다.

"아, 맞아요. 기억났어요. 레아스타 부동산이란 회사였죠?"

다치바나의 눈이 휘둥그레졌다.

"와, 그걸 어떻게 기억하셨어요? 그때 오셨던 분이군요. 그때는 신세를 졌습니다. 덕분에 저도 도움을 많이 받았습니다."

그 말을 들은 나시모토의 딱딱한 표정이 부드러워지면서 온화한 미소가 번졌다.

"다행이네요. 그 말씀을 들으니 저도 기운이 납니다."

"그런데 이 회사는 문제가 없어요. 레아스타 다음에 다녔던 회사는 일이 빡세서 힘들었지만, 여기로 와서 많이 편해졌어요. 같은 업계인데 이렇게 다를 수가 있나? 하고 놀랐을 정도입니다. 어…… 아, 우선 여기 앉아서 이야기하실까요?"

안쪽 직원실에서 상사가 상황을 엿보고 있었다. 다치바나는 등 뒤에 숨긴 손으로 OK 사인을 보내고 나시모토를 접객

용 테이블로 안내했다.

“그럼 이분은 마루자…… 아니, 잔업세 조사관이신가요?”

“네. 저는 가노라고 합니다.”

풋내기처럼 보이는 젊은 남자가 목에 건 신분증을 보여줬다.

“그때는 네다섯 명이 한꺼번에 조사하러 오셨잖아요. 아침 일찍 오셔서 밤늦게까지 타임카드나 급여 명세 같은 것을 조사하셨죠.”

“네, 그 회사는 상당히 악질적이어서 고발도 많이 접수됐으니까요. 또 잔업세가 도입된 직후라 아직 침투가 덜 된 시기였기 때문에 노기서도 세무서도 이 악물고 일했었죠. 그런데 이번에는 그런 거창한 조사를 하러 온 것이 아닙니다. 혹시나 하고 확인하러 온 거죠.”

“네, 그런데 고발 내용은 뭐였습니까?”

“그건 나중에 말씀드리겠습니다.”

나시모토는 그렇게 대답을 피하더니 질문을 가노에게 맡겼다. 일종의 현장 훈련인가.

하루 노동시간과 잔업수당 지급에 관한 질문을 받았다. 다치바나는 막힘없이 대답했다. 실제로 잔업은 거의 하지 않으니까 마음이 편했다.

“알겠습니다. 잔업이 적다는 사실은 저희도 이미 확인했습니다. 평일에는 일곱 시, 주말에도 여덟 시 반에는 회사 불을 끄고 사원이 퇴근한다고 알고 있습니다."

가노가 땀을 닦으면서 말했다.

"네, 맞아요. 여기는 전 직장에 비하면 노동시간이 절반밖에 안 돼요. 그런데 실내가 좀 더운가요? 에어컨 온도를 조절할까요?"

순수한 배려 차원에서 물어봤는데, 가노는 펄쩍 뛰면서 사양했다. 어엿한 마루자가 되려면 시간이 꽤 걸리겠군. 다치바나는 속으로 그런 생각을 했다.

"이제 고발 내용을 말씀드리겠습니다."

나시모토가 입을 열었다.

"다치바나 씨. 당신도 일거리를 집으로 가져가고 있죠?"

뜨끔했다. 그러나 다치바나는 영업용 미소를 지으며 부정했다.

"물론 그러고 싶지만, 상사가 워낙 엄격해서요. 전화 한 통도 못 하게 한다니까요."

"그거 이상하군요. ……집에서 일한 노동량으로 성적이 결정된다. 규정을 지키면서 일하면 일을 제대로 못 하고, 상사한테도 무시당한다. 그런 내용의 고발이 접수됐습니다만."

쳇, 그 녀석인가. 다치바나의 뇌리에 퇴사한 동료의 얼굴이 떠올랐다. 부동산 자격증을 가진 경험 많은 인재라고 하더니 실제로는 손님 안내조차 능숙하게 하지 못하고 금방 퇴사해버린 남자가 있었다. 그 사람이 일방적으로 원한을 품고 허위에 가까운 고발을 했나 보다.

나시모토는 다치바나의 그런 속마음을 정확히 파악한 듯했다.

"최근에 퇴직한 사원이 있죠?"

"네. 아마 앙심을 품고 고발했나 봐요. 죄송합니다, 이런 곳까지 오시게 해서."

나시모토는 양손 손가락을 얽으면서 다치바나를 가만히 쳐다봤다. 저도 모르게 주춤할 정도로 강렬한 눈빛이었다.

"고발 내용이 순 거짓말은 아니라고 생각합니다. 영업 실적이 좋은 사원이 지나치게 열심히 일하는 것은 사실이잖아요? 개인적으로 저는 좋은 실적을 올리기 위해 자주적으로 일을 많이 하는 것은 비난하고 싶지 않습니다. 그러나 잔업세 조사관의 사정은 달라요. 회사의 명령에 의해 집으로 가져가는 일거리의 양이 많으면 당연히 잔업세가 부과됩니다. 자주적인 행위일 경우에도 그렇게 될 가능성이 있어요."

다치바나는 노동기준 감독관의 이야기를 들으면서 묘한 표정을 지었다. 힐끗 마루자를 훔쳐봤다. 그는 별말 없이 얌전히 있었다.

"어쩌면 업무시간 외에도 일을 하는 직원이 있었을지도

모릅니다. 혹시 눈에 띄면 주의를 주겠습니다."

남의 일처럼 말해봤지만 아마 나시모토는 다 눈치챘을 것이다. 그는 싱긋 웃었다.

"뭐든지 적당히 해야죠. 가족을 위해서라도 자기 건강은 챙기면서 일하시길 바랍니다."

"네, 그 말도 전하겠습니다."

다치바나는 다 들켰다는 사실을 알면서도 끝까지 시치미를 뗐다. 이런 대화는 싫어하지 않았다.

"일단 책임자와도 이야기를 나눠보고 싶습니다. 저희도 조사 및 지도를 했다는 실적이 필요하거든요."

다치바나는 "알겠습니다" 하고 그들을 상사에게 안내했다.

그런데 그때 웬 남자가 자동문에 부딪칠 듯한 기세로 뛰어 들어왔다. 스웨터와 청바지를 입은 중년 남성이었다. 그를 본 순간 다치바나는 속으로 한숨을 내쉬었다. 만나고 싶지 않은 손님…… 아니, 손님 미만인 존재였다.

"야, 다치바나."

상대가 다짜고짜 반말을 해도 다치바나는 영업용 미소를 잃지 않았다. 혐오감을 겉으로는 전혀 드러내지 않고 그 불청객에게 다가갔다.

"아, 야마모토 님. 어서 오세요."

"어서 오긴 뭘 어서 와?!"

야마모토는 들고 온 세컨드 백을 집어던졌다. 다치바나는 침착하게 그것을 받아 들고 테이블 중 하나로 그를 안내했다.

야마모토는 자리에 앉자마자 소리를 질렀다.

"내가 왜 심사에서 떨어진 거야? 은행은 원래 돈 빌려주는 데잖아? 젠장, 이 빌어먹을 놈들이. 사람 우습게 보는 거야?"

"그건 은행 측의 판단이라서……."

끝까지 말하지도 못했는데 야마모토가 또다시 욕을 퍼부었다.

"야, 너도 문제야! 틀림없이 잘될 거라고 했잖아? 이 거짓말쟁이야. 은행이 안 돼? 그럼 네가 돈 빌려줘."

"야마모토 님. 실례지만 한 말씀 드리겠습니다."

다치바나는 예의를 지키면서 설명했다.

"대출 신청을 할 때에는 정보를 사실대로 적으셔야 합니다. 그러지 않으면 저희도 도와드릴 수가 없어요."

이 손님은 자신이 직장을 그만두고 많은 빚을 졌다는 사실을 숨기고 주택 대출을 신청했다. 왜 그걸 들키지 않을 거라고 생각한 걸까?

"지금 내가 거짓말쟁이라는 거야?"

"그런 말씀은 드리지 않았습니다. 다만 불리한 사실을 숨겨도 은행에서는 다 알게 되어 있다는 거죠."

"흥! 그럼 다른 은행에 부탁해봐."

"결과는 똑같을 텐데요……."

"웃기지 마! 내가 돈을 빌려가 준다는데, 그냥 잠자코 빌려주면 될 거 아냐? 야, 너도 집을 못 팔면 곤란하잖아? 대충 속이고 돈을 빌려와 봐."

"위법 행위는 할 수 없습니다. 죄송합니다."

다치바나는 속으로 넌더리를 내면서도 계속 정중하게 응대했다. 한 시간 정도는 참아봐야지. 문제가 심각해지면 상사가 나서서 해결해줄 것이다.

"네가 사과해봤자 동전 한 푼도 안 나와. 진짜 성의를 보여 달라고, 응?"

야마모토가 테이블을 걷어찼다. 연필꽂이가 쓰러지고 볼펜이 굴러 나왔다.

"저희가 어떻게 해드리면 좋을까요?"

"그것도 몰라? 이 멍청한 놈아. 난 집을 사고 싶다고. 그러니까 그냥 팔아."

"그 자금을 마련할 계획이 있으시다면, 저희도 기꺼이 팔아드리고 싶습니다만……."

"잔말 말고 팔아! 집을 파는 것이 네 직업이잖아?"

야마모토가 또다시 테이블을 걷어찼다. 다치바나는 기우

뚱하는 테이블을 받치면서도 여전히 냉정하게 대응했다.

"저희가 할 수 있는 일에는 한계가 있습니다. 은행이 대출을 거부하면 어떻게 할 방법이 없어요."

"어떻게 할 방법이 없다고? 웃기고 있네. 야, 넌 사회인이잖아. 어린애도 아니고. 머리 좀 써봐, 응?"

무슨 말을 해도 도돌이표만 찍었다. 이러다 막판에는 경찰까지 불러야 할지도 모르겠네. 그렇게 생각했을 때, 뒤에서 인기척이 났다.

"넌 또 뭐야?"

야마모토의 위협적인 눈빛. 다치바나는 그 시선을 좇아 뒤를 돌아봤다.

나시모토가 부하 같은 가노를 거느리고 서 있었다. 붙임성 있는 미소가 사라진 무표정한 그 얼굴은 고요한 분노를 발하고 있었다. 수라장을 거쳐 온 인간의 박력이 느껴졌다.

"저는 노동기준 감독관인 나시모토입니다."

"뭐? 아, 됐어. 제삼자는 빠져."

"나시모토 씨, 죄송하지만 오늘은 이만……."

다치바나가 그렇게 말하려고 했는데, 나시모토는 그를 제지하더니 야마모토를 쳐다봤다.

"지금 노기서가 임검을 실시하는 중입니다. 업무에 방해가 되니 그만 가주십시오. 그리고 두 번 다시 오지 마십시오."

"뭐야? 야, 감히 누구한테 그런 말을 하는 거야?!"

야마모토가 주먹을 꽉 쥐고 일어섰다.

"임검을 방해하는 겁니까? 노동기준 감독관은 체포권을 가지고 있습니다. 공무 집행 방해죄로 체포되고 싶으십니까?"

체포. 그 말을 듣고 야마모토는 다소 주춤했다.

"지금 당장 떠나시겠습니까, 아니면 같이 경찰서로 가시겠습니까? 5초 안에 선택해주세요."

"뭐야, 장난해? 무슨 말도 안 되는……."

"1, 2, 3……."

나시모토가 차분하게 숫자를 세기 시작했다.

야마모토는 다치바나와 나시모토를 째려보더니 가방을 확 움켜쥐고 걸음을 뗐다. 아무 말도 하지 않고 매장을 떠났다.

다치바나는 나시모토에게 정중하게 인사했다.

"감사합니다. 덕분에 살았습니다. 그런데 체포라니…… 그렇게 협박하는 말을 해도 되는 건가요?"

"물론 반발하는 사람도 있을지도 모르죠. 진짜 체포했다가는 일이 골치 아파질 겁니다."

나시모토는 가볍게 어깨를 으쓱했다. 다시 미소를 지으면서.

"그래도 저는 어떤 상황에서나 노동자의 아군이 되고 싶거든요."

"정말 훌륭하십니다."

다치바나는 고개 숙여 인사했다. 진심으로 그렇게 말하긴 했지만, 또 한편으로는 '어울리기 힘든 타입이구나'라는 생각도 했다. 젊은 가노는 숭배하는 눈빛으로 나시모토를 쳐다보고 있었다. 아무튼 볼일은 다 봤다고 하니까, 다치바나는 그 두 사람을 매장 밖까지 배웅했다. 귀한 손님을 대할 때와 마찬가지로.

떠나는 길에 나시모토가 질문을 던졌다.

"그러고 보니 아까 전 직장은 잔업이 많다는 식으로 말씀하셨죠. 그 회사 이름이 뭡니까? 관내에 있으면 조사해보고 싶은데요."

와, 어쩜 이렇게 일을 열심히 하실까. 다치바나는 그런 생각을 하면서 대답했다.

"크라시스테라는 회사인데, 이미 도산했습니다."

"……그래요. 가르쳐주셔서 감사합니다."

그렇게 인사하는 나시모토는 어쩐지 멍해 보였다. 그 회사 이름을 들어본 것 같았다. 다치바나가 배웅해주는 동안에 유능한 노동기준 감독관은 뭔가 혼잣말을 중얼거리고 있었다.

12

10월 23일 금요일 오후 두 시. 군마 현경찰 나가노하라 경찰서에서는 잔업세 조사관 살인 사건 수사회의가 진행되고 있었다. 군마 현경찰과 나가노하라 경찰서의 수사관 약 스무 명, 그리고 경시청에서 온 무라시타 경감과 반 경사도 회의에 참가했다.

관리관이 실속 없는 질타와 격려의 말을 늘어놓은 후, 젊은 다카하시 경사가 파워포인트를 이용해서 수사 상황을 설명하기 시작했다.

피해자는 2주일 전 금요일에 근무를 마치고 자가용으로 기타카루이자와의 자기 별장으로 왔다. 그가 집 주변에서 네리마 인터체인지를 통과해 간에쓰 고속도로에 진입했다가 우스이가루이자와 인터체인지에서 고속도로를 빠져나오는 일반적인 경로를 통해 기타카루이자와에 도착했다는 사실은 N시스템 기록에 의해 확인되었다. 사진을 살펴봐도 조수석에 동승한 사람은 없었다.

그리고 다음 날 아침 여덟 시 무렵. 노동기준 감독관인 나시모토에게 도움을 청하는 전화와 메시지가 왔다. 사망 추정 시각은 금요일 심야에서부터 토요일 아침 사이. 이 메시지를 보낸 직후에 살해됐다고 해석하면 모순점은 없었다. 그리고 나시모토가 다시 전화를 걸었는데 걱정할 필요 없다는 답장이 왔다. 이건 범인이 보낸 것이리라.

시체는 별장 근처의 산속에 유기된 상태로 14일 수요일에 발견됐다. 행방불명자 수색원이 제출되어 있어서 금방 신원이 밝혀졌다.

"더 짧게 해."

노자와 경위가 지시했다. 수사관들은 다 아는 정보를 재확인하는 것이다 보니 간간이 하품을 하기도 했다. 다카하시는 고개를 끄덕이고 이야기를 계속했다.

"별장에서 혈흔이 발견됐습니다. 사건 현장은 십중팔구 이곳일 겁니다. 시체 운반에 사용된 피해자의 차는 별장에 다시 주차되어 있었습니다. 정황상 강도의 범행은 아닌 것으로 추정됩니다. 범인은 별장에 초대된 지인인데 어떤 원인으로 싸우게 되었거나. 또는 범인이 피해자 살해를 목적으로 별장에 침입했거나. 둘 중 하나일 겁니다. 현재 별장과 유기 현장 주변에서 지속적인 탐문수사를 하고 있습니다만, 인적이 드문 장소여서 유력한 정보는 얻지 못했습니다. 그리고 흉기와 휴대폰도 발견되지 않았습니다."

이어서 다카하시는 피해자와 취미를 공유한 지인들의 진술에 관해 설명했다.

"현재까진 이쪽 방면에서는 단서를 얻지 못했습니다."

피해자와 교류한 사람들의 증언 청취 작업은 계속 진행되고 있었지만 '본명이나 직업을 몰랐다'고 하는 사람이 대부분이었다. 사건과 관련된 정보는 없었다. 피해자가 누군가와 싸운 적도 거의 없다고 한다.

다카하시가 보고를 마치자, 경시청의 반 경사가 자리에서 일어났다. 그는 무기력한 태도로 복사한 자료를 읽기 시작했다.

"도쿄에서 수사한 결과 몇 가지 단서를 찾아냈습니다. 주변 사람들의 증언 중에서, 피해자가 업무상 문제에 휘말린 듯한 뉘앙스를 풍기는 발언이 있었습니다. 그래서 그 증거를 확보하고 해명하기 위해 조사 중입니다."

"좀 더 구체적으로 설명해줄 수 없겠나?"

날카로운 질문이 나왔다. 좀 전에 발언했던 노자와 경위였다. 상당한 수완가라는 소문은 무라시타도 들어서 알고 있었다.

"어, 구체적인 설명이요? 그건 아직……."

"우리는 애매한 정보만 가지고는 수사할 수 없어. 어떤 기업과 갈등을 빚었는지 정확히 말해봐. 피의자가 있다면 사진을 공유해줘."

반이 도와 달라는 눈빛으로 무라시타를 봤다. 무라시타는 여전히 자리에 앉은 채 온화하게 대답했다.

"죄송합니다. 인력이 부족해서 여러분이 만족하실 만한 결과는 아직 얻지 못했습니다. 관계자 명단은 저번에 보내드린 것이 전부입니다."

"일부러 정보를 숨기는 건 아니겠죠?"

다카하시가 불쑥 끼어들자 노자와가 그의 머리를 탁 때렸다. 무라시타는 쓴웃음을 지을 수밖에 없었다. 공을 세우려고 정보를 독점하는 것은 예전 같으면 당연한 일이었을지도 모르지만, 지역 경계를 뛰어넘은 협력 체제가 구축된 오늘날에는 그다지 유행하지 않았다. 그러나 지방 경찰은 경시청에 대해 경쟁의식을 느끼는 경우도 있으니까. 현경찰의 생각은 또 다를지도 모른다.

"예의 신흥 종교는 어때요? 사건과 관련이 있습니까?"

초로의 수사관이 질문했다. 잠시 침묵이 흐른 뒤, 반이 퍼뜩 정신을 차리고 대답했다.

"등록된 본부에 가봤는데 아무도 없었습니다."

영화법교의 주소지는 아다치 구에 있는 복합건물의 어느 한 방으로 되어 있었다. 무라시타와 반은 별 기대감 없이 가봤다가 예상대로 허탕을 쳤다.

우편함에 표찰은 붙어 있었지만 방 안에는 아무도 없었다. 이웃 사람들의 이야기를 들어봐도 활동 흔적은 발견되지 않았다. 부동산 중개업자를 통해서 그 방을 빌린 사람의 전화번호로 전화해봤더니 전혀 엉뚱한 제삼자에게 연결되었다. 그런데 집세는 매달 꼬박꼬박 입금된다고 한다.

"종교 단체인 줄 알았으면 빌려주지도 않았을 거예요. 요즘 시대에는 이것저것 문제가 많잖아요. 그런데 나가라고 하고 싶어도 연락이 안 되고, 또 집주인한테는 뭐라고 설명하면 좋을지……."

흥분한 부동산 중개업자에게 무라시타가 제안을 했다.

"우편함의 내용물은 가져가는 것 같던데요. 편지로는 연락이 될지도 모릅니다. 혹시 관계자를 만나게 된다면 저에게도 연락을 해주시겠습니까?"

부동산 중개업자는 승낙했지만 실제로 연락이 올 가능성은 적었다. 무라시타는 그렇게 생각했다. 뒤가 구린 놈들은 대체로 꼬리를 밟힐 것 같으면 잽싸게 자리를 옮기니까.

아무튼 현경찰이 경시청을 비협조적이라고 오해하면 곤란했다. 그래서 무라시타는 설명을 보충했다.

"영화법교에 관해서는 세무서에 물어봤고, 현재 회신을 기다리는 중입니다. 절세를 위한 위장용 단체로 추정되니까요. 그걸 이용한 기업이 어디인지 알아내면 그쪽으로 파고들어볼 겁니다."

"세무서와 노기서의 반응은 어떤가?"

관리관이 무라시타에게 물어봤다.

"좋지는 않습니다. 뭔가 숨기는 것 같지는 않지만, 숨길 생각은 있을지도 모릅니다."

미묘한 뉘앙스지만 출석자 대다수는 이해한 듯했다.

"노기서가 좀 더 말이 통하니까 주로 그쪽에서 정보를 얻고 있는데, 그보다는 세무서가 더 깊이 관련되어 있을 테지요."

"경시청은 일단 계속해서 세무 방면을 조사하고. 현경찰은 어쩔 건가?"

이번에는 노자와가 대답했다.

"동기가 뭐든지 간에 살인은 이쪽에서 일어났습니다. 할 일은 많아요. 범인이 공공 교통기관을 사용했을 가능성이 있으므로, 우선 역이나 버스 정류장을 중심으로 탐문수사를 계속할 예정입니다. 그리고 자가용을 사용했을 가능성도 부정할 수 없으므로, 그 근처에 수상한 자동차가 주차되어 있지 않았는지 조사해보고 있습니다. 더 나아가 휴게소나 편의점에 있는 CCTV도 체크할 예정입니다. 범인은 피해자의 차를 타고 왔을 가능성도 있으니까요."

"좋아. 양측 다 수고하도록."

세부 사항을 확인한 후 수사회의가 종료됐다.

흩어지는 수사관들의 틈을 뚫고 무라시타가 노자와에게 다가갔다.

"안녕하세요. 이번에 신세를 많이 지게 되었습니다."

나이는 노자와가 많지만 계급은 무라시타가 더 높았다. 노자와는 형식적으로 예의를 갖춰 인사했다. 노골적으로 귀찮아하는 티를 냈지만, 무라시타는 일부러 모르는 척하고 말을 걸었다.

"군마 현경찰에는 우수한 젊은이가 있는 것 같아서 부럽네요."

노자와 옆에 서 있는 다카하시가 꼿꼿이 허리를 세웠다. 노자와는 시선을 옮겼다. 턱을 괸 채 멍하니 있는 반을 향해.

"글쎄요. 사실 의욕만 넘쳐 봤자 소용없어요."

노자와는 건성으로 대답하고 일어났다.

"당신은 어떻게 생각하십니까? 마루자로서의 활동이 이 사건과 관계가 있을까요, 아니면 전혀 다른 원인이 존재하는 걸까요?"

그 질문에 노자와는 눈만 가늘게 떴다. 다카하시가 대신 대답했다.

"다른 문제가 발견되지 않는다면, 그게 가장 가능성이 높다고 생각합니다."

노자와는 입 다물라는 듯이 다카하시를 째려봤다. 그리고 담담하게 이야기했다.

"현시점에서는 무슨 말을 해도 억측에 불과할 테죠. 생각하는 것보다도 직접 움직이는 것이 사건 해결의 지름길입니다."

"생각한 다음에 움직이면 에너지를 절약할 수 있지 않을까요?"

"그럴지도 모르죠."

무성의한 동의. 무라시타는 머쓱해졌는데, 애초에 그가 삐뚤어진 남자라는 소문은 들었었다. 의견 교환을 시도한 것이 실수였나 보다.

"도쿄로 돌아가기 전에 사건 현장인 별장을 둘러봐도 될까요?"

"거절할 이유는 없죠. 다카하시, 안내해드려."

다카하시는 다소 불만이 있어 보였지만 기본적으로 성실한 성격인 것 같았다. 얼른 차를 준비해서 그 역할을 수행했다.

여행 선물로 뭘 사 갈까~? 하고 헛소리나 중얼거리는 반과는 하늘과 땅 차이였다.

얼마 전에 무라시타는 반을 데리고 피해자 유족을 만나러 갔었다. 수사의 일환이지만, 유족의 분노와 슬픔을 직접 느끼게 함으로써 반의 의욕을 고취시키려는 의도도 있었다.

독신이었던 도이가키의 가족은 모친과 누나밖에 없었다. 곧 일흔이 된다는 모친은 사건 이후 정신적 충격으로 쓰러져

이타바시 구의 병원에 입원 중이었으므로, 그런 어머니를 간병하러 다니는 도이가키의 누나까지 포함해서 다 함께 병원에서 만나 이야기를 들었다.

"어머니는 원래 심장이 좋지 않으셨어요. 게다가 무릎도 안 좋아지셔서 이제는 걷기도 힘들어하세요. 그래서 '슬슬 양로원에 보내드려야 하지 않을까'라는 이야기를 했었죠. 그런데 고지가 그렇게 되고 나서는, 어머니는 식사도 제대로 못 하셔서…… 이야기는 하실 수 있지만, 되도록 빨리 끝내주세요."

누나의 말대로 도이가키의 모친은 무척 상심하고 쇠약해진 상태였다. 침대에 누운 채 무라시타의 이야기를 듣더니, 비쩍 마른 팔을 천천히 들어 올리면서 말했다.

"형사님, 꼭 범인을 잡아주세요. 우리 고지는 남에게 살해될 정도로 나쁜 짓은 하지 않았어요. 제발 좀 도와주세요."

"범인을 체포하기 위해 최선을 다하겠습니다."

무라시타는 그렇게밖에 말할 수 없었다. 힐끔 옆을 훔쳐봤더니, 반은 눈 둘 곳을 모르고 어색하게 링거병이나 커튼 따위를 쳐다보고 있었다.

누나에게서도 특별한 단서는 얻지 못했다.

"그 애의 일이나 친구관계가 어떤지는 잘 몰라요. 새해에는 꼬박꼬박 고향에 돌아왔는데, 제가 마주칠 때마다 결혼은 언제 할 거냐고 잔소리를 했거든요. 그랬더니 그 애가 저와 안 마주치게 시기를 조절해버렸어요."

"어릴 적부터 친하게 지낸 친구는 없나요?"

"초등학교나 중학교 친구는 있을 텐데, 지금도 연락을 하는지는 모르겠어요."

그의 고향집으로 온 연하장을 가져와 달라고 미리 부탁했었다. 해마다 다섯 통 정도 왔는데, 직접 손으로 쓴 연하장은 거의 없었다. 그들은 모두 간토 지방(일본 중부 지방. 도쿄, 사이타마, 군마 등)에 살고 있었다. 그래서 무라시타는 거기 가서 그들의 이야기를 들어보라고 반에게 지시했다.

"저 혼자서 다 만나라고요?"

반은 입술을 삐죽거렸다.

"저한테 이 일을 맡긴다는 것은, 애초에 기대를 별로 안 한다는 뜻이잖아요?"

"꼭 그런 것은 아니에요."

반은 스스로는 잘 모르는 것 같았지만, 탐문수사 능력 하나는 기가 막혔다. 수사1과 전체에서도 1, 2위를 다툴 정도다. 중요한 정보를 잘 알아내기 때문에 처음에는 단순히 운이 좋은 놈인가? 하고 생각했는데, 우연도 계속되면 필연이다. 반은 제삼자에게서 정보를 이끌어내는 분위기를 가지고 있는 것이다. 그 재능이 용의자나 관계자를 심문할 때에는 발휘되지 않는 것이 안타까울 따름이다.

고로 반에게 일을 맡길 때에는, 별로 기대가 안 되는 대상이지만 어쩌면 수확이 있을지도 모른다는 어렴풋한 희망을 가지고 있다는 뜻이다. 그러나 이걸 솔직히 말하면 반이 우쭐할지도 모르고, 그 장점도 사라져버릴지도 모른다.

"아무튼 한번 해보세요."

"아, 네~."

반은 불만스러워하면서도 일단 전원에게 연락은 한 것 같았다. 이번 주말부터 만나러 갈 예정이라고 했다.

반과는 대조적으로 다카하시는 근면성실하게 일하는 청년이었다. 차를 운전해서 별장으로 가는 동안에 그는 수사 방식이나 의견에 관해 다양한 질문을 던져댔다.

"세무서도 노기서도 다 같은 공무원이고 제외 직종인데도 우리에게 쉽게 협조를 해주지 않잖아요? 도대체 어떻게 하면 사실대로 순순히 말하게 할 수 있을까요?"

그 방법을 알면 누가 고생할까. 뭐, 그렇게 솔직히 대답하긴 미안하니까. 무라시타는 선배님인 척 조언이나 해줄 수밖에 없었다.

"개인적으로 신뢰관계를 쌓아야 하겠지요. 그런데 제일 중요한 것은 서류입니다. 서류만 잘 갖추면 돌파할 수 있어요."

"경감님은 상대의 범행을 완전히 확인한 다음에 체포하는 타입인가요? 아니면 일단 체포한 다음에 자잘한 문제를 해결해나가는 타입인가요?"

"요즘 시대에는 후자와 같은 방법은 위험하죠. 일을 신중하게 진행하지 않으면, 취조 시 인권침해와 관련된 복잡한 문제가 생길 수 있습니다."

그 의욕을 절반만이라도 좋으니까 반에게도 나눠주면 좋을 텐데. 무라시타는 그런 생각을 하면서 다카하시의 질문에 대답해줬다. 그러고 보니 반은 딱 한 번 진지한 얼굴로 질문한 적이 있었다. "경감님은 형수님한테도 그렇게 정중하게 말하세요?" 하고. 그래서 무라시타는 대답했다. "강아지한테도 이렇게 말합니다."

차가 별장에 도착했다. 시동이 꺼지자 반이 눈을 번쩍 떴다.

"꽤 볼품없는 별장이네요."

그렇게 실례되는 말을 하면서 차 밖으로 나갔다.

그들 두 사람은 다카하시의 해설을 들으면서 사건 현장을 둘러봤다.

"구타한 다음에 교살한 거라고 했죠."

무라시타가 중얼거렸다. 명확한 살의를 가진 행위처럼 느껴졌다.

과연 자신을 증오할지도 모르는 인간과 별장에서 만날까? 글쎄, 그럴 가능성이 있다면 아마 밀담을 하기 위해서일 것이다. 비리를 제안한다든가, 협박한다든가. 그러다가 일이 틀어지는 바람에 결국 살인까지 저질렀다. 그런 스토리도 있을 법했다. 어쩌면 상대는 예고 없이 별장을 방문했을지도 모른다. 도이가키의 행동 패턴을 조사해보면, 여기까지 찾아오는 것도 쉬운 일이었을 것이다.

"택시 쪽은 알아봤나요?"

무라시타의 질문에 다카하시가 대답했다.

"네. 금요일 밤부터 토요일에 걸쳐서 이 별장까지 승객을 태워준 택시는 발견되지 않았습니다."

"렌터카는요?"

"네, 원래 기타카루이자와에 올 때에는 먼저 가루이자와까지 신칸센을 타고 와서 렌터카를 빌리는 경우가 많은데요. 사건 당일 전후로 일주일 사이에 가루이자와의 렌터카 업체 상황이 어땠는지 조사해봤습니다. 이용객과는 전부 연락을 취했는데 수상한 점은 찾지 못했습니다."

현경찰도 빈틈없이 수사하는 것 같았다. 무라시타는 낙담하지는 않았다.

"그렇군요. 일단 그 명단을 보내주세요. 나중에 이쪽에서 찾아낸 관계자와 대조해봐야 할 수도 있으니까요."

"알겠습니다. 이제부터는 버스 회사에 물어보고, 렌터카 회사의 범위를 넓혀서 조사해볼 예정입니다. 그러나 버스는 이용객이 많고, 또 개인을 특정하기 어렵기 때문에 별다른 단서를 찾지 못할지도 모릅니다. 그 외에는 노자와 경위님이 말씀하셨듯이 CCTV도 체크해볼 것 같아요."

"네. 부담 가지진 말고 조사해주세요."

무라시타와 반은 사건 현장을 적당히 둘러본 뒤 기타카루이자와를 떠났다. 단서는 많지 않았다. 그러나 수사는 조금씩 진전되고 있을 것이다. 무라시타는 그렇게 믿었다.

13

오바 리에는 5일 연속 신주쿠 세무서로 출근했다. 월요일에 경찰을 상대했을 때만 제외하면 내내 자료와 씨름하면서 하루하루를 보냈다. 그것 자체는 평소 업무와 똑같았지만, 목적이 달랐다. 여기서 찾아야 하는 것은 탈세 흔적이 아니라 살인 동기였다.

5일이 지났는데도 성과가 없었다. 영화법교와 잔업세의 결함이 뭔지는 아무리 조사해도 알 수가 없었다. 서장에게 그렇게 보고했더니, 그는 한숨 섞인 말투로 충고를 했다.

"평소처럼 탈세 흔적을 찾아보세요. 그러면 그게 살인 동기가 되지 않을까요?"

아! 하고 리에는 조그만 소리를 냈다. 옳은 말이었다. 그러나 다른 목적으로 조사했어도, 세무 신고에 뭔가 문제가 있었다면 리에는 반드시 눈치챘을 것이다. 처음부터 엉뚱한 곳을 찾고 있는 게 아닐까 하는 의혹을 떨치기 힘들었다.

그런데 그날, 며칠 만에 기누타가 모습을 드러냈다.

"어때? 뭔가 찾아냈어?"

"아뇨."

기누타는 리에의 시무룩한 얼굴 앞에 대고 종이 한 장을 흔들었다. '영화법교'라는 네 글자가 눈에 들어왔다.

"이게 뭐예요……?"

"영화법교에 기부한 기업 목록이야."

리에는 무의식중에 벌떡 일어났다. 의자가 넘어져 우당탕 소리를 냈다.

"어떻게 조사했어요? 탈세용 종교 법인은 신고도 안 했을 텐데."

종교 법인도 종교 활동 이외의 방식으로 수입을 얻었을 때에는 신고 및 납세의 의무를 진다. 그러나 종교 활동 수입이 8000만 엔 이하의 소액이고, 그 외 수익 사업을 하지 않을 경우에는 굳이 회계 서류를 작성하거나 수지를 보고할 필요는 없다. 소규모 신사나 절을 보호하기 위한 제도였다.

이름 없는 종교 법인이 많은 수입을 얻어서 관할청에 보고했다면 당연히 세무서의 경계 대상이 된다. 그렇게 조사해서 수억, 수십억이나 되는 탈세를 적발한 사례도 있다. 특히 세미나 개최 또는 관련 상품 판매 결과를 종교 법인의 수입으로 계산하고서 "종교 활동이다!"라고 강변하는 것이 흔한 세금 회피 수법이었다.

그러나 수입이 적으면 그걸 포착할 방법은 거의 없다. 기부한 돈이 어딘가에서 사라져도 알 수가 없다. 그래서 휴면 종교 법인이 비싼 값에 거래되는 것이다.

한편 기업의 입장에서 본다면, 종교 법인이나 정치 단체 같은 곳에 기부한 돈을 손금損金으로 처리하기는 쉽지 않다. 그것은 경비로 인정되지 않는 것이다. 절세 효과는 거의 없다고 봐야 한다. 그러나 정부가 잔업세를 도입하는 대신 법인세 실효 세율을 낮춰준 현재로선, 수입이 많은 개인이 소득세를 내는 것보다도 법인세를 내는 것이 훨씬 더 싸게 먹혔다. 다시 말해 일반적인 기부는 손금으로 계산되지 않지만, 그래도 법인에게 지출시킴으로써 절세를 할 수 있는 것이다.

예를 들어 매년 1억 엔의 이익을 얻는 기업을 경영한다고 가정해보자. 경영자가 1억 엔을 보수로 받는다면 그중 절반 이상은 세금으로 내야 한다. 그러나 그것을 기업의 이익으로 돌리면 세금은 2000만 엔 이하가 된다. 기업은 8000만 엔을 종교 법인에 기부한다. 이것은 경비로 취급되지 않으므로 법인세는 줄어들지 않지만, 경영자가 그 돈을 종교 법인한테서 몰래 받아오면 전체적으로 내야 할 세금은 줄어드는 것이다.

물론 세무서도 그 방법은 알고 있으므로 세무 조사를 할 때 깐깐하게 조사한다. 그러나 기부가 상식적인 범위 내에서 이루어진다면 주목받기 어렵다. 몰래 뒷돈을 받으면 탈세지만, 그냥 기부한 시점에서는 적법 행위인 것이다.

"맞아. 영화법교는 수익 사업을 벌이지 않아서 신고한 것도 없었어."

"그럼 어떻게……."

"영화법교에 기부할 것 같은 기업을 하나하나 조사해봤지."

맙소사. 리에는 입속으로 중얼거렸다. 단순히 신주쿠 세무서 관내에도 어마어마하게 많은 기업이 있을 텐데.

"선별 수단은 여러 개 있고, 일단 하나만 찾아내면 그다음부터는 줄줄이 캐낼 수 있잖아. 빠진 것이 있을지도 모르지만, 한계선인 8000만에 가까우니까 그 정도면 충분할 거야."

리에는 목록을 받아 훑어봤다. 기누타의 말이 무슨 뜻인지 반쯤은 이해했다.

"이거 혹시 거의 다 관련 기업인가요?"

목록에 실린 열네 개 기업 중에서 열한 개는 대표자는 달라도, 성이 똑같은 인물들이 중역을 맡고 있었다.

"맞아."

기누타는 리에가 넘어뜨린 의자를 바로 세워주더니 자기도 그 옆에 앉았다.

"그 이름. 들어본 적 있어?"

"신도……."

리에는 이름을 중얼거리더니 고개를 흔들었다.

"유명한 실업가는 아니네요. 국세국이 주시하고 있는 인물은 아닙니다."

"응, 그럴지도 모르겠네. 기사가 나도 업계지에만 나니까. 그런데 세무 조사 기록은 남아 있었어. 세 번 세무 조사가 실시됐고, 최고 500만 엔의 추징금을 냈어."

신도 마사타카는 요식업이나 부동산업 등 다양한 사업을 벌이고 있는 실력파 실업가였다. 빨리빨리 계속해서 회사나 점포를 만들었다가 없애버리는 식으로 성공을 거두었다. 사업 규모가 커졌어도 결코 상장하지 않는 것도 특징이었다. 경영 관련 자료를 공개하고 싶지 않은 것이리라.

"조사받을 때에는 '절세가 취미입니다'라고 말했나 봐."

"그레이존인 절세라고 주장하면서도 실제로는 탈세를 하

고 있는 거군요. 그런데 10억 단위의 연 매출에 비해 500만 이라는 추징금은 너무 적은데요. 시시한 악당인가?"

법인이든 개인이든 탈세가 억 단위의 금액이 되면, 국세국과 연대한 지검 특수부가 나서서 범죄자를 체포하고 기소하게 된다. 잔업세 탈세 같은 사소한 사건과는 다른 방식으로 일이 진행되는 것이다. 리에는 그동안 전자의 범죄자를 상대해왔다.

"탈세는 금액의 크고 작음이 문제가 아니야."

기누타가 냉정하게 말했다. 그러고 보니 최근에 똑같은 이야기를 들은 적이 있었다. 돈과 살인에 관한 이야기.

아! 리에는 조그맣게 비명을 질렀다.

"이게 살인 동기인가요? 맞아요, 그럴 가능성은 충분히 있어요."

도이가키는 영화법교와 신도와의 관계를 어떤 식으로든 눈치채서 조사하기 시작했다가 살해됐을지도 모른다. 같은 동료를 의심하고 싶진 않지만, 어쩌면 고발하는 대신에 몰래 상대를 협박하려고 했을 수도 있다.

"당장 경찰에……."

리에는 말하다 말고 미간을 찡그렸다.

"아니, 아직은 너무 이른가요?"

기누타는 말없이 리에를 쳐다보고만 있었다. 판단은 당신이 해야 해. 그 아름답고도 차가운 눈동자가 그렇게 말하고 있었다.

"경찰에 알리기 전에 좀 더 조사해봐야겠어요."

리에는 자기 자신에게 들려주는 것처럼 한 자 한 자 또박또박 말했다. 신도 마사타카의 사업과 영화법교와의 관계는 무엇인지, 그리고 도이가키가 그것을 어디까지 알아냈는지. 그걸 먼저 확인한 다음에 경찰에 알려야 할 것이다. 어쩌면 우리 조직을 지키기 위해 숨겨야 할 정보가 튀어나올 수도 있으니까.

"어디서부터 조사할 거야?"

"우선 그 신도란 사람과 관련된 기업의 신고 내용을 검토해볼 겁니다."

그래? 기누타는 그 한마디만 하고 리에에게서 시선을 뗐다. 무슨 말이 하고 싶은지 알았다. 리에가 혼자서 뭔가 발견할 수 있을 정도로 상대의 일처리가 서툴렀다면, 그 문제는 벌써 옛날에 발견됐을 것이다. 그러나 일단 확인해보고 싶었다. 특히 잔업세를 얼마나 냈는지 궁금했다.

당장 회사 이름을 검색해봤다. 고깃집이나 레스토랑을 경영하는 마지카 상사, 여성 고객을 위한 카페를 운영하면서 건강식도 취급하는 진쇼쿠 공방, 스마트폰 어플리케이션을 개발하는 테스포라, 부동산 사업을 하는 랜드팜, 아파트 디벨로퍼 크라시스테……. 테스포라와 크라시스테는 이미 도산했다. 평판을 훑어보니 레스토랑 쪽은 평판이 좋은데, 과연 공정한 평가인지는 알 수 없었다.

진지하게 살펴보고 있는데 기누타가 말을 걸었다.

"신중하게 행동해야 해."

"네, 알아요. 데이터를 분석하는 것뿐이니까 위험하지는 않아요."

아직까지는요. 리에는 그렇게 속으로 중얼거렸다. 증거를 찾아내면 팀을 짜서 공격할 것이다. 도이가키가 그렇게 된 이유는 이 안건을 혼자 처리하려고 했기 때문이다. 문제를 공공연하게 드러내서 조직적으로 대처하면 위험하지 않을 것이다. 그러니까 돌파구부터 찾아야 한다.

"주간지요?"

언성이 높아졌다. 이럴 때마다 내가 얼마나 멍청한 표정을 짓고 있을까? 하는 생각이 든다. 직속 상사였던 팀장이 수화기 너머에서 쓴웃음을 지었다.

"거절해주세요. 그럴 시간 없어요."

생각하기도 전에 입이 먼저 움직였다. 별 볼 일 없는 주간지의 취재 따위에 응할 시간은 없었다.

"거절하는 건 자네 일이지."

"네, 알았어요. 메일 보내라고 하세요. 제가 직접 거절할게요."

그러자 팀장은 리에의 흥분이 가라앉기를 기다리는 것처럼 잠시 뜸을 들였다가 말했다.

"……물론 그건 자네가 결정할 일이지만. 이야기라도 들어보지 그래? 주간지는 주간지인데 〈주간 마이아사〉거든. 나름대로 건실한 잡지야. 게다가 계속 입 다물고 있으면 여론의 공격을 받을 수밖에 없어. 취재에 응해서 호감도를 올리는 것도 하나의 방법이야."

"어차피 이쪽에서 멀쩡하게 대응해도 그쪽에서 말도 안 되는 기사를 써댈 거잖아요?"

"그럴지도 모르지. 그런데 이 잡지사는 이번 사건이 해결될 때까지 르포 형식으로 쭉 기사를 내고 싶대. 그냥 놔두면 진짜로 말도 안 되는 기사만 쓸지도 몰라."

리에는 수화기를 손으로 누르고 한숨을 쉬었다.

"네, 그러니까 상부의 방침대로 이 취재에 응하란 말이죠?"

알고는 있었다. 상부에서 사건 대응을 리에에게 맡기긴 했지만, 실제로 모든 것을 리에가 결정하는 것은 불가능했다. 애초에 왜 팀장님이 자신에게 연락을 했겠는가. 아마도 과장이 '팀장이라면 리에를 설득할 수 있다'고 생각해서 그에게

시켰을 것이다.

"글쎄, 상대를 봐서 응할지 말지 결정해야 하지 않을까? 무조건 기자의 환심을 사야 한다고 주장하는 사람도 있지만, 내 생각은 달라. 믿을 만한 상대인지 확인해보고 대응하면 좋을 것 같아."

"알았어요."

리에가 마지못해 승낙하자, 팀장은 화제를 바꿨다.

"그나저나 기누타는 어때, 잘 지내?"

"네. 그분께는 신세를 지고 있어요."

어디까지가 진심인지 스스로도 잘 모르겠다. 기누타 덕분에 조사는 진전됐지만, 아직은 많이 가까워졌다고 할 수는 없었다.

"그 사람은 마치 마법을 부린 것처럼 필요한 자료를 잘 모아주거든. 바깥 현장에 나가면 폭주하는 것이 옥에 티지만, 내부에서는 귀중한 인재야."

"저도 그렇게 생각해요."

리에는 다소 질투를 느끼면서도 맞장구를 쳤다. 기누타가 없었으면 영화법교와 신도의 관계는 밝혀지지 않았을 것이다. 단, 신뢰하는 상사에게도 아직 그 이야기는 하고 싶지 않았다. 좀 더 스스로 조사해보고 나서 공개하고 싶었다.

"그럼 건투를 빌게. 이쪽과 상담할 수 있는 단계가 되거든 상담하러 와."

팀장은 리에의 마음을 꿰뚫어 본 것처럼 그렇게 격려해주더니 전화를 끊었다.

주간지 기자는 참 부지런하기도 했다. 연락한 지 두 시간 만에 신주쿠 세무서에 찾아왔다. 프리랜서 기자인 야마자키 이쿠. 30대 여성이었다. 미인은 아니지만 동그란 얼굴과 친근한 인상의 소유자였다.

이름만으로는 성별을 알 수 없었으므로, 여자가 온 것을 보고 리에는 안도의 한숨을 쉬었다. 아무래도 같은 여자끼리 이야기하는 것이 더 편하니까.

"기사에 쓰지 말라고 하시는 내용은 안 쓸 테니, 안심하고 말씀해주세요."

이쿠는 기분 좋은 미소를 지으며 말했다. 한편 리에는 일부러 딱딱한 표정으로 대꾸했다.

"죄송하지만 공식적으로 발표되는 내용만 말씀드릴 수 있습니다. 아시다시피 엄하고 융통성 없는 직장이라서요."

"네, 알았어요."

이쿠는 이미 경찰도 취재하고 왔는지 사건에 관해서 적확한 질문을 던졌는데, 리에는 공식적인 견해만 내놓았다.

"피해자가 살해된 이유가 뭔지는 짐작도 안 갑니다. 경찰에는 전면적으로 협력하고 있으며, 수사 결과를 기다리고 있습니다."

지금 상황에서 세무서가 할 수 있는 이야기는 없었다. 다만 도이가키 개인에 관한 것은 예외였다.

"고인은 매우 열심히 일하는 사람이었습니다. 동료들에게도 좋은 평가를 받았고요. 이런 식으로 우수한 잔업세 조사관을 잃어버린 것이 참으로 유감스럽습니다."

"도이가키 씨는 취미가 모형 만들기라고 하던데요. 세무서에는 그런 분들이 많나요?"

뜻밖의 질문에 리에는 조금 당황했다.

"글쎄요. 사생활에는 관여하지 않아서……."

도이가키의 취미는 인터넷 뉴스나 스포츠 신문을 통해서 한때 화제가 됐었다. 아마 경찰한테서 흘러나간 정보일 것이다. 신주쿠 세무서 내부조사에 의하면, 세무서 직원 중에서 도이가키의 별장에 가본 사람은 없었다. 그러나 그건 여기서 이야기할 만한 정보는 아니었다.

대충 질문이 끝났을 때 이쿠가 갑자기 편안해진 태도로 말했다.

"예상대로 철벽 방어를 하시네요."

네, 죄송합니다. 리에는 그렇게 사과했다. 아직 마음을 열지는 않았지만, 이쿠의 인상은 나쁘지 않았다.

"여기서부터는 오프더레코드입니다. 절대로 기사화하지

않을게요."

이쿠는 녹음기를 껐다.

"이것은 이번 기획의 성부成否와 관련된 중요한 질문인데요. 오바 씨, 당신은 역시 고인의 직무가 이번 사건의 원인이 되었다고 생각하시나요?"

리에는 약간 풀어진 표정으로 대꾸했다.

"글쎄요. 당신은 어떻게 생각하세요?"

"그러면 좋긴 하겠죠. 기사의 임팩트가 더 커질 테니까……. 아, 죄송합니다. 고인에게 실례되는 발언이었네요."

"아뇨, 괜찮습니다. 그런데 저는 상관이 없기를 바라고 있습니다. 아무리 비판을 당하더라도 이 나라를 위해, 사회를 위해 땀 흘려 일하는 사람이 바로 국세 조사관이니까요. 그들의 사기가 떨어질 만한 사태가 일어나지 않았으면 좋겠어요."

"후후, 이해관계상 저희들은 대립할 수밖에 없네요."

이쿠는 온화하게 웃더니 화제를 바꿨다.

"세무서도 남초 사회인 것 같은데요. 당신은 아직 젊은데도 이렇게 활약하고 계시잖아요. 정말 존경스럽습니다. 힘든 일도 많으시죠?"

"힘든 점도 있지만…… 아뇨, 활약이라니요. 전 그저 말단 직원일 뿐입니다."

이쿠는 기계 제조사의 기획부에서 일하다가 염증을 느끼고 퇴사해서 이렇게 프리랜서 활동을 시작했다고 한다. 두 사람은 꽉 막힌 상사의 언동이나, 같이 사는 부모님의 간섭에 관해 이야기하면서 한동안 신나게 수다를 떨었다.

"제가 조만간 다른 잡지에서 '멋진 여성'을 주제로 한 특집 기사를 쓰려고 하는데요. 그때는 꼭 협조해주세요."

이쿠는 산뜻한 인상을 남기고 퇴장했다.

그로부터 3일 후. 이쿠가 리에에게 전화해서 미안해하는 목소리로 말했다.

"이번 기획은 보류되었어요. 완전히 폐기하는 것은 아닌데, 사건 해결에 대한 방향성이 드러날 때까지는 게재할 수 없다고 하네요. 모처럼 도와주셨는데 죄송합니다. 제 능력이 부족해서……."

"아뇨, 사과하실 필요 없어요."

사실 리에로선 기사가 실리지 않는 편이 더 나았다.

"혹시 사태가 진전되거든 가능한 범위 내에서 저에게도 말씀해주세요. 잘 부탁드릴게요."

"글쎄요, 너무 기대하지는 말아주세요."

리에는 붙임성 있는 목소리로 그렇게 말하고 전화를 끊었다. 공사 구별. 혼잣말을 중얼거렸다. 아무리 상대의 인상이 좋아도, 외부에 정보를 흘릴 수는 없다. 그러나 앞으로 국세국이 부당하게 공격당하는 일이 생긴다면, 적당히 유리한 정보를 흘려서 여론을 유도해야 할 수도 있다. 그러니까 미리 인맥 관리를 해놓는 것도 괜찮을 것이다.

점점 나쁜 사람이 되어가는 느낌이 들었다. 이러다가는 제 꾀에 넘어가 자멸하는 싸구려 악당이 될지도 모른다. 리에는 그렇게 자조하면서도, 의외로 자신이 이 상황을 즐긴다는 것을 깨닫고 깜짝 놀랐다.

14

빨간색과 노란색이 주로 쓰인 화려한 간판이 인도 쪽으로 튀어나오게 설치되어 있었다. '익스로즈 카페'. 요새 인기를 모으는 음식점이었다. 간판 메뉴는 스무 가지 이상의 드레싱을 선택할 수 있는 유기농 채소 샐러드와, 뉴욕에서 인기 있는 크림치즈를 이용한 디저트라고 한다.

오전 열한 시. 문을 연 직후인데도 가게 내부는 혼잡했다. 거의 만석에 가까웠다. 거기서 가노 시게키는 수수한 양복을 입고 홀로 자리에 앉아 있었다.

여자 손님들의 목소리가 노도처럼 그의 머릿속에 밀려 들어와 사고를 방해했다. 가노는 커피 잔을 들었다. 그러나 커피가 바닥에 조금밖에 안 남아 있는 것을 확인하고는, 잔을 입에 대지 않고 도로 접시에 내려놨다. 커피와 함께 나온 쿠키는 이미 다 먹었다.

좌석 수는 약 50개. 홀 서빙 직원은 두 명. 그 두 사람은 오픈 30분 전부터 교대해서 여기 들어와 있었다. 주방의 인원은 네다섯 명. 전원 체크하지는 못했다.

목을 길게 빼서 주방을 엿봤더니 점원이 이쪽으로 다가왔다. 키 크고 잘생긴 젊은이였다. 행동거지도 세련되어 보였다.

"추가 주문을 하시겠습니까?"

직원이 웃는 얼굴로 물어봤다. 가노는 몹시 당황했다. 내 수상한 행동을 들킨 건가? 말문이 막혔지만, 간신히 입을 열었다.

"저, 저기, 이거 계산하고 싶은데요."

"네, 그럼 이 테이블 명패를 가지고 계산대로 가시면 됩니다."

가게 안에서 확인해야 할 것은 전부 다 확인했다. 가노는 부스럭부스럭하며 자리에서 일어났다. 입구에서는 이 안에 들어오려고 대기하는 손님들이 줄을 서 있었다. 그들의 대화를 들어보니 어제 TV 프로그램에 이 가게가 소개됐다고 한다. 아하. 그렇다면 수상쩍은 1인 손님을 빨리 내쫓고 싶어 하는 것도 당연했다.

밖으로 나온 가노는 일단 카페에서 멀리 떨어졌다. 사전 정보에 의하면 종업원 중에서 점장과 주방 책임자는 사원이고, 나머지는 아르바이트생이라고 한다. 아르바이트생은 대부분 단기라서 일일 근무를 하는 경우가 많았다. 힐끗 훔쳐본 근무 교대표에서도 그런 근무 시스템이 엿보였다. 그러니까 폐점 시간에 맞춰서 다시 오면 될 것이다.

소고기 덮밥 가게에서 점심을 먹고 구립 도서관에 들러 시간을 좀 때우다가 다음 조사 대상을 찾아갔다. '익스로즈 카페'와 마찬가지로 진쇼쿠 공방이 운영하는 술집 '사봉'이었다. 비슷한 음식점들이 입점해 있는 어느 건물의 지하 1층에 자리 잡은 가게였다. 간판을 보니 엄선한 지역특산주와 창작 요리를 선보이는 가게라고 한다. 건물에 드나드는 사람은 많지만 지하에는 '사봉'밖에 없으니까, 밑으로 내려가는 엘리베이터와 계단만 감시하면 되었다.

맞은편 건물 1층에 셀프서비스 카페가 있었다. 가노는 창가 자리에 죽치고 앉아서 밖에 돌아다니는 사람들을 구경했다.

평일 낮이라 그런지 번화가에는 학생처럼 보이는 젊은 사람이나 유모차를 미는 애 엄마, 그리고 나이 든 사람이 많았다. 오늘은 소나기가 올 수도 있다던데, 그래서 그런지 흐린 하늘을 걱정스럽게 쳐다보는 사람들도 종종 있었다. 그런 때에는 젊은이도 늙은이도 다 똑같은 표정을 짓는 것이 재미있었다.

딴 짓이나 할 때가 아니었다. 누군가가 '사봉'으로 들어가는 것이 확인됐다. 휴대폰으로 몰래 사진을 찍고 시각을 메모했다. 오후 두 시 이십 분. 요리 준비를 하러 들어갔나 보다.

술집은 종업원이 많기도 하고 또 단속적으로 불시에 출근하는 경우도 있다. 그래서 한시도 방심할 수 없다. 가장 많은 사람들이 출근하는 시간은 가게 오픈 시각인 다섯 시보다 10분 전 정도일 텐데, 요리 담당자들은 그보다 30분이나 한 시간 일찍 출근한다. 그런 지식은 나시모토가 하나하나 가르쳐줬다.

일곱 시가 되면 그날 출근하는 종업원은 거의 다 출근한다. 가노의 메모에 의하면 열두 명이었다. 혼자 가게에 들어가는 사람을 종업원으로 간주했는데, 어쩌면 여럿이 한꺼번에 출근할 수도 있으니까 그 숫자는 정확하진 않았다. 그러나 평균 노동시간을 파악하는 데에는 이 정도로도 충분했다. 웬만큼 증거가 모이면 추궁은 할 수 있다고 했다. 나시모토가.

가노는 사용하던 노트북을 닫아 가방에 넣고 일어났다. 오랫동안 앉아 있었더니 허리가 아팠고, 또 커피를 세 잔이나 마셨더니 속이 쓰렸다. 주위의 시선도 신경 쓰였지만, 실은 남을 그렇게 주의 깊게 보는 사람도 없을 것이다.

가게에서 막 나왔을 때 전화가 왔다. 나시모토였다.

"그쪽 일은 어때?"

듣기만 해도 안심이 되는 목소리가 귀에 흘러 들어왔다.

"순조롭게 진행되고 있어요. 이제 카페에 가서 퇴근시간을 체크해볼 거예요."

"도와주지 않아도 돼?"

"네. 괜찮아요."

가노는 단호한 어조로 대답했다. 이 정도 임무는 혼자서 잘해내서 나시모토에게 인정받고 싶었다.

3년 전에 자신이 자살하지 않고 살아남은 것은 나시모토 덕분이었다. 그때 아르바이트생이었던 가노는 과잉노동으로 마음의 병을 앓다가 나시모토에게 구제받았다.

나시모토가 이 세계에 발을 들인 이유는 가족이 산업재해를 당했기 때문이라고 한다. 나시모토를 귀여워해주던 외삼촌이 며칠이나 철야로 일하고 귀가하던 도중에 쓰러져서 심하게 머리를 다치는 바람에 생사의 기로에서 헤맨 것이다. 결국 반신불수가 된 외삼촌 대신에 그의 부모님이 회사에 항의했는데, 회사 측이 잘못을 인정하지 않아서 소송까지 걸 뻔했다고 한다.

"외삼촌은 건축가였어. 커다란 설계 사무소에서 근무하고 있었지. 자기 일을 사랑하고 열정적으로 일하는 분이셨어. 그래서 연일 철야를 해도 본인은 괜찮았나 봐. 그런데 회사 측은 외삼촌의 그런 헌신에 보답하려고 하지 않았어. 난 그게 정말로 분했어."

그때 나시모토는 중학생이었다. 순수한 정의감에 불타서 앞으로 노동자를 구하는 사람이 되기로 결심했다고 한다.

나시모토가 노동기준 감독관이 된 것은 잔업세가 도입된 이후였다.

"그 전에도 노기서 사람들은 노력했던 것 같아. 하지만 인력도 무기도 부족했지. 그러나 이제는 그게 다 있어. 마음껏 싸울 수 있어."

나시모토는 자기 직업에 대해 눈부시도록 강한 긍지를 가지고 있었다.

"잔업세에는 찬성하시나 봐요."

"당연하지. 잔업세 덕분에 수많은 블랙 기업을 개선할 수 있었으니까. 그건 서비스 잔업을 억제하는 효과가 큰 제도야."

그 말을 듣고 가노는 마루자가 되고 싶다고 생각했다. 그런 식으로 인연이 이어지는 것이다. 나시모토는 은인이었다. 그에게 도움이 되고 싶었다.

전차를 갈아타고 30분쯤 이동했다. 중간에 길거리 국수

가게에서 간단히 저녁을 때운 뒤, 가노는 '익스로즈 카페'로 돌아왔다.

폐점시간인 아홉 시가 되려면 좀 더 기다려야 한다. 그래서 잠복하기 좋은 장소를 찾으려고 카페 주변을 돌아보고 다녔는데 마땅한 곳을 찾을 수 없었다. 아침에는 코앞에 있는 편의점에서 적당히 신문을 고르면서 카페 영업이 시작되길 기다렸는데, 그러면 사진을 찍기가 힘들었다. 누굴 기다리는 척하면서 죽치고 있을 만한 장소가 어디 없을까?

이리저리 돌아다니다가 결국 버스 정류장 앞에 서 있기로 했다. 20~30분 정도는 여기 가만히 있어도 될 것이다. 그다음부터는 대충 돌아다녀도 되고.

아홉 시가 지나자 종업원이 하나둘씩 퇴근하기 시작했다. 오전에 접객을 했던 청년도 퇴근했다. 노동시간은 휴식까지 포함해 열 시간. 날마다 일한다면 잔업수당과 잔업세가 발생할 만한 수준이었다.

버스가 와서 승객을 태우고 다시 달려갔다. 가노는 당연히 버스에 타지 않았다. 방금 내린 승객들 틈에 섞여 움직였다. 카페 간판의 불은 꺼졌고 문에는 'close'란 팻말이 내걸렸지만 안쪽 주방에는 아직 불이 켜져 있었다. 사원은 끝까지 남아서 일하는 모양이다.

두 명은 남아 있을 것이다. 가노는 가게 안을 훔쳐보려고 몸을 굽혔다. 그때 누군가가 그의 어깨를 두드렸다.

"이봐요, 형씨."

온몸이 경직됐다. 뒤를 돌아봤더니 제복을 입은 경찰관 두 명이 서 있었다.

"이 가게에 무슨 볼일이라도 있어?"

가노와 비슷한 나이처럼 보이는 경찰이 다짜고짜 반말로 물어봤다. 그 뒤에서는 중년 경찰관이 팔짱을 끼고 서 있었다.

"아뇨, 그냥……."

혀가 굳어서 말이 잘 나오지 않았다. 경찰관은 좀 더 그를 압박했다.

"그냥? 아니잖아. 방금 가게 안을 훔쳐봤잖아. 계속 이 근처에서 어슬렁거린 사람이 당신이야?"

불심검문을 당할 것은 예상하고 있었다. 나시모토도 몇 번이나 경험했다고 한다. 무슨 이유로 어디를 조사하고 있는지, 지금 경찰에게는 들키고 싶지 않았다. 전에 나시모토가 대처법을 가르쳐줬다. 가노는 가방에서 명함지갑을 꺼냈다.

"제 직업은 이겁니다."

명함을 확인한 젊은 경찰관이 미간을 찌푸렸다.

"탐정?"

"네. 실은 이 가게 종업원의 외도 조사 의뢰를 받아서…….

그래서 언제 퇴근하나 하고 지켜보고 있었던 겁니다."

"외도 조사? 흐음. 가방 좀 보여줄래?"

네 하고 가노는 서류가방을 열었다. 경찰관이 내용물을 조사했다.

"흉기는 없는 것 같네. 사진은 찍었어? 보여 줘봐."

도촬을 의심하는 것이리라. 가노는 디지털카메라 사진을 보여줬다. 경찰관이 사진을 점검했는데, 찍힌 대상은 다 똑같은 중년 남성이었다.

"조사 대상이 이 사람이야?"

가노가 살짝 고개를 끄덕이자, 경찰관은 재미없다는 표정으로 디지털카메라를 도로 가방에 집어넣었다.

"앞으로 조심해. 법에 저촉되는 짓은 하지 마."

다행히 풀어주려나 보다. 가노는 안도의 한숨을 내쉬면서 그곳을 떠나려고 했다.

"잠깐만."

나이 든 경찰관이 날카롭게 말했다. 젊은 경찰관을 부르더니 뒤로 돌아서 소곤소곤 무슨 말을 했다. 질문 방식을 가르쳐주는 것 같았다. 그 대화가 끝나자 젊은 경찰관이 다시 가노를 향해 돌아섰다.

"면허증 같은 건 있어?"

가노는 말없이 운전면허증을 꺼냈다. 장롱면허지만 신분

증 대신 들고 다니는 것이었다.

경찰관은 아까 받은 명함과 면허증을 대조하더니 뭔가를 메모했다.

"오케이, 됐어. 수고하셨습니다."

이번에야말로 가노는 안도의 한숨을 내쉬었다. 마침 카페의 불도 꺼졌다. 경찰관들이 떠나는 것을 확인하고 나서 휴대폰 카메라로 지금 나오는 종업원을 촬영했다. 플래시를 터뜨릴 수는 없으니까 어두워서 얼굴이 보이지 않을지도 모르지만, 몸집과 옷차림으로 누구인지 추측할 수 있을 것이다.

이제는 술집 '사봉'의 퇴근시간을 확인하러 가야 한다. 그는 역으로 걸어가면서 나시모토에게 전화를 걸었다.

"불심검문을 당했습니다."

그러자 상대는 잠깐 머뭇거리다가 대답했다.

"저런. 괜찮았어?"

"네. 가르쳐주신 대로 대처했습니다. 의심받지는 않았을 거라고 생각해요."

"응, 그래. 잘했어. '사봉'은 내가 대신 살펴볼게. 오늘은 그만 집에 가서 쉬어."

네? 하지만…… 하고 가노는 사양하려고 했다. 그러나 나시모토의 태도는 다소 강경했다.

"혹시나 같은 경찰관에게 들키면 큰일 나잖아. 너한테는 또 다른 일을 맡길 테니까. 그걸 열심히 해줘."

"알았어요. 오늘 조사한 내용은 정리해서 내일 가져갈게요."

가노는 전화를 끊고 귀로에 올랐다.

오늘 조사한 내용만으로 판단할 수는 없지만, '익스로즈 카페'에 극단적인 과잉노동이 존재하는 것처럼 보이진 않았다. 익명으로 복수의 통보가 있었다고 하던데. 글쎄, 누군가가 앙심을 품고 가게를 괴롭히려고 그런 게 아닐까. 그러나 나시모토가 본격적인 조사를 지시한 데에는 명확한 이유가 있을 것이다. 풋내기인 가노는 그저 묵묵히 그를 따를 수밖에 없었다.

15

숙부님의 부하 직원이라는 이 남자는 성실해 보였다. 외모는 여자에게 인기 있을 만한 타입은 아니지만, 혐오감을 주는 타입도 아니었다. 키는 평균보다 작아도 심각한 수준은 아니었다. 평범한 외모와 건실한 직업. 그 점에선 리에에게 맞는 상대이려나.

이름은 특징적이었다.

'모리 다카모리'라고 적힌 명함을 받은 순간, 리에는 뭐라고 할까 말까 망설였다.

"재미있는 이름이죠? 어릴 때부터 제 별명은 항상 모리모리였어요."

상대가 먼저 말해줘서 다행이었다. 리에는 어색한 미소를 지었다.

"좋네요. 외우기 쉬워서."

그 후로는 그다지 즐거운 대화가 이루어지진 않았다. 취미가 뭐냐는 질문을 받아도 리에는 제대로 대답하지 못했다. 학창 시절에는 남들처럼 영화도 보고 음악도 들었는데, 최근에는 일하느라 바빠서 그럴 여유가 없었다. 그리고 몸을 움직이는 것도 좋아하지 않았다.

"일이 취미……나 마찬가지예요."

주선자인 숙부님이 살짝 얼굴을 찌푸렸다. 모리는 잠깐 멈칫하다가 대답했다.

"네, 그것도 좋죠."

역시 이런 자리에는 오지 말았어야 했다. 리에는 그렇게 생각했다. 일요일 오후. 평소 같으면 데굴데굴 굴러다니며 기력을 보충할 시간이었다.

이곳은 숙부님이 자주 다니는 레스토랑이었다. 비프스튜가 맛있다고 해서 그걸 주문했다.

"하시는 일은 재미있나요?"

그 질문에는 자신 있게 대답했다.

"네. 보람 있는 일이거든요. 바빠도 힘들진 않아요."

사실 지금은 원치 않는 업무를 억지로 떠맡은 상태지만. 그런 것까지 가르쳐줄 필요는 없을 것이다.

"와, 좋으시겠어요. 저도 다행히 보람 있는 일을 하고 있습니다."

상사가 옆에 있어서 인사치레로 그런 말을 하는 것 같지는 않았다. 모리는 원래 그림 그리는 것을 좋아했기 때문에, 공공 문화 사업에 종사하게 되어서 기쁘다고 했다. 지금도 시간 날 때마다 그림을 그리고, 미술관에도 자주 간다고 한다.

"무슨 그림을 그리시는데요?"

리에는 별 관심 없이 질문했다.

"주로 풍경화를 그립니다. 절이나 오래된 건물도 좋아해요. 밖에 나가서 스케치를 하고, 집에 와서 색칠을 합니다."

조용하고 평화로운 삶이구나. 그런 생각이 들었다. 자신과는 거리가 먼 세계였다. 리에는 날마다 숫자와 씨름하면서 탈세의 증거를 찾으려고 분투했다. 여가생활은 즐겨야 한다. 사회인이 된 직후에는 그런 강박관념에 사로잡혀 친구와 외출하기도 했는데, 그래봤자 피로가 쌓이기만 했으므로 생각을 바꿨다. 취미? 없으면 잠이나 자면 된다. 일을 잘하게끔 컨디션을 조절하기 위해서 휴일이 존재하는 것이다.

그렇게 생각했을 때 상대의 질문이 날아왔다.

"휴일에는 뭐 하세요?"

확! 뚜껑이 열렸다.

"잠을 잡니다. 물론 그 전에 휴일이 있어야 하지만요."

리에야! 하고 숙부님이 불렀다. 그러나 리에는 멈추지 않았다.

"요즘에는 당신같이 느긋하게 일하는 방식이 유행하는 모양이지만, 전 그런 것은 받아들일 수 없어요. 저에게는 일이 최고예요. 다른 것을 희생해서라도 성과를 내고 싶어요. 그러니까 결혼도 당연히 하고 싶지 않아요."

리에는 단숨에 끝까지 말하고 나서 물을 꿀꺽꿀꺽 마셨다.

"리에야. 너무 무례하구나."

"죄송합니다. 저도 모르게……. 하지만 이게 저의 솔직한 심정이에요."

모리는 얼이 빠진 것 같았다. 그냥 일어날까? 절반 이상이나 남아 있는 비프스튜가 아깝긴 했지만, 이대로 여기서 계속 대화하는 것은 서로에게 고통스런 일일 것이다.

그런데 뜻밖에도 모리는 부드러운 미소를 지었다.

"그것도 좋은 것 같네요."

"뭐가 좋아요?"

"다양한 근로방식과 생활방식이 존재해서 좋다는 거예요. 가치관의 다양성은 사회의 풍요로움을 증명하는 것이죠. 하나의 의견만 억지로 강요하는 것은 좋지 않다고 생각해요."

"겉만 번드르르한 말씀을 하시네요."

상대가 모처럼 수습해줬는데도 무심코 반박하고 말았다. 내가 봐도 참 모난 성격이었다.

"네, 그럴지도 모르죠. 저는 겉을 예쁘게 꾸미는 것을 좋아하거든요."

능청스러운 대답이었다. 이 사람에게는 무슨 말을 해도 안 통하나?

"이제 그만해라. 리에야, 넌 뭔가 오해하고 있어. 도청 업무는 굉장히 힘든 일이야. 잔업을 하면 눈치 보이니까, 아무래도 단시간 내에 높은 효율과 생산성을 추구할 수밖에 없어. 그 점에서 모리는 우수한 직원이야."

제외 직종이 아닌 공무원은 민간인과 마찬가지로 잔업세 대상이 된다. 도청 직원의 경우에는 고용주가 부담해야 할 금액은 도청 측이 국가에 납입한다. 이것은 나중에 보조금이라는 형태로 돌아오지만, 도청으로선 그다지 납입하고 싶진 않을 것이다. 또 잔업세 문제는 차치하더라도 고액의 잔업수당을 지불하는 것은 바람직하지 않다는 의식이 존재했다. 국민들에게 모범을 보여야 한다는 것이다.

"그거 알아? 제외 직종은 특권을 내세워서 일부러 게으르게 일한다는 비판도 있어."

"저희들은 안 그래요."

"하지만 효율은 안 좋잖아?"

"그걸 숙부님이 어떻게 아세요?"

일촉즉발의 상황이었다. 그때 모리가 앗! 하고 소리를 냈다. 숟가락에서 고기가 떨어진 것이다. 하얀 셔츠 앞쪽에 걸쭉한 스튜 국물이 묻었다. 고기는 바지에 부딪쳐 바닥에 떨어졌다. 모리는 아주 한심한 표정으로 지저분해진 그 두 군데를 번갈아 바라봤다. 웨이터가 달려와 물수건을 건네줬다.

리에는 멍하니 그걸 보고 있었다. 김이 빠져버렸다. 숙부가 헛기침을 하더니 입을 열었다. 최근에 기획한 현대미술 전람회에 관한 이야기였다. 모리도 기운을 차린 것처럼 그 대화에 응했다.

엉망진창인 식사였다. 맞선이고 뭐고 다 망했다고 생각했다.

그래서 "또 만나고 싶다"는 말을 어머니에게서 전해 들었을 때 리에는 당황하고 말았다. 내 첫인상은 분명히 안 좋았을 텐데?

어머니는 신이 나셨다.

"리에야, 너도 두 번 다시 만나기 싫은 건 아니잖니? 모처럼 좋은 기회인데. 이번엔 단둘이 만나보지 그래?"

"됐어, 귀찮아."

리에는 즉시 대답했다.

모리는 착하고 센스 있는 사람이었다. 리에가 본성을 드러냈는데도 그는 그걸 이해하고 도와주려고 했다. 자기 옷을 더럽히면서까지 험악한 분위기를 부드럽게 바꿔줬다. 객관적으로 본다면 이 남자는 놓치면 안 되는 걸지도 모른다. 그러나 지금 리에에게는 무슨 옷을 입을지, 무슨 음식을 먹을지, 무슨 이야기를 할지 생각할 여유가 없었다. 자신은 그만큼 그릇이 작은 인간이었다.

"에이. 그러지 말고 만나봐, 응?"

대꾸하기도 귀찮아서 대충 약속해버렸다.

"알았어. 지금 하는 일이 올해 안에 끝나면 만나볼게."

내가 생각해도 참 예의 없는 조건이었다. 어머니는 못마땅한 표정을 지었다.

"지금 하는 일이 뭔데?"

"내가 늘 말했잖아. 부모님한테도 그건 가르쳐줄 수 없어. 아무튼 중요하고 힘든 일이니까 쓸데없는 것은 생각하고 싶지 않아."

"올해 안에 끝나면 만난다고? 진짜로 그렇게 전해주면 되는 거지?"

약간 죄책감을 느끼면서도 리에는 고개를 끄덕였다. 상대가 그 조건을 받아들일 가능성과, 올해 안에 이번 사건이 해결될 가능성. 둘 중 뭐가 더 높을까?

16

10월 26일 월요일. 가노 시게키는 나시모토와 함께 '사봉'이란 술집을 임검하러 갔다. 나시모토가 꼭 이날 가야 한다고 해서 가노는 예정을 변경해 동행하게 되었다. 조사는 막힘없이 진행됐고 서류도 금방 발견됐다. 그래서 간단한 일이구나 하고 생각했다. 처음에는.

서류를 살펴보는 나시모토의 옆얼굴에서 희미한 초조감이 묻어났다. 관자놀이가 꿈틀거렸다. 안경을 몇 번이나 고쳐 썼다.

"슬슬 가게 문을 열어야 하는데요. 계속 조사하실 거면 저쪽 구석 자리에서 해주시면 안 될까요?"

'사봉'의 점장이 밝은 목소리로 말을 걸었다. 30대 초반 여성인 이 점장은 잘난 척하거나 귀찮아하는 기색도 없이 자연스럽게 노동기준 감독관의 존재를 받아들였다. 아직 풋내기인 가노가 이런 말 하긴 좀 그런데, 상당히 특이한 타입처럼 보였다.

"네. 죄송하지만 시간이 좀 걸릴 것 같으니 그쪽으로 이동하겠습니다."

나시모토는 서류 뭉치를 움켜쥐고 일어났다.

"저도 도와드릴게요."

가노의 제안에 나시모토는 고개를 옆으로 흔들었다.

"이건 조금만 더 하면 끝나. 그러니까 너는 출근한 아르바이트생하고 이야기를 해봐."

나시모토다운 한마디였다. 같이 행동하다 보니 이제는 그의 성격을 웬만큼 파악하게 되었다. 나시모토는 순한 외모와는 달리, 우수하지만 자존심이 강한 사람이었다. 자기 일은 스스로 해야 직성이 풀리는 타입이었다.

나시모토는 지난달 종업원의 타임카드와 출근부와 급여명세서를 대조해보고 있었다. 이 가게가 잔업을 정확히 기록하고 그에 따른 잔업수당과 잔업세를 정당하게 지불하고 있는지 살펴보는 것이었다. 저번 조사에서 직접 본 노동시간과, 타임카드에 남아 있는 기록이 일치하는지도 확인하고 있었다. 지금까지는 추궁할 만한 문제점은 찾지 못했나 보다.

가노는 종업원과 이야기를 해도 되느냐고 점장에게 물어봤다.

"네, 하세요. 우리 가게는 숨기는 것이 하나도 없으니까요. 그런데 이제 곧 바빠질 테니까 빨리 끝내주시길 바랍니다."

상대는 쾌히 승낙했다. 가노는 출근한 아르바이트생 청년을 붙잡고 말을 걸었다. 그는 당황하면서도 웃는 얼굴로 대답했다.

"잔업이요? 꽤 많이 하죠. 그런데 이 가게는 수당을 잘 챙겨주거든요. 그래서 안심하고 일하고 있어요. 잔업세인지 뭔지 하는 것도 가게에서 알아서 빼고 줘요."

"하루 잔업시간이 다섯 시간을 넘어가거나, 일주일에 하루도 쉬지 못한 적은 있나요?"

"으음……. 글쎄요? 아마 직원도 그렇게까지 일하지는 않을걸요? 물론 연말 송년회 시즌에는 가게가 너무 바빠서 쉬는 날 없이 일할 수도 있지만요."

과잉노동도 성수기에 잠깐만 한다면 특별히 지도 대상이 되지는 않는다. 나시모토의 입장은 다를지도 모르지만, 가노의 입장에서는 극단적으로 말해서 잔업세만 제대로 낸다면 그래도 상관없는 것이다.

"아르바이트생도 일주일에 40시간 이상 일하면 그건 잔업으로 간주됩니다. 그것도 알고 계십니까?"

"대충? 아는 것 같아요."

청년은 당당하게 대답했다.

"그런 것은 가게에서 다 알아서 해주니까 괜찮아요. 보험이랑 연금도 있는데요, 뭐."

"그렇군요. 어, 그럼……."

가노는 열심히 머리를 굴렸다. 상대의 말에 동의하면서 진짜 궁금한 부분으로 화제를 옮겨간다. 그것이 청취의 기본 요령이다. 나시모토가 그렇게 가르쳐줬었다.

"이 가게가 그렇게 좋다면, 그만두는 사람도 거의 없겠네요?"

"어~ 아마 최근 반년 동안에는 없었을 거예요. 봄에는 많이들 들어오고 나가고 하지만. 보통은 한번 들어오면 오래 일해요. 나도 3년째 일하고 있고."

"그럼 아르바이트생 모집도 거의 안 하나요?"

"어~~ 아마도요. 최근에는 그런 이야기는 못 들었어요. 아니, 그런데 그건 점장님한테 물어보는 게 낫지 않아요?"

청년이 시계를 보고 초조해하기 시작했다. 가노는 고맙다고 인사하고 질문을 마쳤다.

이어서 주방으로 갔다. 한바탕 일을 끝낸 요리사에게 같은 질문을 해봤다. 그는 사원이지만, 대답 내용은 아르바이트생 청년과 다르지 않았다. 일하기 편한 직장이라 불만이 별로 없다고 했다. 역시 누가 그냥 앙심을 품고 고발한 게 아닐까?

나시모토가 서류 대조를 마치고 일어났다. 그는 가노를 보고 살짝 고개를 옆으로 흔들더니 점장을 향해 웃었다.

"잔업이 조금 많은 것 같지만, 형식상 문제는 없는 것 같군요. 앞으로도 양호한 노동환경을 유지하고 적정한 세금을 납부해주시길 바랍니다."

"네. 수고하셨어요. 다음에는 손님으로 와주세요."

완벽한 접객 태도로 인사하는 점장을 뒤로하고 두 사람은 '사봉' 밖으로 나왔다. 그런데 가게를 등진 순간부터 나시모토의 얼굴에서 미소가 싹 사라져버렸다. 보기 드문 일이었다.

가노는 딱딱하게 굳어진 그의 옆얼굴을 쳐다봤다. 그러다가 결국 참지 못하고 질문했다.

"저 가게에 무슨 문제라도 있나요? 놀랄 만큼 완벽하게 노무관리를 하고 있고, 누구에게 원한을 산 것처럼 보이지도 않던데요."

노동기준 감독관은 골똘히 생각에 잠겼는지 한동안 대답하지 않았다. 한 번 더 질문했다. 이번엔 좀 다른 방식으로.

"진짜로 고발이 들어오긴 했어요?"

나시모토가 갑자기 멈춰 섰다. 가노는 흠칫 놀랐다. 나시모토가 낮은 목소리로 말했다.

"좋아, 너에겐 가르쳐줄게. '사봉'과 '익스로즈 카페'는 도이가키 씨가 조사하려고 했던 가게야. 정확히 말하자면, 그 가게에 관해서 누가 노기서에다가 고발하거나 불만을 말한 적이 없느냐고 나한테 물어봤었어."

"사건과 관계가 있을 거라는 거예요?"

"몰라. 객관적으로 본다면 전혀 상관없을 가능성이 높을 거야. 그래서 경찰에도 이야기하지 않았어. 하지만 아무래도 마음에 걸려서 조사해봤는데. 결국 헛걸음만 했네. 너도 괜히 고생하게 해서 미안해."

아니에요! 하고 가노는 양팔을 휘저으며 부정했다.

"마루자에게 헛걸음이란 것은 없어요. 마루자가 끈기 있게 활동을 계속하면 기업과 노동자의 의식이 향상되니까요."

"그것 참 멋진 말이다."

나시모토는 기운을 차린 것처럼 웃었다. 그리고 이번에는 힘차게 발걸음을 뗐다.

"그런데 도이가키 씨는 대체 무엇을 발견한 걸까?"

그 나직한 혼잣말은 가노의 귀에 스치듯 닿았다 사라졌다.

17

"여보세요? 경감님. 저 반인데요."

수화기에서 경박한 목소리가 흘러나왔다.

"기분이 좋은 것 같네요."

귀찮은 일을 끝내서 그런가? 무라시타는 그렇게 생각하면서 물어봤다.

"뭔가 알아낸 것이 있나요?"

도이가키와 연하장을 주고받은 사람들 다섯 명의 이야기를 들어보고 와라. 그는 반에게 그렇게 명령했었다. 그래서 오늘 반은 지바 현의 후나바시 시와 야치요 시로 출장을 갔다.

반이 흥분한 목소리로 말했다.

"재미있는 이야기를 들었어요. 어쩌면 중요한 단서일지도 몰라요."

"오, 그래요? 잘됐네요. 구체적으로 설명해보세요."

역시 반에게 일을 맡기길 잘했다. 내가 같이 갔으면 관계자는 침묵했을지도 모른다. 내가 생각하기엔 내 인상도 태도도 나쁘진 않은 것 같은데, 또 몸매만 봐도 남들이 경계할 만한 타입은 아니라고 생각하는데, 이상하게 내가 나서면 상대가 증언을 거부하는 경우가 많았다. 무라시타는 내심 자조하면서 수화기에 귀를 딱 붙였다.

"제가 야치요 시에 사는 아키요시라는 사람을 만났는데요. 도이가키와 같은 대학교 동아리 후배였대요. 어, 그러니까, 프라모델 동아리요. 아키요시는 취직한 다음부터는 프라모델은 더 이상 가지고 놀지 않았지만, 그래도 둘이서 연하장은 쭉 교환했나 봐요."

"아, 잠시만요."

무라시타는 속사포처럼 떠들어대는 반을 제지했다.

"요점만 간단히 말해주세요."

"요점만……?"

한숨조차 나오지 않았다.

"그럼 일단 이쪽으로 돌아오세요."

한 시간 후. 무라시타는 회의실에서 반과 마주 보고 있었다. 책상 위에 펼쳐진 종이에는 이번에 조사한 다섯 명의 프로필이 적혀 있었다.

"여기 이 사람. 아키요시 말이죠?"

"네. 이 사람은 어제 만났고, 이 사람은 오늘 만났고. 나머지 둘은 전화로 이야기했는데 별다른 정보는 얻지 못했어요."

반은 일부러 뜸 들이는 것이 아니라, 일의 우선순위를 잘 판단하지 못하는 것 같았다. 그냥 전화만으로 대화를 끝내버린 것은 지적받아야 할 문제행동이지만, 그건 나중에 따지자. 무라시타는 캔 커피를 마시면서 끈기 있게 기다렸다. 상대가 본론으로 들어갈 때까지.

"아키요시는 도이가키보다 한 학년 어린 후배였는데 대학교 때 친하게 지냈나 봐요. 취직한 다음에는 소원해졌지만…… 아, 그건 아키요시가 프라모델에서 손을 떼서 그런 것 같아요. 그런데 작년에 상담하고 싶은 것이 있어서 연락했대요. 세금에 관한 상담이요."

"구체적인 내용은요?"

"어~ 그게요. 1년 내에 이직하면 잔업세는 어떻게 되는지……."

인내심이 강한 무라시타도 더 이상 참지 못하고 재촉하기 시작했다.

"그래서 중요한 단서는 뭡니까?"

"아, 회사요. 아키요시가 전에 근무했던 회사. 나중에 도이가키가 이상하리만치 관심을 보이면서 이것저것 물어봤대요."

"회사 이름이 뭐죠?"

"테스포라라고 했어요."

무라시타의 머릿속에는 없는 이름이었다. 뭐예요, 남쪽 섬나라의 춤입니까? 하는 시시한 농담을 떠올렸지만 입 밖에 내지는 않았다.

"희한한 이름이네요. 뭐 하는 회사입니까?"

"컴퓨터 소프트웨어나 스마트폰 어플리케이션을 만드는 회사예요. 이미 망했지만요."

"벤처 기업인가요?"

그런 회사가 많다는 것은 알고 있었다. 친구들 몇 명이 모여서 창업했다가 대부분 돈을 벌지 못하고 사라져가는 것이다. 그런데 반은 부정했다.

“아뇨, 중견 광고대행사가 뒤를 봐주고 있어서 그 업계에서는 나름대로 크게 성장한 회사였나 봐요. 저도 써본 애플리케이션을 개발했더라고요.”

“그게 이번 사건과 무슨 상관이 있습니까?”

반이 왜 이렇게 자신만만하게 보고하러 온 건지, 무라시타로선 아직은 전혀 알 수가 없었다. 반은 뭔가 글자를 갈겨써 놓은 종이(메모?)를 들여다보면서 고개를 갸웃거렸다.

“어? 잠깐만요. 녹음은 안 했어요?”

“그게~ 하필이면 배터리가 다 돼서요.”

반은 당당하게 고백하더니 머리를 긁적였다.

“그래도 경감님이 시키신 대로 메모는 제대로 해왔어요. ……어, 아무튼 잘은 모르지만, 아키요시의 말에 의하면 두 번째로 만났을 때 도이가키의 상태가 좀 이상했대요. 테스포라의 동료를 소개해 달라고 했고, 또 남들한테 소문은 내지 말라고 부탁했대요.”

흐음? 무라시타는 몸을 앞으로 숙였다. 이제야 겨우 흥미로운 이야기가 튀어나왔다.

“도이가키는 테스포라에 문제가 있다는 사실을 알아냈나 보군요.”

“아키요시는 그럴지도 모른다고 했어요. 그런데 본인은 전혀 몰랐대요. 그냥 잔업세를 잘 내는 좋은 회사라고 생각했대요. 결국 회사 동료도 소개해주지 않았고요."

"흠……."

무라시타는 팔짱을 끼고 의자 등받이에 몸을 기댔다. 과부하가 걸린 의자가 삐걱거렸다.

"일단 그 테스포라란 회사를 조사해봐야겠네요. 전 직원 중에서 가능한 한 책임자에 가까운 사람을 찾아봅시다."

"어휴~ 그걸 어떻게 찾아요?"

그 정도는 스스로 생각해보세요. 그렇게 대꾸하고 싶었지만, 이 청년은 생각하는 것보다도 묻는 것이 더 빠르다고 믿는 듯했다.

"망한 회사여도 기록은 남아 있잖아요. 방법은 얼마든지 있습니다. 아키요시에게 물어봐도 되고, 거래처에 물어봐도 되고. 광고대행사나 은행 쪽을 알아봐도 되고요."

"아! 우선 세무서에 물어볼까요? 그…… 오바 씨한테?"

"안 됩니다."

무라시타의 머리보다도 입이 먼저 움직였다.

"세무서에는 아직 우리가 가진 정보를 가르쳐주고 싶지 않아요."

"왜요?"

"그쪽에서 스리슬쩍 덮어버릴 가능성이 있으니까요."

지나친 걱정일지도 모르지만, 세무서는 영 믿을 수가 없었다. 사건의 원인이 그쪽의 불상사라면 그것이 드러나기 전에 몰래 처리해버리려고 할 것 같았다.

“나 참, 경감님도 사서 걱정하는 타입이네요.”

“어차피 그쪽도 우리와 정보를 공유할 마음은 없을 겁니다. 그러니까 우리도 가능한 한 우리의 방식대로 일을 진행시켜봅시다.”

“어휴. 알았어요.”

반은 떨떠름한 얼굴로 고개를 끄덕였다.

조사해봐서 테스포라가 사건의 원인일 것 같으면, 조사 인원을 늘려 달라고 해야 할 것이다. 군마 경찰들이 한가하다면 이쪽으로 와 달라고 할 수도 있고. 무라시타가 그런 생각을 하고 있는데 반이 벌떡 일어났다.

“아무튼 테스포라에 관해서 이것저것 물어보고 다니면 되는 거죠?”

반도 이제는 의욕이 좀 생긴 것 같았다.

네, 부탁합니다 하고 그를 내보낸 다음에 무라시타는 눈을 감았다. 난항을 겪던 수사가 어떤 일을 계기로 빠르게 진행된다. 그런 상황은 몇 번인가 경험해봤다. 이번에도 그렇게 될지도 모른다. 그런 예감이 들었다.

18

부동산회사가 쉬는 날인 수요일. 다치바나 소마는 노동기준 감독관 나시모토의 부름을 받고 근처에 있는 패밀리 레스토랑으로 갔다. 나시모토는 그의 전 직장인 크라시스테에 관해 물어볼 것이 있다고 했다. 다치바나는 그 요청에 쾌히 응했다. 저번에 그의 도움도 받았으니까.

'점심 드시겠냐'고 상대가 제안하자, 다치바나는 집에서 먹을 거라면서 사양하고 음료수만 마시기로 했다. 커피는 싫어하므로 홍차를 마셨다.

크라시스테는 일세를 풍미한 아파트 디벨로퍼였다. 계열사에서 싼값에 사들인 토지에다가, 유명한 디자이너가 디자인한 선진적 외관과 호화로운 시설을 갖춘 아파트를 지어놓고, 인기 배우나 모델을 기용한 광고 전략으로 비싸게 판매한 것이다. 때마침 일어난 아파트 열풍에 힘입어 크라시스테는 끊임없이 완판 신화를 기록하면서 크나큰 이익을 남겼다.

"이제 와서 하는 말이지만요. 비공개적인 영업 매뉴얼이 있었어요."

다치바나는 이야기를 했다.

"눈 높은 고객은 상대하지 마라. 초짜 고객을 붙잡아라. 못 사는 고객에게 사게 만드는 것이 영업 실력이다. 부정적인 정보는 주지 마라. 질문을 받으면 어물쩍 넘어가라…… 대충 그런 거였죠. 아무튼 평범한 일상을 상상하게 하지 마라. 꿈을 팔아라. 그렇게 생각하고 영업을 하라고 했습니다."

"자기 의지와는 상관없는 일을 하는 것은 참 힘들죠."

나시모토가 동정하는 말투로 말했다.

"게다가 장시간 노동까지 해야 했다면 더더욱 그랬겠네요."

"그때는 그게 당연한 거였으니까 실은 힘들다는 생각도 안 했어요. 월급은 많이 받았고, 장사도 잘됐으니까 보람을 느꼈습니다. 크라시스테의 아파트는 다소 비싼 편이었지만요. 그래도 신축 당시보다 가격이 오른 아파트도 있어서, 역시 사길 잘했다고 말씀하시는 고객님도 많으셨어요."

"그랬군요."

나시모토는 살짝 눈썹을 찡그렸다. 이런 감상을 원하는 건 아니구나. 다치바나는 상대의 의중을 헤아리고 궤도를 수정했다.

"그때는 거의 세뇌 상태였던 것 같아요. 현재 업계에서는 법적으로 문제가 될 만한 행동도 거기선 직원들에게 시켰거든요. 정말 이직해서 다행이에요."

상대의 표정을 보고 감정을 파악해서 그가 기대하는 말을 한다. 쉬는 날 선의로 협력해주려고 만난 상대에게도 반사적으로 서비스를 해버리는 것이 영업사원의 숙명인가 보다.

다치바나는 클리어 파일에 끼워온 서류를 내밀었다.

"이게 그 당시의 급여 명세서입니다. 보여드리기는 좀 부끄럽지만요. 아마 잘못된 부분은 없을 거예요."

나시모토는 서류를 받더니, 조수처럼 옆에 얌전히 있는 청년에게도 보이도록 내려놨다. 저번 조사에도 동행했던 가노라는 남자였다.

가노는 나시모토가 시키는 대로 다치바나에게 질문했다.

"잔업이 많네요. 한 달에 100시간이나 됩니까?"

"네. 직원이 적어서 영업시간에는 늘 고객을 상대하느라 바빴거든요. 사무 처리도 영업사원이 해야 하기 때문에 결산일 직전에는 진짜 죽도록 일했어요."

"서비스 잔업은 안 하셨나요?"

"안 했습니다. 그것만은 회사가 양심적으로 처리해줬어요. 잔업시간 상한선은 없었고, 기록한 시간만큼 정확하게 돈을 받았습니다."

"그럼 제가 나설 기회는 없겠네요. 회사 측이 잔업세를 정확히 신고해서 납부하고 있다면, 과잉노동에 대해서는 아무 말도 할 수가 없으니까요."

가노는 아쉽다는 듯이 중얼거리더니 나시모토를 힐끔 봤다. 나시모토는 눈을 내리깔고 명세서를 보고 있었는데, 마치 딴생각을 하는 것처럼 보이기도 했다.

"그런데 왜 이제 와서 크라시스테를 조사하는 겁니까?"

당연한 의문이었다. 그러나 가노는 선뜻 대답하지 못했다.

"또 소송이라도 하나요?"

일부러 한마디 던졌더니 나시모토는 웃으면서 부정했다.

"아뇨, 저희는 변호사가 아니니까요. 실은 같은 경영자가 운영하는 기업을 조사하고 있는데, 참고삼아 과거의 이야기를 들어보는 겁니다."

"아~ 사장님이요? 기우치 씨였나?"

"아뇨. 사장 말고 이사요. 신도라는 사람입니다."

아, 그래요. 다치바나는 수긍했지만 그런 이름은 들어본 적이 없었다.

크라시스테는 어느 날 갑자기 망했다. 언론에 발표된 바에 의하면, 개발 예정인 토지에서 기준치보다 높은 화학물질이 검출됐기 때문에 사업 추진이 불가능해지고 자금 사정이 나빠지면서 결국 도산했다고 한다. 그리고 같은 계열사인 아파트 관리회사도 동시에 폐업해서 애프터서비스가 덜컥 중지되는 바람에 "물건만 팔아먹고 도망치는 거냐!" 하는 구매자의 비판이 쇄도했다. 그러나 도의적인 문제는 있어도 법적인 문제는 없었다. 게다가 크라시스테의 아파트는 외관도 판매방식도 화려했으므로 일반인들은 그다지 좋아하지 않았다. 그래서 세상은 구매자 편을 들어주지 않았다. 인터넷에는 "자업자득이지" "허영심 때문에 망했네" "산 사람이 멍청한 거 아냐?" 하고 과격한 글들이 줄줄이 올라왔다.

오래 살아남을 만한 기업이 아니라는 것은 거기서 일하는 직원도 어렴풋이 눈치채고 있었다. 다치바나가 타이밍 좋게 빠져나간 것은 아내 덕분이었지만, 어쩌면 자기 자신의 직감도 바람직하게 작용한 걸지도 모른다.

대대적으로 보도되지는 않았지만, 크라시스테는 자산이 바닥난 것은 아니었으므로 도산이라기보다는 회사 청산에 가까웠다. 주주인 경영진은 자산을 분배받았다. 이때 세무조사가 이루어졌고, 수정신고 명령을 받은 사람도 많았다.

한동안 침묵이 이어졌다. 이윽고 나시모토가 입을 열었다.

"크라시스테에서 같이 일한 동료들 중에서 지금도 연락하는 사람이 있습니까?"

내 말이 진짜인지 확인해보려는 거구나. 썩 유쾌하진 않았지만, 나시모토의 직업상 그건 당연한 절차일 것이다.

"있긴 있는데요. 연락처까지 말씀드리기는 좀……."

"당신에게서 들었다는 이야기는 하지 않겠습니다. 부디 협조해주세요. 물론 공식적인 루트로 조사해볼 수는 있지만, 그만큼 시간과 노력이 필요하고 또 협조적인 분들만 만난다는 보장이 없어서 그럽니다."

"알았어요. 하긴, 공공 기관은 절차가 많이 복잡하죠."

망설임은 금방 사라졌다. 처음부터 상대의 은혜에 보답하면서 겸사겸사 공무원과의 인맥도 쌓아볼까 하는 타산적인 이유 때문에 협조하기로 결정한 것이었다. 그러니까 도와주려면 철저히 도와줘야 한다.

"이 업계를 떠난 녀석을 소개해드릴게요. 그래야지만 좀 더 편하게 이야기를 들을 수 있을 테니까요."

다치바나는 예전 동료들 두 명의 이름과 전화번호를 가르쳐줬다. 나시모토가 정중히 감사 인사를 하는 사이에 가노는 열심히 그걸 입력하고 있었다. 이 남자가 제 몫을 해내는 마루자가 되려면 시간이 좀 걸리겠는데? 하는 생각이 들었다. 좀 더 위풍당당하게 일하는 것이 좋을 텐데. 마루자에게는 강압적인 파워와 허세가 필요할 테니까.

그때 우연히 가노와 눈이 마주쳤다. 다치바나는 내심 당황하면서도 미소 지었다. 그런데 가노는 재빨리 시선을 피했다.

그 태도를 보니 갑자기 불안해졌다.

"저기, 이거요. 서비스 잔업에 관한 조사죠?"

"물론이죠."

나시모토가 대답했다.

"설마 크라시스테에서 과로사한 사람이라도 있나요? 어,

왠지 모르게 심각한 분위기인 것 같아서요."

"역시 눈치가 빠르시네요. 자세한 사정은 말씀드릴 수 없지만, 대충 비슷한 겁니다."

나시모토는 오묘한 말을 하더니 계산서를 집어 들었다.

다치바나는 두 사람과 헤어져 집으로 돌아왔다. 그리고 인터넷으로 지난 한 달 사이의 뉴스를 검색해봤다. 그들의 목적이 무척 신경 쓰였기 때문이다.

과로사. 자살. 산업재해. 그런 키워드로 검색해봤지만 이거다! 싶은 뉴스는 없었다. 좀 더 광범위하게 검색하다가 마침내 그 기사를 발견했다.

"마루자 살인 사건……."

기사를 전체적으로 훑어봤는데 피해자의 이름은 들어본 적이 없었다. 크라시스테와 관련이 있을까? 예전 동료의 정보를 알려준 건 잘못된 선택이었을지도 모른다. 그러나 이제는 엎질러진 물이다. 정보원을 밝히지 않겠다던 나시모토의 약속을 믿을 수밖에 없었다.

만약에 그 두 사람이 손님이라면 어떻게 상품을 판매할까. 다치바나는 누군가를 처음 만났을 때에는 자주 그런 시뮬레이션을 해보곤 했다.

가노가 손님이라면? 대놓고 열의를 보여주면서 다소 강압적으로 팔면 될 것이다. 나시모토는 강적이다. 그렇게 지적이고 자존심 높은 타입에게는 '세일즈'가 먹히지 않는다. 한 발 물러나 객관적인 정보를 제공한다. 좀 부정적인 측면을 많이 보여준다. "고객님 같은 경우에는, 한동안 임대를 하시는 게 좋을지도 모릅니다"라는 말을 해도 괜찮을 것이다. 그러면서 그의 자존심을 자극해서, 스스로 선택하여 상품을 구입하게끔 유도하는 것이다. 그래도 성공률은 아마 높지 않을 테지만.

그나저나 노동기준 감독관도 잔업세 조사관도 참 답답하고 힘들어 보이는 직업이다. 나에겐 역시 영업사원이 천직이다. 다치바나는 그런 생각을 했다.

올가을 들어 가장 추워진 이날 밤, 나시모토는 찬바람을 맞으며 집으로 걸어가고 있었다. 눈으로는 가로등 불빛에 비춰진 발밑을 내려다보고 있었지만 사실 외부에는 관심이 없었다. 전신주에 부딪칠 뻔했다가 급히 멈춰 섰다. 그리고 다시 걸음을 옮겼다.

자동차 헤드라이트가 얇은 코트에 감싸인 그의 등을 비추었다. 주택가에 어울리지 않는 커다란 엔진 소리. 나시모토는 길가로 비켜났다.

중앙선이 없는 도로지만 폭이 좁지는 않았다. 자동차 두 대가 충분히 엇갈려 지나갈 만했다. 전혀 위험하지 않은 상황이었다.

그런데 그 차는 속도를 줄이면서 길 오른쪽 가장자리로 접근했다. 나시모토가 걷고 있는 쪽으로. 그는 뒤를 돌아봤다.

상향등의 강한 불빛이 눈을 찔렀다.

나시모토는 얼굴을 가리면서 벽에 등을 딱 붙이고 섰다. 그 차는 나시모토를 꽉 누르려는 것처럼 더 가까이 다가오더니 정지했다. 중후한 외제 세단. 밤의 어둠 속에 녹아들 듯한 검은색이었다.

자동차와 벽 사이에 낀 나시모토는 꼼짝도 못 했다. 자동차 문도 열 수가 없었다. 그때 창유리가 소리 없이 내려갔다.

30대로 추정되는 눈매가 날카로운 남자가 얼굴을 내밀었다.

"나시모토 씨. 맞지?"

"대답할 필요가 있습니까?"

나시모토가 당당하게 답하자, 그 남자는 희미하게 웃었다.

"사람 착각하면 곤란하거든."

"그럼 당신의 이름과 소속부터 말씀해보시죠."

"난 스즈키다. 일본선량납세자협회의 회원이야."

스즈키란 남자는 재미도 없는 농담을 하더니 곧바로 정색했다.

"당신은 똑똑한 것 같으니까. 딱 한 번만 말할게."

"용건이 뭔지는 알고 있으니까 말씀하실 필요도 없습니다."

이 대답이 그의 의표를 찌른 모양이다.

"이봐. 보통은 일부러라도 말 시켜서 말꼬리를 잡으려고 해야 하지 않아?"

나시모토는 얼굴을 찌푸렸다. 차 안에서 담배 냄새가 흘러나왔기 때문이다.

"그래 봤자 당신은 고용주가 신도라는 말은 하지도 않을 텐데요."

"응, 애초에 그건 사실이 아니니까."

나시모토는 입을 다물고 한숨을 쉬었다. 코웃음치는 것처럼 들렸을지도 모른다.

"저는 협박에는 굴하지 않습니다. 서로 시간낭비하지 말고 여기서 끝냅시다."

상대가 혀 차는 소리가 크게 들렸다.

"도이가키가 어떻게 됐는지 모르는 것도 아니잖아?"

나시모토는 이번엔 소리 내어 웃었다. 그리고 발끈하는 상대에게 차갑게 고했다.

"무의식중에 진실을 말씀하셨군요. 그건 명백한 협박입니다."

"해석의 차이 아냐? 아무튼 경고와 충고는 했다."

"네. 당신 덕분에 방향이 잘못되지 않았다는 것은 확인했습니다."

그는 말없이 창문을 닫았다.

그러나 다시 창문이 움직였다. 1센티미터쯤 되는 틈이 생겼다. 그의 눈동자가 나시모토를 쳐다봤다.

"깜빡했군. 당신은 괜찮을지 몰라도, 당신 가족들을 생각해봐. 불효자가 되지는 말라고."

"정말 진부한 분이시네요."

나시모토는 여유롭게 웃었다.

자동차가 소리 없이 움직였다. 나시모토는 해방되었다. 그는 옷에 묻은 먼지를 떨어내고 아무 일도 없었던 것처럼 걸음을 뗐다.

그 걸음걸이는 협박당하기 전과 다름없어 보였다.

19

오바 리에는 신도 마사타카 관련 기업들과 영화법교를 조사하는 데 몰두했다. 영화법교의 소재지에도 직접 가봤다. 그 주소는 오래된 복합건물의 한 방이었는데, 건물 우편함 중 하나에 흐릿해진 글씨로 '영화'라고 적혀 있지 않았다면 잘못 찾아온 줄 알았을 것이다. 그곳에선 인기척이 하나도 느껴지지 않았다. 실제로 활동이 이루어지는 흔적이 전혀 없었다.

그 건물의 다른 방에서 나온 노부인에게 말을 걸어봤다.

"실례합니다. 여기 이 종교 단체 말인데요. 무슨 활동이라도 하고 있나요?"

그러자 노부인은 흥미진진하다는 듯이 눈을 반짝 빛냈다.

"아, 그거? 전에도 물어보던데. 경찰이. 아가씨도 경찰이야? 그 종교가 무슨 짓을 했는데? 위험한 사람들이면 이사를 가는 게 나으려나? 아, 하지만 직접 본 적은 없어. 하얀 옷을 입고 가면을 쓴 사람들이 밤마다 수상한 의식을 치렀으면 나도 당연히 눈치챘을 텐데. 아, 그런데 평범한 사람이 제일 위험하다는 말도 있잖아? 아무튼 뭔 일이야? 경찰이 무슨 이유로 그 종교를 추적하는 건데?"

상대가 정신없이 떠들어대자 리에는 주춤거리면서 뒤로 물러났다. 저도 모르게 아무 말이나 했다.

"저, 저는…… 이 동네에서 집을 구하려고, 일단 살펴보러 왔는데요. 주변 환경을 알아보고 싶었는데…… 됐어요, 그냥 관둘래요."

리에는 또각또각 구두 소리를 내면서 도망쳤다. 노부인의 목소리가 그녀의 등을 때렸다.

"아가씨, 거기 서봐! 뭔가 아는 거 맞지? 수상한데?"

리에는 길모퉁이를 돌고 나서야 속도를 늦췄다. 무심코 도망쳤는데, 침착하게 오해를 푸는 것이 더 나았을까? 아니야. 저렇게 착각이 심한 사람은 설득하기 어려워. 그냥 도망치길 잘했어.

경찰은 단서를 얻지 못한 모양이지만, 리에는 그 종교 단체가 활동하지 않는다는 사실만 알아도 충분했다. 현지를 확인하러 온 성과는 있었다.

영화법교는 탈세에 이용되고 있었다. 그건 확실했다. 관련 기업의 기부금이 영화법교를 경유해서 최종적으로는 신도의 주머니로 들어간다. 이 돈의 흐름을 포착하면 좋을 텐데. 그건 쉽지가 않았다.

기업이 영화법교에 기부할 때에는 현금을 이용했다. 영수증도 제출했고, 자본금과 소득에 의해서 손금 산입 한도액은 정해져 있으므로 그 이상의 금액은 손금으로 계산되지 않지만, 그만큼 법인세는 정확히 내고 있었다. 그런데 영화법교에서 신도에게 현금이 넘어간 것을 확인할 방법이 없었다. 돈을 건네줬다면 그게 소득이든 증여든 간에 세금은 내야 한다. 그러나 영화법교 측이 수지를 기록해서 신고할 의무가 없는 이상, 신도가 입을 다물어버리면 세무서로선 그 사실을 알아낼 방법이 없었다. 은행을 통해 돈거래를 했다면 기록이 남았을 테지만. 탈세가 취미인 남자가 그런 멍청한 짓을 할 리도 없었다.

"이건 잔업세 탓이야."

리에는 저도 모르게 중얼거렸다. 엄밀히 따지자면 잔업세 도입과 동시에 법인세를 인하한 탓이었다. 법인세 실효 세율은 20퍼센트, 중소기업의 경우에는 더더욱 낮다. 한편 개인의 소득세와 주민세의 합계는 최대 55퍼센트나 된다. 개인의 소득을 숨길 수 있다면, 법인세를 내도 오히려 큰 이득을 보는 것이다.

"그런데 이걸 잔업세의 결함이라고 할 수는 없잖아?"

리에는 기지개를 쭉 펴고 어깨를 빙글빙글 돌리면서 굳어진 근육을 풀어줬다. 모니터에서 눈을 떼고 차가워진 커피를 마셨다.

국세청은 당연히 알고 있었다. 껍데기만 있는 종교 법인을 이용한 탈세 행각을. 그래서 모든 종교 법인에 신고의 의무를 지우려고 관계 각처와 교섭을 했지만, 이걸 조정하는 데 난항을 겪고 있었다. 일본의 종교 법인은 규모가 작은 절과 신사가 대부분이었다. 새전이나 소액의 기부를 통해 근근이 살아가고 있는 절이나 신사에게 신고를 강제한다면, 관리 부담이 심해져서 그걸 유지하기도 어려워질 것이다.

신도의 집이나 회사를 사찰하러 가서 출처가 불분명한 현금을 찾아낸다면 탈세 입건이 가능할 것이다. 그러나 누가 몰래 신고라도 해주지 않는 한 그것은 불가능했다. 영화법교 측에 '현금을 어디에 썼느냐'고 물어봐도 상대는 시치미만 뗄 테고. 극단적인 경우에는 가짜 증거를 꾸며내서 돈을 도둑맞았다고 주장할지도 모른다. 그럼 더는 추궁할 방법이 없다.

도이가키는 아마 다른 것을 찾아냈을 것이다. 신도는 영화법교와 상관없는 영역에서도 탈세를 저지른 게 아닐까?

리에는 관련 기업의 신고 내용을 꼼꼼히 살펴봤지만 탈세 흔적은 발견하지 못했다. 리버리지드 리스(리스는 장기 임대, 리버리지드 리스는 2개 이상의 기관 투자가들이 공동으로 관여하는 리스)나 적자 기업과의 합병 등, 일반적인 절세 방법은 사용했었고 세무 조사에서 그중 일부가 인정되지 않은 사례는 있었다. 그러나 이런 행위와 명백한 탈세 행위 사이에는 높은 벽이 존재하는데, 그 벽을 넘어버린 흔적은 보이지 않았다.

잔업세는 평균보다 적게 내고 있지만 신고 납세는 정상적으로 이루어지는 듯했다. 노기서에 물어본 결과, 신도 그룹 계열사는 대체로 평판이 좋아서 노무 상담을 원하는 노동자도 거의 없다고 한다. 임검에 의해 잔업세 탈세나 신고 누락을 지적받은 사례는 없었다.

"너무 깨끗해서 오히려 수상해 보이긴 하네."

데이터만 살펴보면 신도 그룹은 종업원을 잘 돌봐주는 것처럼 보였다. 혹시 우수한 베테랑 국세 조사관이라면, 여기서 뭔가 이상한 점을 발견할 수 있을까?

리에는 자존심을 죽이고 기누타에게 조언을 구해봤다.

"도이가키 씨가 뭔가를 발견한 것은 확실해요. 어쩌면 마루자 특유의 관점? 같은 게 있는 걸지도 몰라요. 기누타 씨, 당신의 주된 업무는 마루자를 서포트 하는 거라고 들었는데요. 뭔가 짚이는 것은 없나요?"

기누타는 의자에 앉아 다리를 꼬았다. 그리고 말없이 리에의 얼굴을 뚫어져라 응시했다.

"왜, 왜 그러세요?"

내가 실례되는 말이라도 한 걸까? 리에는 갑자기 불안해져서 눈을 내리깔았다. 기누타가 천천히 붉은 입술을 열었다.

"당신. 마루자를 얕보고 있지?"

네? 리에는 놀란 소리를 냈다.

"그런 건 아니에요."

강하게 부정하지는 못했다. 정곡을 찔렸기 때문이다.

"국세 조사관의 우열은 추징금 액수로 결정된다고 생각하는 거니?"

"아뇨……."

네, 그렇게 생각하는 게 잘못은 아니잖아요? 하고 반론하고 싶었지만 꾹 참았다. 실은 리에뿐만이 아니었다. 국세국에서 일하는 동료들 중 태반은 마루자를 얕보고 있었다.

"하긴, 가치관은 사람마다 다르니까."

기누타는 한숨을 쉬더니 자리에서 일어났다.

"당신이 그렇게 생각하는 것은 당신 자유야. 일만 제대로 한다면 비난받을 이유는 없어. 그리고 또 마찬가지로, 내가 당신에게 조언해주고 싶지 않다고 생각하는 것도 내 자유야."

기누타는 가볍게 몸을 돌려 방에서 나가려고 했다.

"잠깐만요."

리에는 피가 거꾸로 솟는 것을 느꼈다. 뭐야, 나보다 나이가 좀 많다고 유세하는 거야? 왜 내가 이런 설교를 들어야 해?

기누타는 뒤를 돌아봤다. 리에의 표정을 보고 희미하게 미소 짓는 것 같았다. 냉소? 아니면 연민의 미소였을지도 모른다.

리에는 주먹을 불끈 쥐고 있었다. 너무 화가 나서 머리가 핑핑 돌았다. 입에서 저절로 말이 쏟아져 나왔다.

"일만 제대로 하면 된다고 하셨죠? 그런데 기누타 씨, 당신의 일은 나를 보좌하는 거잖아요? 마음에 안 드는 것도 일이라면 제대로 해야 하는 거 아니에요?"

뜻밖의 반격에 기누타는 눈을 휘둥그렇게 떴다.

"필요 최저한의 일은 하고 있다고 생각하는데."

"그걸로 만족하세요? 일 잘하는 사람이라고 들었는데, 그게 과대평가였던 건가요?"

"그 앞에 다른 수식어가 붙어 있지는 않았니? 이상한 사람이라든가, 다루기 어렵다든가 하는 말."

"네, 있었죠. 좀 특이한 사람이라고 했어요. 그런데 좀이 아니네요."

리에가 딱 잘라 말하자, 기누타는 가볍게 웃었다. 마치 다시 봤다는 것처럼.

"그게 남에게 조언을 구하는 태도니?"

"피장파장이잖아요."

먼저 시비를 건 사람은 기누타였다. 리에는 지지 않으려고 일부러 눈에 힘을 줬다.

"아, 그래. 알았어."

기누타가 먼저 태도를 누그러뜨렸다. 그만큼 여유가 있다는 뜻이리라.

"쓸데없는 설교일지도 모르지만. 당신이 뭔가 착각하고 있는 것 같아서 일단 말해둘게."

"뭔데요?"

내가 생각해도 반항적인 말투였다. 선생님한테 혼나는 고등학생 같았다.

"우리의 목적은 탈세를 단속하는 것이 아니야. 적정한 과세를 하는 거지."

"그건 저도 알아요."

"정말? 수단을 목적으로 착각하고 있기 때문에 '다액의 추징금을 물린 사람이 더 위대하다'는 단순한 생각을 하게 된 거 아냐?"

기누타의 날카로운 일침이었다.

"마루자나 말단 조사관이 끈기 있게 사소한 조사를 계속하고, 또 학교에서 계몽 활동을 하기 때문에 몇 조나 되는 세금이 정상적으로 납부되고 있는 거야. 마루자가 10만, 20만 엔짜리 일을 하기 때문에 잔업세 제도가 성립되어 있는 거고. 직접적인 회수는 전체 세수입에 비하면 아무것도 아니야. 그 점을 명심하는 게 좋을 거라고 생각해."

꽉 쥐었던 리에의 주먹에서 서서히 힘이 빠졌다.

"내 동기 중에 어리석을 정도로 성실하게 일하는 마루자가 있는데. 직무에 지나치게 충실해서 결국 이혼까지 당해버린 바보야. 하지만 그는 긍지를 가지고 마루자 일을 열심히 하고 있어. 그 덕분에 얼마나 많은 악덕 기업이 이 사회에서 사라졌는지 몰라. 얼마나 많은 노동자가 구제받았는지 몰라."

"네, 정말 쓸데없는 설교네요. ……그래도 무슨 이야기인지는 이해했어요."

순수하게 반응할 수는 없었다. 큰 깨달음을 얻었다든가, 감동해서 눈물이 나온다든가, 뭐 그런 극적인 변화가 생길 만한 이야기는 아니었다. 자기도 몰랐던 것은 아니니까. 하지만 그렇기 때문에, 새삼스레 들은 그 이야기가 가슴속에 깊이 스며들었다. 자신이 실수했다는 사실은 인정하기 싫으니까 그냥 '다소 부족한 점이 있었다'고 생각하기로 했다.

잔업세는 특히 납세 의무자의 납세 의식에 의지하는 경향이 강했다. 고용주와 노동자가 공모해버리면 탈세 그 자체는 쉽기 때문이다. 그 점에서는 똑같이 원천징수를 하더라도 소득세와는 성격이 좀 달랐다.

거기까지 생각했을 때 리에는 천장을 우러러봤다. 어쩐지 정답 근처까지 다가간 것 같았다. 어렴풋한 윤곽이 보였는데, 포착하기 전에 사라져버렸다.

잔업세 징수 방법에 관한 이야기는 지겨우리만치 실컷 나왔다. 그러니까 이제 와서 결함이 발견될 것 같지는 않았다. 탈세도 그렇고. 그동안 쭉 그런 것을 상대해온 마루자가 새삼스럽게 문제시할 만한 방법이 과연 있을까?

안 되겠다. 논리적으로 생각하려고 하면 할수록 자꾸만 정답에서 멀어져간다. 정답이 저절로 퍼뜩! 떠오르길 바라는 수밖에 없나.

기누타는 리에의 표정을 보고 그 사고의 흐름을 파악했는지 "아깝네" 하고 중얼거렸다. 그리고 장난스런 미소를 지었다.

"제안하고 싶은 것이 하나 있어."

"뭔데요?"

심상치 않은 분위기에 저절로 경계심이 생겼다.

"마지카 상사를 조사하러 가보자."

리에는 말문이 막혔다. 마지카 상사는 신도가 경영하는 기업의 핵심적인 존재였다. 그런데 다짜고짜 거기부터 쳐들어간다고? 그때 기누타가 태연한 얼굴로 말을 이었다.

"직접 추궁해보면 금방 알 수 있잖아."

"아니, 하지만, 그건……."

"무섭니?"

뻔한 도발이었지만, 리에는 그걸 무시할 수 없었다. 그래서 강한 어조로 대꾸했다.

"무섭진 않아요. 가라고 하면 갈 거예요. 다만 우리에겐 명확한 근거도 없잖아요. 상대가 꼬리를 드러내진 않을 것 같은데……."

"상대를 압박하는 데에 의미가 있는 거야. 그런 시시한 악당은 가볍게 위협하기만 해도 알아서 자멸하게 되어 있어."

"그렇게 시시한 악당이 아니니까 지금 제멋대로 활개 치고 다니는 거잖아요?"

탕! 기누타가 책상을 내리쳤다. 착 가라앉은 눈빛. 리에는 깜짝 놀랐다. 갑자기 정신이 번쩍 들었다.

"기누타 씨. 왜 그러세요?"

기누타는 그 질문에 대답하지 않고 얼굴을 가까이 대면서 입을 열었다.

"한 번 더 물어볼게. 무섭니?"

"아뇨, 그게 아니라. 도대체 무슨 증거로 뭘 추궁하자는 거예요? 우선 작전을 잘 세우고 행동해야…… 아, 그리고 지원 요청도 해야죠."

"나는 나 혼자서라도 갈 거야."

"말도 안 되는 소리 하지 마세요."

아니꼽지만 이지적인 인물. 그게 바로 기누타라고 생각했다. 그런데 지금은 마치 딴사람 같았다.

"도이가키처럼 입막음 당할 걱정은 없어. 이미 국세국이 움직이고 있으니까. 그놈들이 나나 당신을 죽여봤자, 자기들만 더 위험해질 뿐이고 결국 도망치지도 못할 거야."

무시무시한 말을 아무렇지도 않게 한다. 이걸 어디서부터 반박해야 하나?

"어, 잠깐만요. 도이가키 씨는 역시 신도에게 살해된 건가요?"

"신도 본인이 명령하지는 않았을 거야. 살인은 수지맞는 짓이 아니니까, 신도처럼 계산적인 실업가의 머릿속에는 그런 수단은 애초부터 존재하지도 않았을 거야. 그의 하수인이 순간적으로 욱해서 죽였을 가능성은 있지만. 그런데 지금은 그게 중요한 것이 아니야. 갈 거야? 안 갈 거야? 아까 당신의 모습을 보고, 그 정도면 충분히 강한 전력이 될 것 같아서 권유해본 건데."

리에는 화제를 바로잡으려다가 실패했다. 한 손을 들고 상대를 달래듯이 말했다.

"우선 좀 진정해보세요. 조사하러 갈 거면 나름대로 준비를 하고 절차를 밟아야 해요. 상대가 거대한 적이라면 더더욱 그렇고요. 무턱대고 가봤자 아무런 소득도 없이 적의 경계심만 자극하게 될 거예요."

"상식적인 방법으로 추궁할 만한 증거가 있으면 이렇게 애먹지도 않아. 증거가 없으니까 직접 가보자는 거야."

리에는 머리를 싸쥐고 싶은 심정이었다. 이건 거의 깡패였다. 아, 그러고 보니 상사가 "기누타는 바깥 현장에 나가면 폭주하지만, 내부에 있을 때에는 우수한 인재"라고 했던가. 아니, 하지만 아직 바깥에는 나가지도 않았잖아.

그런데 또 한편으로는 이런 기누타의 언동에 호감을 느끼는 자기 자신의 마음을 깨닫고 말았다. 스스로도 어이가 없었다. 뭐, 본질적으로는 끙끙거리면서 생각만 하는 것보다는 행동하는 것이 더 마음에 들었다. 게다가 이런 일은 빨리 끝내버리고 전에 하던 일을 다시 하고 싶었다. 하지만. 아무리 그래도 폭주하는 기누타를 내버려둘 수는 없었다.

리에는 다른 각도에서 설득해보려고 했다.

"기누타 씨. 우리의 목적을 잊어버리신 거 아니에요? 우리의 목적은 도이가키 씨가 살해된 사건의 진상을 밝히는 거예요. 물론 신도가 사건과 관련이 있으면 다행이지만, 그건 아직 단정할 수 없잖아요. 이 단계에서 현장 조사를 시작하는 것은 월권행위가 아닐까요?"

"그런 건 신경 쓸 필요 없어."

기누타는 산뜻하게 반론했다.

"우리의 목적은 도이가키 사건을 빌미 삼아 신도의 탈세 행각을 폭로하는 거니까."

"네?! 우리라뇨, 누구 마음대로 우리예요?"

"뭐야, 그럼 신도를 그냥 내버려둘 거야?"

"그건……."

"정의감이 강하니까 이 세계에 발을 들여놓은 거잖아? 국고에 들어가서 이 사회를 위해 사용되어야 할 돈이 지금은 시시한 악당의 사리사욕을 채우는 데 쓰이고 있어. 용납할 수 없는 일이잖아? 그렇게 생각한다면 나에게 협력해. 비열한 탈세자에게 정의의 철퇴를 가하자."

정의감. 거기에 대고 호소하면 거부할 수 없었다. 리에는 한숨을 쉬었다. 상대에게 설득된 것은 아니었다. 강요에 의해 어쩔 수 없이 선배의 뜻에 따르기로 한 것이다.

"알았어요. 갈게요. 그래도 책임자는 저니까요. 제가 추궁할 거예요. 그래도 상관없어요?"

"좋아. 마음껏 날뛰어봐."

기누타는 생기가 흘러넘치는 매력적인 미소를 지었다. 그런데 이 여걸은 도대체 리에의 어떤 점을 높이 평가해준 걸까? 설마 자신과 비슷한 타입이라고 생각하는 건 아니겠지? 리에는 내심 불안함을 느끼면서도 그것과 상관없는 질문을 했다.

"정말로 우리 둘이서만 갈 거예요?"

"노동기준 감독관은 데려갈 거야. 법적으로 허점을 보이면 안 되니까."

"그건 또 신중하시네요. 나시모토 씨를 데려갈 거예요?"

그러자 기누타는 가느다란 눈썹을 팔자로 찡그렸다.

"그 남자는 영 믿음이 가지 않아. 안 그래?"

"음, 글쎄요. 어쩐지 불편한 느낌은 들지만……."

실례되는 표현이었다. 그러나 기누타는 고개를 끄덕이며 동의했다.

"응, 그래서 다른 사람을 데려갈 거야."

기누타는 휴대폰을 꺼내더니 즉시 전화를 걸었다.

"조사에 협력해줬으면 좋겠는데. 내일 시간 있어?"

그러자 유난히 큰 목소리가 대답했다.

"네, 오전에는 시간 있습니다."

"좋아. 신주쿠 역 남쪽 출구 개찰구에서 아홉 시에 보자."

"알겠습니다."

그걸로 끝이야? 이제는 일일이 놀라기도 귀찮았다. 기누타의 페이스에 한번 말려들면 정신 차리기 힘들었다.

"당신도 들었지? 내일 잘해보자."

기누타는 그 말을 남기고 상쾌하게 떠나갔다.

혼자 남은 리에는 마치 귀신에 홀린 듯한 기분이었다. 처음에는 설교를 당했는데 어느새 동지가 되어버렸다. 어쩌다 이런 사태가 벌어졌을까. 아무튼 조사하러 갈 거면 각오하고 준비해야 한다. 리에는 자기가 위험해지는 것보다도, 모처럼 하는 조사가 아무런 성과 없이 끝나는 것이 더 무서웠다.

20

10월 30일 금요일. 일기예보에 의하면 이날은 청명한 가을 날씨였다. 그러나 주말에는 날씨가 안 좋아진다고 하니까 사람들의 감상도 제각각이었다. 아마 여행 계획을 세웠다가 하늘을 원망스럽게 쳐다보는 사람도 있을 것이다.

아침에 신주쿠 역은 양복 색깔의 물결로 뒤덮여 있었다. 모두가 바쁘게 움직이고 있으므로 그 흐름에서 한번 벗어나 버리면 좀처럼 목적지까지 도달하기 어려웠다. 게다가 남쪽 출구 개찰구는 넓은데. 이런 상황에서 어떻게 사람을 만날 수 있을까?

그러나 리에의 걱정은 기우에 불과했다.

기둥 앞에 서 있는 기누타는 여배우처럼 강한 존재감을 드러내고 있었다. 그 옆에는 체격 좋은 사나이가 공주님을 지키는 기사처럼 서 있었다. 애써 찾지 않아도 그 두 사람의 모습은 저절로 눈에 띄었다.

리에가 종종걸음으로 다가가 인사하자, 기누타는 산뜻한 미소를 지었다.

“여기 이 사람은 노동기준 감독관인 니시카와야. 자칭 노동자의 방패이시니까 오늘은 우리를 지켜줄 거야.”

노동기준 감독관은 하얀 치아를 내보이며 웃었다.

“니시카와 소타로입니다. 나카노 노기서에서 근무하고 있습니다. 잘 부탁드립니다.”

나이는 리에와 비슷해 보였다. 기누타가 나카노 세무서에 있을 때 신세를 졌다고 한다. 기누타의 영향력은 노기서까지 미칠 정도로 대단한가 보다.

"오바 리에입니다. 도쿄 국세국에 소속되어 있지만 지금은 특별 임무를 수행하는 중입니다."

리에도 자기소개를 하고 고개 숙여 인사했다.

니시카와는 키도 크고 근육질이어서 확실히 믿음직해 보였다. 사실 리에는 개인적으로는 운동선수 같은 남자를 별로 좋아하진 않았지만, 같이 조사하러 가는 파트너라면 역시 위압감 있는 사람이 좋았다.

"그런데 관할구역이 아닌 곳까지 조사하러 오셔도 괜찮아요?"

공공 기관은 관할구역을 엄격하게 따지는 편이다. 나카노 노기서 직원이 신주쿠 구의 조사에 참가하려면 복잡한 절차를 밟아야 할 것이다. 그래서 걱정했더니, 니시카와는 쓴웃음을 지으며 머리를 긁적거렸다.

"기누타 씨의 부탁은 거절할 수 없죠. 신주쿠 노기서는 그 사건 이후로는 절반 정도밖에 기능을 못 하고 있으니까, 외부인이 도와줘도 그리 심하게 혼나지는 않을 겁니다. 게다가 힘들어하는 노동자가 있는 거잖아요? 그럼 어디든 달려가야죠."

리에의 머릿속에 물음표가 떠올랐다. 이번에는 노동자의 신고가 접수되진 않았다. 조사 목적은 탈세 행위를 찾아내는 것이고, 아마 구해야 할 노동자는 없을 것이다. 힐끗 기누타를 훔쳐본 순간 눈이 마주쳤다. 살짝 고개를 끄덕이는 저 제스처는…… 입 다물고 있으란 뜻이군.

"자, 쇠뿔도 단김에 빼야지. 어서 가자."

기누타가 발걸음도 가볍게 움직이기 시작했다.

주도권을 넘겨줄까 보냐! 하고 리에는 그 뒤를 쫓아가다가 마음을 바꿔 속도를 늦췄다. 니시카와와 나란히 서서 조그맣게 질문을 던졌다.

"기누타 씨 말인데요. 늘 저래요?"

"저래요……가 무슨 뜻이죠?"

상대가 쩌렁쩌렁한 목소리로 되물어봤다. 리에는 낭패하고 말았다. 앞장선 기누타도 분명히 들었을 텐데 뒤를 돌아보지는 않았다.

니시카와가 같은 질문을 반복하려고 했다. 그래서 리에는 다급히 대답했다.

"늘 저렇게 강압적이냐고요."

니시카와는 굵은 목을 움직여 고개를 갸웃거리더니 으음…… 하고 신음했다.

"이런 표현이 정확한지는 모르겠는데요. 조직의 윤리나 규칙에는 그다지 얽매이지 않는 편이지요. 오늘 이렇게 아무 상관도 없는 저를 불러낸 것도 그렇고요."

"목적을 이루기 위해서는 수단 방법을 가리지 않는다는 거예요?"

"어, 그렇죠. 어찌 보면 참 확고한 사람입니다. 이기기 위해서는 노아웃에 주자 없음 상태여도, 투아웃 만루 상태여도 경원사구를 던지는 사람이에요."

야구에 비유한 부분은 이해할 수 없었다. 그러나 그의 말뜻은 이해했다.

"강한 사람이라는 거군요."

정석이나 규칙을 무시하고 독자적인 노선을 걷기 위해서는 당연히 그만한 성과를 올려야 하고, 또 아무리 비판받아도 굴하지 않는 강한 정신이 필요하다.

"뭐, 이겼어도 불평하는 사람은 있으니까요."

니시카와는 씁쓸하게 웃었다. 기누타는 실적이나 실력에 비해서는 출세하지 못했다. 이런 식으로 행동하니 그럴 수밖에 없었다. 세무서 밖으로 내보내고 싶어 하지 않는 상층부의 심정은 이해가 갔다. 니시카와도 신세를 졌다곤 하지만, 실제로는 기누타에게 휘둘리고 있는 게 아닐까. 아, 아니다. 이렇게 호출을 받고 태연하게 따라온 것을 보면 니시카와도 똑같은 인간일지도 모른다.

그런데 기누타 같은 근무 스타일이 조직 내에서 인정받고 있을까?

"그럼 역시 고립된 상황인가요?"

"꼭 그렇지도 않아요. 아니, 실은 상당히 존경받고 있을지도 몰라요. 제 파트너인 마루자는 정말로 융통성이 없는 사람인데, 그래도 기누타 씨의 비상식적인 말에는 순순히 따르거든요."

어제 기누타가 언급했던 그 마루자일까?

"그 사람은 그냥 기누타 씨에게 반한 거 아니에요?"

"아닙니다. 야지마 씨는 한결같이 아내만 사랑하는 사람이에요."

아닌가 보다. 기누타가 말했던 마루자는 분명히 이혼했을 테니까. 그런데 니시카와는 누가 묻지도 않았는데 이야기를 계속했다.

"아, 아니다. 실은 이혼하셨으니까 엄밀히 따지면 전처인데요. 이혼했어도 사이좋게 잘 지내고 계세요."

리에는 고개를 갸웃거렸다. 원래 부부의 형태는 다양하다지만 그래도 좀 이해하기 어려웠다. 그러나 지금은 그보다 더 중요한 문제가 있었다.

"자, 이제 잡담은 그만하자."

기누타가 멈춰 섰다. 중후한 오피스 빌딩 입구에서. 안내판을 보니 유명한 보험회사 외에 법률사무소, 해외기업의 일본 법인 등이 여기 들어와 있는 것 같았다. 그들의 목적지인 마지카 상사는 11층에 있었다.

기누타가 리에를 돌아봤다. 그 무언의 의사표시를 알아본 리에는 앞으로 나섰다.

선두에 서서 엘리베이터를 타고 11층에서 내렸다. 11층의 절반은 마지카 상사가 차지한 것 같았다.

양쪽으로 열리는 묵직한 문 앞에서 세 사람은 걸음을 멈추고 서로를 쳐다봤다. 구체적인 작전은 없었다. 노동기준 감독관의 임검이라는 명분으로 돌격해서 리에가 신도 사장과 담판을 짓는다. 기누타는 출근부나 급여 명세서 같은 자료를 압수한다. 그다음부터는 상황에 맞춰 적당히 움직이면서 단서를 찾아볼 것이다. 리에는 이런 방식으로 작업하는 것은 처음이었지만, 기누타와 니시카와가 같이 있으니 어떻게든 될 것 같았다. 실은 그런 느낌이 드는 것이 오히려 무섭기도 했다.

"갑시다. 니시카와 씨, 잘 부탁해요."

리에가 문을 열고 니시카와를 먼저 들여보냈다. 니시카와는 당당하게 안으로 들어가 낭랑한 목소리로 크게 외쳤다.

"나카⋯⋯ 아니, 신주쿠 노기서에서 나왔습니다. 지금부터 노동기준 감독관과 잔업세 조사관의 임검을 실시하겠습니다. 작업을 중단해주세요."

실은 리에도 기누타도 마루자는 아니었지만, 국세 조사관으로서의 권한은 가지고 있었다. 자잘한 문제는 신경 쓰지 않아도 될 것이다.

정면 안내데스크에 앉아 있던 젊은 여성이 허둥지둥 일어났다.

"저, 저기…… 미리 약속은 하셨나요?"

"이건 예고 없이 진행하는 현장 조사입니다. 사장님은 계십니까?"

보통 임검을 할 때에는 증거 확보를 우선시하고, 사원에게는 외부 연락을 하지 못하게 한다. 그러나 오늘은 신도 사장을 공격하는 것이 목적이었다.

접수원은 부들부들 떨리는 손으로 내선전화 수화기를 들었다. 굳은 표정으로 두세 마디 대화를 나누더니 다시 니시카와를 똑바로 봤다. 리에는 바른 자세로 서서 상대의 대답을 기다렸다.

"사장님께서 만나시겠다고 합니다. 일단 여기서 나가셔서 복도 끝의 사장실로 가시면 됩니다."

니시카와가 리에를 돌아봤다. 리에는 '갑시다' 하고 눈짓했다. 그 대신 기누타가 앞으로 나섰다.

"인사 및 총무 관련 자료를 제공해주세요. 먼저 급여와 관련된 자료부터. 담당 부서는 어디입니까?"

"저, 그게……."

가까이 있던 중년 여성이 입을 열었다.

"저희 회사에는 경리 부문이 없어요. 아웃소싱을 하고 있거든요."

리에의 눈이 휘둥그레졌다. 그러나 기누타는 전혀 동요하지 않았다.

"아웃소싱이요. 야시로 회계사무소입니까?"

"아, 네."

"그래도 급여 명세서나 원천징수 영수증나 잔업세 납세 기록 같은 것은 보관하고 있을 텐데요. 그런 자료들을 관리하는 사람이 있지 않습니까?"

그러자 그 여자는 자신 없는 태도로 고개를 갸웃거렸다.

"여기엔 없을 거예요. 마이넘버(일본식 주민등록번호 제도. 사회보장 및 납세 정보 관리 등에 도움이 되지만, 개인정보가 유출될 위험도 있다)? 인지 뭔지 하는 것 때문에 본사에서는 그런 기록을 일절 보관하지 않기로 했대요……. 아마 야시로에는 있을 거예요."

"'없다'는 말을 순순히 믿으면 세무서는 아무것도 하지 못해요. 직접 조사해보겠습니다."

오늘날 급여 관련 업무를 아웃소싱 하는 경우는 드물지 않았다. 조직을 가볍게 만들고 본업에만 주력할 수 있다는 장점도 있으니까. 그러나 신도의 회사가 그런 짓을 하고 있다면, 이건 탈세의 복선이 아닌가 의심할 수밖에 없었다. 그 회계사무소는 나중에 조사하러 가봐야 할 것이다.

"여긴 나에게 맡기고 당신은 당신 일을 하러 가."

리에는 고개를 끄덕이고 사장실로 향했다.

사장실 문에는 거창한 놋쇠 노커라도 달려 있을 것 같았다. 그러나 실제로는 김빠지게 단순한 인터폰만 달려 있었다.

리에는 인터폰을 누르자마자 "실례합니다"라고 말하면서 문을 열었다.

"어서 와."

책상 너머에서 쉰 살쯤 되어 보이는 남자가 미소를 짓고 있었다. 머리는 하얗지만 콧수염은 검었다. 와이셔츠와 넥타이 위에 갈색 스웨터를 입은 그 모습은 마치 실력파 실업가가 아니라 대학교수처럼 보였다.

"도쿄 국세국에서 조사하러 왔습니……."

그때 신도가 리에의 말을 가로막았다.

"오바 리에 씨. 맞지? 보고는 받았어. 젊지만 우수한 인재라고 하던데."

한순간 충격을 받았다. 등골이 서늘해졌다. 이미 조사해봤다는 건가.

"그런데 국세국 조사치고는 좀 쓸쓸하네. 겨우 둘밖에 없다니. 이게 무슨 취지의 조사인지 설명해줄 수 있겠나?"

리에는 상대에게 선수를 빼앗겼다는 것을 스스로 느끼면서 대답했다.

"오늘은 노동기준법 위반과 관련해서 노동기준 감독관이 임검을 하러 온 겁니다. 저는 신주쿠 세무서에 소속된 자로서 이 조사에 참가했습니다."

신도는 여전히 웃으며 대꾸했다.

"그렇군. 마루자 흉내를 내는 건가. 그렇다면 국세국이란 거창한 단어는 쓰면 안 되지. 현재의 자신이 너무 초라해 보이잖아."

리에는 살짝 비틀거렸다. 상대의 칼이 자기 심장을 정확히 베어버렸다. 두 다리에 힘을 주지 않으면 쓰러질 것 같았다.

내가 왜 별생각 없이 국세국이란 단어를 사용한 걸까. 그러면 좀 더 위압감을 드러낼 수 있다고 생각한 걸까. 아니면 무의식중에 우월감이 밖으로 튀어나온 걸까. 어쨌든 너무 어리석은 짓이었다. 자신이 얼마나 미숙한지 통감했다.

하지만. 그래도 눈앞에 있는 일을, 적을 외면하고 도망칠 수는 없었다.

"실례했습니다. 민감한 안건이 얽혀 있어서 자세히 설명하지 않고 넘어갈 생각이었는데, 그럴 필요는 없었나 보군요."

"민감한 안건? 그게 뭔가. 난 전혀 모르겠는데."

신도는 시치미를 뚝 뗐다. 리에가 누구인지 안다는 것은 분명히 이 남자가 도이가키 사건과 관계가 있기 때문일 것이다. 그래서 사건 담당자인 리에를 조사한 것이다. 단서를 주기 싫어서 일부러 시치미를 떼는 걸까.

리에는 추궁을 시작하기 전에 먼저 확인부터 했다.

"신도 마사타카 사장님. 맞으십니까?"

"맞아. 궁금하면 신분증명서라도 보여줄까?"

됐습니다. 그렇게 대꾸한 다음에 오늘 날짜를 확인했다. 증거능력을 강화하기 위해서였다.

"이 대화는 녹음할 겁니다. 양해해주시길 바랍니다."

"알아. 그러니까 자네도 말을 함부로 하지 못할 테지."

얄미울 정도로 여유 만만한 태도였다. 그러나 그건 저 사람이 결백하기 때문이 아니었다. 보통 사람은 터무니없는 의심을 받으면 당황하기 마련이다. 저 사람은 자기 죄를 자각하고 있고, 그걸 안 들킬 자신이 있기 때문에 저렇게 당당하게 구는 것이다.

"그래, 나한테 뭘 물어보고 싶은가?"

심리전을 해봤자 이기지 못한다. 정면 돌파를 하는 수밖에 없다. 리에는 빠르게 각오를 다졌다.

"도이가키 고지. 누군지 아시죠?"

"아니, 몰라. 뭐 하는 사람인데?"

"당신과 관련된 기업을 조사하던 잔업세 조사관입니다."

신도는 흐음…… 하고 보란 듯이 고개를 갸웃거렸다.

"미안하지만 별로 유능한 조사관은 아닌가 보군. 우리 회사는 아무리 조사해봤자 소용없을 텐데. 털어도 먼지 한 톨 안 나올 테니까."

"그래요? 그런데 그는 몇 가지 흥미로운 기록을 남겼습니다."

거짓말이라는 것을 눈치챘나 보다. 신도는 입꼬리를 끌어올리면서 말했다.

"오, 그래? 궁금한데 한번 보여줘봐."

"네. 언젠가 법정에서 보여드리겠습니다."

잠시 침묵이 흘렀다. 들고 온 무기가 거의 없는 리에는 상대가 스스로 떠들어주기를 바랐다. 탈세자 중에는 수다쟁이가 많다. 여기서 상대가 침묵한다면 리에가 당해낼 만한 상대가 아닐 테지만, 만약 그렇지 않다면 파고들 여지가 있을 것이다.

3초 후 신도가 입을 열었다.

"부끄럽군. 젊은 아가씨가 나를 이렇게 열정적으로 쳐다봐주다니."

"젊은 아가씨? 이왕이면 미인이라고 말씀해주시죠."

그 말에 신도는 희미하게 웃었다.

"자네는 멘탈이 강한 것 같군. 하긴, 안 그러면 그런 일은 하지도 못하겠지."

"칭찬으로 받아들이겠습니다."

"그 남자는 지금 어디 있나?"

갑작스런 질문에 리에는 다소 늦게 반응했다.

"그 남자라니요?"

"도이가키. 우리 회사를 조사했다면서. 왜 그가 직접 오지 않았나?"

"그 이유는 잘 알고 계실 텐데요."

"혹시 죽기라도 했어?"

신도의 눈이 빛난 것 같았다. 뭐라고 대답하는 것이 좋을까. 그걸 판단할 만한 시간이 너무나 부족했다.

"……네. 그 사건은 언론에서 대대적으로 보도했는데요."

리에는 최선을 다해 빈정거리듯이 말했다.

"흠. 요컨대 자네는 그의 죽음이 나에게 유리하게 작용한다고 생각한다, 이거지?"

리에는 유도신문을 당하면 안 된다고 속으로 되뇌었다.

"저는 경찰도 검찰도 아니니까 그런 말은 할 수 없습니다. 그런데 본인에게 유리하다는 것은 스스로도 인정하시나 봐요."

"응, 그래. 그런데 상상의 나래를 펼쳐보면, 자네가 자기 멋대로 머릿속에 그려본 것과는 좀 다른 그림이 그려질 수도 있을 거야."

신도가 콧수염을 만지작거리는 시늉을 했다.

"예를 들자면. 비리 따윈 저지르지 않은 나를 집요하게 추궁하더니 심지어 협박하는 듯한 언동까지 보여준 마루자가 있다고 해보자. 그는 아마 다른 데서도 비슷한 짓을 했을 거야. 그러다가 그중 누군가에게 걸려서 살해되고 말았다. 그건 확실히 나에게는 유리하게 작용할 테지. 그러나 거기서 나의 의도를 찾아내는 것은 지나친 억지야."

"글쎄요. 경찰은 의심할 것 같은데요."

"아니, 그건 불가능해. 피해자가 죽어서 이익을 봤다. 단순히 그것만으로 사람을 범인 취급할 수는 없어."

신도는 점점 더 달변가가 되었다.

"나는 성공한 인간이야. 아버지의 사업을 물려받아 더욱 확장시킴으로써 남들이 부러워할 만한 부를 축적했어. 이건 자기자랑이 아니야. 사실이지. 자네들은 남의 주머니 사정을 잘 아니까 그것도 알고 있을 거야."

흥, 우리가 파악한 것보다도 더 많은 재산을 은닉하고 있으면서. 리에는 속으로 생각했지만 소리 내어 말하지는 않았다. 상대가 실컷 떠들게 내버려뒀다.

"성공한 인간의 조건이 뭔지 알아?"

"악당이어야 한다는 거요?"

"운이 좋아야 한다는 거야."

신도는 딱 잘라 말했다. 눈살을 찌푸리는 리에를 상대로 거침없이 이야기했다.

"재능과 의지를 가진 사람 앞에는 길이 열리게 되어 있어. 모세가 바다를 가른 것처럼. 도쿠가와 요시무네가 누군지는 알지?"

고대 중동에서 에도 시대 일본으로 무대가 옮겨졌다. 역사 강의라도 하려는 건가.

"에도 막부의 제8대 쇼군. 교호 개혁."

그런 단어가 입에서 튀어나왔다. 대입 시험공부의 산물이었다.

"맞아. 그럼 그 요시무네의 출신에 대해서는 알고 있나?"

리에는 고개를 갸웃거렸다. 상대는 리에가 모른다고 대답하기를 기다리는 듯했고, 또 실제로도 몰랐다.

"기슈 번주의 넷째 아들이었어. 게다가 어머니는 측실조차도 아닌 아주 천한 여자였지. 그런데도 그는 기슈 번주가 되었고, 더 나아가 쇼군까지 됐어. 이유가 뭘까."

신도는 일단 말을 끊었다. 잠시 뜸을 들이더니 이어서 말했다.

"그보다 더 서열이 높은 녀석들이 차례차례 죽어 나갔기 때문이야. 요시무네에게 유리하게 작용하는 죽음이 몇 번이나 발생했지. 그렇게 라이벌들이 탈락하면서 저절로 쇼군 자리가 그에게 굴러 들어온 거야. 그 후의 활약은 자네도 알고 있을 테지. 요시무네는 명군으로 이름을 떨쳤고, 시대극에서는 악당들을 베어버리는 존재가 되었어. 알겠나? 의지가 있으면 그 앞에 길이 열린다. 이건 그 좋은 예야."

"요컨대 요시무네는 라이벌들을 계속 암살해서 마침내 정상 자리에 올랐다는 건가요?"

"그건 악의적인 추측이야. 요시무네가 첩보활동을 중시한 것은 사실이지만, 그 이상의 증거는 없어."

이제 슬슬 질렸다. 리에는 질문을 던졌다.

"네, 그래서 그 역사 이야기와 당신의 상황이 무슨 상관이 있다는 겁니까?"

"모르겠어?"

신도는 머리 나쁜 학생을 대하는 것처럼 한숨을 쉬었다.

"성공한 사람에게는 어째서인지 행운이 따른다는 거야. 아니, 거꾸로 행운을 얻은 사람이 성공한 걸지도 모르고."

"웃기지 마."

누가 큰 소리로 대꾸했다. 리에 뒤에 서 있던 니시카와였다.

"듣자 듣자 하니 별 웃기는 소리를 다 하네. 행운은 무슨 행운이야? 부하한테 시킨 거잖아. 정확히 명령하진 않았어도 그렇게 하게끔 유도했잖아?"

"니, 니시카와 씨, 잠깐만요."

리에는 뒤로 돌아서서 니시카와의 굵은 팔뚝을 잡았다. 니시카와는 그 손을 뿌리치려다가 퍼뜩 정신 차리고 힘을 뺐다. 그러나 그의 이야기는 멈추지 않았다.

"군소리 말고 남자답게 자기 죄를 인정하기나 해. 애초에 자기 입으로 성공한 인간이라고 말하는 사장들 중에서 제대로 된 놈은 없어. 노동자를 착취하는 놈들이 꼭 그렇게 자기 잘난 척을 하면서 사업이 어쩌고저쩌고 떠들어댄다니까. 정상적으로 사업을 해서 성공한 사람은 그런 말을 하지 않아. 자기 능력만 가지고 성공한 게 아니란 사실을 잘 알고 있으니까. 자기를 도와주는 동료들에게 고마워하고 있으니까. 그만큼 겸허해지는 거야."

"니시카와 씨. 지금 주제와 상관없는 이야기를 하고 계시잖아요. 그만하세요."

리에가 날카롭게 말하자, 니시카와는 기가 죽었는지 커다란 몸을 쭈그리면서 중얼거렸다.

"어, 죄송합니다. 나도 모르게……."

"저 남자는 누구인가? 조사하러 오기 전에 예의부터 배우고 왔으면 좋겠군."

신도의 표정에서는 우월감이 배어 나오고 있었다.

"우리 회사는 종업원을 소중히 아끼면서 성장해온 회사야. 조사해보면 금방 알 텐데. 세금에 관해서는 해석의 차이가 문제가 된 적은 몇 번 있지만, 노동문제는 한 번도 일어나지 않았어. 잔업수당도 정당하게 지불하고 있고."

"정말입니까?"

니시카와는 의심하는 눈초리로 신도를 쏘아보더니 이어서 리에를 봤다. 리에는 일이 복잡해지겠다 싶어서 억지로 총대를 멨다.

"아무튼 이번 일은 나한테 맡겨요."

"더 이상 무슨 이야기를 하겠다는 건가?"

"도이가키 씨가 알아낸 것. 즉, 당신이 손댄 회사들의 탈세에 관한 이야기입니다."

"그거야말로 웃기는 소리군."

신도는 서양인처럼 과장되게 어깨를 으쓱했다.

"증거가 있으면 국세국 녀석들은 한꺼번에 몰려와서 마치 사람 괴롭히듯이 서류를 들고 갈 테지. 그런데 아무것도 없으니까 자네 혼자 떠보러 온 거잖아. 안 그래?"

정답이었다. 리에는 반론할 수 없었다. 역시 기누타의 계획은 허점투성이였던 걸까. 아니면 내 실력이 부족한 걸까.

"자네는 아직 신입인 것 같으니까. 친히 이야기를 하나 해 주지."

신도가 다리를 반대로 꼬면서 말했다.

"나는 싱가포르에서 자랐어. 아버지는 늘 여기저기 돌아다니셔서 좀처럼 만날 수 없었어. 이유가 뭔지 알아?"

"국민의 의무를 다하고 싶지 않아서 그랬을 테죠. 당신은 사업뿐만 아니라 그런 정신까지도 물려받으셨나 봐요."

국외에 거주하는 가족에게 증여한다. 특정한 나라에 머무르지 않고 계속 떠돌아다님으로써 과세를 회피한다. 또는 조세 피난처로 회사나 자기 주소를 옮긴다. 전부 다 부유층이 과거에 자주 사용하던 조세 회피 수법이었다. 일본의 세금제도는 법에 의해 규정되어 있으며, 탈세에 가까운 절세의 의도가 명백하더라도 법을 무시하면서까지 과세를 할 수는 없었다. 억지로 과세했다가 재판에서 국가가 패소한 사례도 있었다. 그러나 이런 수법이 횡행하면 국가는 법을 개정해서 허술한 구멍을 막아버린다. 일본은 조세 회피를 막기 위해 꾸준히 노력하고 있으므로, 몇 년 전의 절세 방법은 더 이상 통용되지 않는 경우도 많았다.

"국민의 의무……?"

리에의 도발에 신도는 쓴웃음 지으며 대답했다.

"글쎄. 아버지는 몰라도, 나는 애국자야. 숱한 규제에 염증을 느끼면서도 일본에서 이렇게 사업을 하면서 경제 발전에 공헌하고 있잖아? 그럼에도 불구하고 이 나라는 부유층에게, 성공한 사람에게 너무 박하게 굴어. 계속 빼앗기만 하고 뭐 주는 것이 없어."

리에는 일부러 반론하지 않았다. 진지하게 토론해봤자 의미 없는 짓이다. 그냥 놔둬도 저놈은 알아서 떠들어댈 것이다.

그 추측은 옳았다.

"우리 아버지처럼 이 나라를 떠나고 싶어 하는 사람의 심정도 이해가 가. 이 나라 부자들 대부분은 불만을 가지고 있어. 돈을 많이 내도, 최고 수준의 의료나 교육 혜택을 받을 수 있는 게 아니니까. 존경을 받지도 못하고. 가난뱅이들은 남을 질투하면서 투덜거리기만 해. 그러나 나는 아버지와는 달라. 아무리 답답하고 아무리 착취당해도, 일본에서 살면서 세금을 내고 있어. 이 정도면 칭찬은 받아도 비난받을 이유가 없잖아?"

"정상적으로 세금을 내고 있다면 그렇겠죠."

"내고 있어. 물론 나는 절세는 해. 일본은 법치국가야. 법으로 정해진 대로 세금을 내는 것은 당연해. 그 대신 법에 명기되어 있지 않은 세금은 낼 필요가 없어. 흔히들 법망을 교묘하게 빠져나간다는 표현을 하는데, 그것도 정당한 노력이야."

"범죄자들은 자주 그런 식으로 연설을 하죠."

"범죄자가 아니야. 탈세는 범죄지만, 절세는 지적인 게임이야. 세금을 다루는 사람이라면 그 둘을 잘 구별해야지, 안 그래?"

상대가 그렇게까지 말하니 슬슬 화가 났다. 이제는 공격할 때가 됐다.

"게임치고는 규칙 위반을 너무 많이 하는 게 아닌가요? 이를테면 당신이 경영하는 기업은 영화법교에 다액의 기부금을 내고 있잖아요?"

영화법교. 그 말을 듣고도 신도는 전혀 동요하는 기색을 보이지 않았다.

"내가 사랑하는 이 나라에서는 신앙의 자유가 인정되고 있을 텐데?"

"그렇다고 종교 법인을 통한 탈세까지 인정되는 것은 아닙니다."

"탈세라니. 기부한 돈이 내 주머니 속으로 들어왔다. 뭐 그렇게 주장하고 싶은 건가?"

"의심하는 게 당연하잖아요?"

"그걸 어떻게 증명할 건데?"

예상했던 반응이다. 역시 중요한 순간에 허점을 드러내진 않는구나.

"쉽게 증명할 수는 없지만, 완전히 불가능하지는 않아요."

그러자 신도는 빙그레 웃었다.

"어느 조사관도 비슷한 말을 했었지. 마루자 주제에 소득세나 법인세에 관해서도 이러쿵저러쿵 떠들어대던데."

도이가키 이야기다. 그러나 추궁해봤자 상대는 시치미를 뗄 것이 뻔했다.

"그 마루자에게도 말했지만. 아무튼 나는 영화법교에 귀의해서 기부금을 내고 있어. 신앙이라기보다는 응원에 더 가까운 거지만. 어쨌든 우리의 관계는 그게 전부야. 내가 일방적으로 그쪽에다가 돈을 주고 있을 뿐이지."

"영화법교의 어떤 점이 마음에 드셨나요?"

심술궂게 물어봤더니 신도는 진지한 얼굴로 대답했다.

"신도 부처도 악령도 모두 다 긍정하는 점이 좋았어. 관대하고 포용력 있는 종교야."

"그 본부에 가봤는데 활동하는 흔적을 찾을 수 없더군요. 다액의 기부금을 받는 종교 법인이 어떻게 그럴 수가 있죠? 이상하지 않나요?"

"그건 사무국 아닌가? 본당은 따로 있을 거야. 어쨌든 나는 내가 기부한 돈이 어떻게 사용되든지 신경 쓰지 않아."

"그 본당이란 것은 어디에 있습니까?"

"자네가 신자가 된다면 알 수 있을 테지."

"연락처를 가르쳐주시겠습니까?"

신도는 잠시 입을 다물고 리에와 니시카와를 번갈아 쳐다봤다.

"미안하지만 그건 믿을 만한 사람에게만 가르쳐줄 수 있어."

리에는 가볍게 어깨를 으쓱했다. 파고들 틈이 보이지 않았다. 일단 퇴각할 수밖에 없나.

"마지막으로 하나만 더 여쭤보겠습니다. 자꾸만 사업을 시작했다가 접는 이유는 뭡니까? 꾸준히 흑자가 나는데도 회사를 청산한 경우도 있는 것 같던데요."

"단순한 이유야. 자본은 정해져 있으니까. 설령 이익이 좀 나더라도 폭발적으로 성장할 가능성은 없는 사업에 계속 돈을 투자하는 것은 비효율적인 짓이야."

"그럼 노동자는 어떻게 됩니까?"

한동안 얌전히 있던 니시카와가 도저히 못 참겠다는 듯이 따지고 들었다.

"당신이 이제 질렸다면서 회사를 없애버릴 때마다 다른 직장을 찾으러 다녀야 하는 노동자들이 불쌍하지도 않습니까? 회사 경영에는 책임이 따른다는 사실을 자각하셔야죠."

"최근의 낮은 실업률을 생각해보면 그게 그렇게까지 심각한 불이익이 될 것 같지는 않은데. 게다가 나는 회사를 없앨 때에도 합법적으로 일을 처리하는 사람이야. 비난받을 이유는 없어."

또 논점에서 벗어날 것 같았다. 리에는 다급히 끼어들었다.

"비리를 숨기기 위해 회사를 청산하는 게 아닙니까?"

"그런 지적은 증거부터 갖춘 다음에 해야지. 안 그래?"

신도는 한숨을 푹 내쉬었다.

"오바 리에 씨. 부모님과 셋이서 살고 있고. 가끔 선은 보지만 현재로선 애인 없음. 일이 애인이나 마찬가지인가? 학력은……."

신도가 정보를 하나하나 나열할 때마다 리에의 심장 박동이 빨라졌다. 이 남자는 어디까지 조사한 걸까? 도대체 무슨 목적으로?

"이봐. 뭐 하는 짓이야?"

니시카와가 언성을 높였다.

"아니, 별 의도는 없어. 그저…… 내 며느리라도 삼아볼까 하고."

그러더니 신도는 책상을 짚고 일어났다.

"어쨌든 이제 그만 돌아가줘. 오늘은 즐거웠어."

낮은 목소리에서 압력이 느껴졌다. 난 지금 도망치는 것이 아니다. 패배한 것이 아니다. 리에는 속으로 그렇게 되뇌며서 신도를 마지막으로 일별했다.

"다시 오겠습니다. 그때는 여럿이 한꺼번에."

"기대할게."

승리를 확신하는 그의 미소를 뒤로하고 리에와 니시카와는 사장실을 나왔다.

등 뒤에서 문이 닫히자마자 리에가 떨리는 음성으로 중얼거렸다.

"너무 분해……."

"괜찮으세요? 당신에 관해 이것저것 많이 조사한 것 같던데요."

니시카와가 큰 소리로 무신경한 말을 했다. 리에는 고개를 홱 돌려 그를 째려봤다.

"다 헛소리예요. 저런 시시한 협박에 일일이 반응할 필요도 없어요. 그러면 이 직업에 계속 종사하지도 못해요."

"맞아, 좋은 마음가짐이야."

짝짝 박수를 치면서 기누타가 등장했다.

"어때? 결과는."

리에가 머뭇거리자 옆에서 니시카와가 대신 대답해줬다.

"콜드게임은 아니었어요. 건투했다고 생각합니다."

"졌구나."

울컥 화가 치밀었다. 분해서 발을 동동 구르고 싶었다.

"기누타 씨. 당신은 어땠어요?"

"다음 기회를 노려야지. 일단 돌아가서 작전을 짜자."

성과는 없는 것처럼 보였다.

"회계를 외부 회사에 맡기다니. 단순한 경비 절감 행위는 아니겠죠."

"맞아. 어쩌면 거기서 종합적으로 비리를 저지르고 있을지도 몰라. 하지만 그런 이야기는 돌아가서 하자."

기누타가 집게손가락을 입술 앞에 대면서 말했다. 리에는 고개를 끄덕였고, 니시카와는 큰 소리로 대답했다.

"알겠습니다."

"니시카와, 당신은 이제 그만 가 봐도 돼. 수고했어."

덩치 큰 노동기준 감독관은 눈을 휘둥그렇게 떴다.

"네? 전 벌써 필요 없어진 거예요?"

"글쎄. 어쩌면 다음 임검 때에도 동행해 달라고 부탁할지도 몰라."

"네. 그럼 그때 다시 뵐게요."

니시카와는 빠르게 납득하고 리에를 돌아봤다.

"혹시나 신변이 위험해지거든 언제든지 저를 불러주세요. 즉시 도와드리러 갈게요."

"가, 감사합니다."

당황한 리에에게 니시카와는 듬직한 등을 보이면서 걸어

가더니 계단 아래로 사라졌다. 기누타는 쓴웃음을 지으며 그 모습을 지켜봤다.

"……열정 하나는 국내 최고일지도 몰라. 흔치 않은 자질이지."

"네. 노동기준 감독관도 다들 제각각이네요."

엘리베이터에 타면서 리에는 나시모토를 떠올렸다. 전화로만 대화했을 뿐인데도 그가 일을 열심히 한다는 느낌은 받았다. 그 후로 무슨 단서를 얻었을까? 뭔가 숨기고 있을지도 모른다. 다음에 정보 교환이란 명목으로 한번 찔러봐야겠다.

그때 문득 뺨에 닿는 시선이 느껴졌다.

"좌절하지 않았구나."

기누타가 감미로운 목소리로 중얼거렸다. 리에는 조그맣게 대답했다.

"네. 아직은 심증밖에 없지만, 이 방향이 잘못되지 않았다는 것은 확인할 수 있었어요. 반드시 신도의 탈세를 밝혀낼 겁니다."

두 사람은 어깨를 나란히 하고 적의 총본산을 뒤로했다. 격퇴당한 셈이었지만, 위력 정찰 측면에서는 그럭저럭 성과가 있었다.

그리고 상대의 협박도 당연히 신경은 쓰였다. 혹시 모르니까 호신용품이라도 준비해야겠다고 생각했다.

21

11월 2일 월요일. 경시청 수사1과에 소속된 무라시타와 반은 경시청 건물의 어느 한 방에서 노동기준 감독관인 나시모토를 만났다. 나시모토가 먼저 상담을 요청했기 때문이다.

"실은 얼마 전에 협박을 당했습니다."

나시모토가 말을 꺼냈다.

"아마 도이가키 씨 사건과도 관계가 있을 거라고 생각합니다."

"잠깐만요. 그게 진짜예요?"

반이 흥분했다. 사건 해결에 대한 의욕이 생긴 걸까. 무라시타는 자기 부하를 흥미롭게 관찰했다. 협박인지 뭔지는 우선 자세한 이야기를 듣고 판단해봐야 할 것이다. 당사자의 인식과 객관적인 사실이 서로 차이가 나는 경우도 종종 있으니까.

"저는 예전에 도이가키 씨와 나눴던 대화를 토대로 크라시스테와 진쇼쿠 공방 등을 조사해봤습니다."

회사 이름을 듣는 순간 무라시타는 깨달음을 얻었다. 경찰이 추적하고 있는 테스포라와 같은 신도 그룹 계열사였다.

"경감님, 그건……."

반이 입을 열려고 했다. 무라시타는 그를 제지하고 나시모토에게 계속 이야기해보라고 했다. 선입관은 배제하고 싶었다.

"사건의 배후에는 신도라는 남자가 존재하는 것 같습니다."

아, 역시. 반이 무심코 중얼거렸다.

"경찰도 알고 있었나 보군요."

나시모토가 미소를 지었다. 협박당한 사람답지 않게 여유로운 태도였다. 무라시타도 웃으며 대답했다.

"저희도 저희 나름대로 일을 하고 있거든요. 아무튼 그 협박이란 것은 구체적으로 무슨 내용이었나요?"

"제가 설명하는 것보다는 이걸 들어보시는 것이 더 나을 겁니다."

나시모토가 녹음기에 기록된 음성을 재생했다. 차에 치일 뻔했을 때 녹음한 그 남자와의 대화였다.

차분하지만 성깔 있어 보이는 남자가 나시모토에게 은근히 경고하고 있었다. 그 의도는 명백했지만, 표현 자체는 꼬투리를 잡히지 않도록 조심한 티가 났다. 많이 해본 솜씨였다. 그 남자는 이런 일을 몇 번이나 반복해온 듯했다.

끝까지 듣고 나서 무라시타가 신음했다.

"으음. 이것만 가지고는 죄를 묻기 어렵네요. 아예 불가능한 것은 아니지만, 검찰도 별로 좋아하지 않을 겁니다. 상대의 정체가 뭔지는 아십니까?"

"신도의 부하일 테지만 이름은 모릅니다. 스즈키라는 것도 가명일 테죠."

"네, 그럼 이따가 몽타주를 작성할 때 협력해주시길 바랍니다. 아 참, 그 전에 그 남자일 가능성이 있는 전과자들의 사진부터 먼저 봐주시겠습니까?"

무라시타는 스스로 그 준비를 하러 갔다. 실은 부하인 반에게 시켜야 할 일인데, 일부러 반을 그 자리에 남겨뒀다. 나시모토뿐만 아니라 이번 사건의 관계자들은 아무래도 정보를 숨기는 경향이 강해 보였다. 반이라면 그 정보를 능숙하게 끌어낼지도 모른다. 나시모토도 반을 경계하지 않는 것 같으니까, 방심해서 입이 가벼워질 수도 있다. 오히려 반이 흥분해서 시끄럽게 떠들어댄다든가—뭐, 그럴 염려도 있지만. 반이 아무리 경솔해도 기밀을 누설하지는 않을 것이다. 유감스럽지만 꼭 비밀로 해야 할 만큼 중요한 수사 정보는 아직 없기도 하고.

준비를 마치고 방으로 돌아갔더니 반이 편안하게 의자에 앉아 있었다. 나시모토는 여전히 딱딱한 자세를 유지하는 중이었다.

"아, 경감님. 다녀오셨어요?"

반은 무라시타의 얼굴을 보고 천진하게 말했다.

"방금 얘기를 좀 들었는데요. 도이가키는 역시 테스포라를 계기로 신도 그룹을 조사하기 시작한 것 같아요. 세무서의 지시를 받지 않은 독자적인 행동이었나 봐요. 신도가 배후에 있을 가능성이 더 커진 거 아니에요?"

무라시타는 그 말을 듣고 나시모토에게 물어봤다.

"세무서나 노기서는 확실한 증거를 가지고 있나요?"

그 점에서 무라시타는 회의적이었다. 세무서가 움직이고 있다는 정보는 이미 입수했다. 그쪽 담당자인 오바라는 여성은 굉장히 방어적이어서 "아직 단순한 의혹에 불과하므로 말씀드릴 수 없습니다"라는 말만 되풀이하는데, 신도의 존재를 알아낸 것은 틀림없어 보였다. 그러나 현재로선 단순한 의혹에 불과하다는 것도 거짓말은 아닐 것이다. 어떤 사실이 판명됐다면, 숨기고 싶은 것만 숨기고 가르쳐줬을 테니까.

나시모토는 "아뇨" 하고 딱 잘라 말했다.

"노기서에서도 조사해봤는데요. 신도 그룹의 법령 위반 흔적은 발견되지 않았습니다. 세무서도 마찬가지일 거라고 생각해요. 그래서 경찰의 힘도 빌리고 싶습니다."

"그건 수사2과의 소관이죠."

무라시타는 가볍게 받아치더니 다시 정색하고 말했다.

"그러나 살인 사건과 관련된 경우에는 사정이 달라집니다. 만약에 피해자가 탈세의 결정적인 증거를 가지고 있었다든가, 뭐 그런 근거가 있다면 저희도 신도를 추궁할 수 있을 텐데요."

나시모토는 진지한 눈빛으로 무라시타를 쳐다봤다.

"그런 것이 있으면 처음부터 말씀드렸을 겁니다. 저는 어떻게든 신도의 범죄를 밝혀내고 싶어요. 어떤 희생을 감수하더라도. 만약에 제가 이 협박을 무시했다가 공격당한다면, 그게 증거가 될 수 있을까요?"

"아니, 그건 아니죠. 그런 위험까지 감수하시면 안 됩니다. 그리고 협박 자체를 어떻게 받아들일지는 당신이 판단하셔야 할 일이지만, 일반적으로는 하수인은 체포할 수 있어도 그 배후에 있는 인물까지 붙잡긴 어렵습니다."

무라시타는 나시모토를 진정시키고 다른 방으로 안내했다.

"성공률은 낮을 것 같지만, 일단 사진부터 살펴봅시다."

컴퓨터 모니터에 사진들이 차례차례 나타났다. 지난 몇 년 사이에 협박 사건이나 사기 사건을 일으킨 범인들이었다. 폭력단 관계자가 대부분이라서 이중에 그 남자가 있을 가능성은 낮았지만, 그래도 확인 작업을 안 할 수는 없었다.

나시모토는 사진을 끝까지 보고 나서 고개를 흔들었다.

"없네요."

무라시타는 낙담하지 않았다.

이어서 그 남자의 몽타주를 작성했다. 담당 경찰관이 그의 특징을 들으면서 그림을 그려 나갔다. 완성된 그림을 본 나시모토는 감탄했다.

“똑같네요. 역시 굉장하십니다.”

“당신을 보호도 할 겸, 이 몽타주를 가진 수사관을 당신 주변에 배치하겠습니다. 그 남자를 발견한다면 입건하기는 어려워도 심문은 할 수 있을 겁니다. 아, 그러고 보니 가족분들도 걱정이 되시겠네요. 댁에도 수사관을 파견하겠습니다.”

그러자 나시모토는 한순간 머뭇거렸다.

“저는 그렇게까지 지켜주실 필요는 없는데……. 저보다도 세무서의 오바 씨가 더 걱정되는데요.”

“그건 걱정하실 필요 없어요. 오바 씨도 같은 방식으로 보호할 겁니다.”

“그래요? 그럼 잘 부탁드리겠습니다. 그런데 죄송하지만 임검은 방해받고 싶지 않거든요. 그 점은 꼭 주의해 달라고 전해주십시오.”

알겠습니다. 무라시타는 그렇게 대답했다. 그리고 문득 생각난 것을 물어봤다.

“아 참, 저번에 그 사건이 일어난 날에 어떤 가게를 조사했다고 하셨잖아요. 성과는 있었습니까?”

상대의 반응을 주시해봤는데, 특별히 동요하는 기색은 없었다.

"헛수고로 끝났습니다. 니시신주쿠에 있는 '남양 목장'이라는 고깃집인데요. 조사해보시면 거기서 저를 본 사람이 있을지도 모릅니다."

무라시타는 가게 이름을 메모하고 다시 한 번 감사 인사를 했다.

"오늘은 귀중한 정보를 제공해주셔서 고맙습니다. 그 외에 하실 말씀이나 물어보실 것은 없나요?"

나시모토는 잠깐 생각해보더니 말했다.

"신도는 틀림없이 범죄자일 겁니다. 도이가키 씨의 한을 풀어주세요. 잘 부탁드립니다."

"네, 최선을 다하겠습니다."

무라시타는 그렇게 힘주어 말하고 나시모토를 돌려보냈다. 곧바로 수사관 두 명이 그 뒤를 따라갔다.

무라시타는 반에게 확인차 물어봤다.

"내가 없는 사이에 무슨 이야기를 했습니까?"

"어, 그게, 신도에 관해 이것저것 이야기했어요. 꽤 솜씨 좋은 놈인가 봐요. 그 영화법교인지 뭔지도 신도와 관련되어 있다는 것을 알았대요. 법을 잘 알고 있어서 좀처럼 꼬리를 드러내지 않는다나 뭐라나. 추궁하기가 쉽지 않대요. 그래서 경찰이 다른 각도에서 조사해주길 기대하는 것 같았어요."

"그 기대에는 정말로 보답하고 싶은데 말이죠."

아까 본인에게도 말했듯이 사건과의 관련성이 없으면 수사1과는 움직일 수 없다. 또 움직인다 해도, 세무서도 건드리지 못하는 탈세범을 조사할 방법이 있을지 의문이었다.

"아니, 그런데요. 저번에 세무서에 전화했을 때에도 비슷한 생각을 했는데요. 저 녀석들은 좀 이상해요."

오? 무라시타는 반을 힐끗 봤다.

"마치 살인보다도 탈세를 더 중요시하는 것 같아요. 아니 뭐, 살인은 우리가 담당할 일이지만, 그래도 사람이 죽었는데 탈세에만 신경 쓰는 것도 좀 이상하지 않아요?"

"세무서…… 그 아가씨 말인가요?"

"부지런히 연락을 취하라고 했잖아요. 경감님이."

반이 먼저 변명을 했다. 그건 그렇다. 무라시타는 날마다 해도 되니까 세무서에 자주 전화를 하라고 지시했었다. 정보수집은 집요하리만치 열심히 하는 것이 좋으니까.

"아무튼 그 녀석들은 이상해요."

"당신이 그런 감성을 가지고 있어서 기쁘네요."

무라시타가 농담조로 말하자, 반은 놀란 얼굴로 쳐다봤다.

"경감님은 이상하다고 생각하지 않으세요?"

"당신도 말했듯이 세무서나 노기서의 목적은 살인범을 체포하는 것이 아니니까, 자기들이 할 수 있는 일을 우선시하는 것은 이해가 갑니다. 우리가 탈세는 어쩌지 못하는 것과 마찬가지예요. 그러나 한 명의 인간으로서는 어떨까요. 보통은 살인을 더 중대한 문제로 인식할 텐데 말이죠."

당장 뭐가 어떻다는 것은 아니지만, 일단 의식은 해둬야 할 것이다.

"그런데 그 신도란 인간이 그렇게까지 나쁜 놈일까요?"

반은 고개를 갸웃거리며 이야기했다.

"물론 탈세는 범죄지만요. 최대한 경비를 늘려서 절세하는 것은 다들 하는 짓이잖아요? 그 탈세와 절세의 차이를 잘 모르겠어요."

"그거야말로 세무서에 전화해서 물어보면 아주 친절하고도 자세하게 설명해줄 겁니다."

무라시타는 그렇게 대꾸했다. 그 직후, 어떤 아이디어를 떠올렸다.

"반. 신도를 만나보지 않을래요? 임의로 데려와서."

"싫어요."

반은 솔직한 사람이었다.

"그래봤자 헛수고일 거예요."

"아뇨. 만약에 단서를 얻는다면 헛수고는 아닐 겁니다."

"난 아무것도 모른다! 하고 딱 잡아뗄 텐데요, 뭐."

그건 그렇다. 무라시타도 속으로 동의했다. 관계가 있든

없든 그의 대답은 똑같을 것이다. 적어도 나시모토를 협박한 남자의 신병이라도 확보하지 않으면, 증언 청취를 해봤자 성과가 없을 것이다.

“네, 그럼 지금 해야 할 일은 몽타주 속의 남자를 체포하는 거겠네요. 당장 탐문하러 가보세요.”

“네? 어디로요? 아니, 왜 갑자기…….”

“어디긴요. 그 남자는 나시모토에게 접근했습니다. 그 외에 어디에, 누구 앞에 나타날지 충분히 상상이 가지 않습니까? 나시모토와 오바의 주변은 수사관을 파견해서 감시할 테니, 당신은 다른 곳을 찾아봐주세요.”

“또 저 혼자요? 내일은 테니스 시합 약속이 있는데…….”

반은 구시렁거리면서 일어났다. 도대체 운동을 몇 개나 하는 걸까. 그 운동 개수만큼 많은 여자들과 사귀는 건 아니겠지? 무라시타는 그런 시시한 상상을 하면서도 은근히 기대감을 품고 반을 떠나보냈다.

달이 바뀌었는데도 군마 현경찰의 수사본부는 여전히 끈기 있게 소소한 탐문 및 CCTV 해석 작업을 진행하고 있었다.

“범인이 초능력자나 외계인이 아닌 이상, 이동 흔적은 반드시 남아 있을 거야. 그걸 찾아내는 것이 사건 해결의 지름

길이야."

현장 수사관들을 모아놓은 회의장에서 노자와 경위가 재미없다는 표정으로 그렇게 주장하자, 젊은 다카하시 형사가 킥킥거리며 웃었다.

"경위님이 그런 표현을 쓰실 줄 몰랐어요. 초능력자나 외계인이라니……."

"설득력을 높이기 위해서야."

노자와는 빨개진 얼굴로 대꾸하고 홱 돌아섰다.

다른 젊은이가 이의를 제기했다.

"그런데 범행 현장에 증거가 거의 남아 있지 않은 것만 봐도, 이 범인은 상당히 용의주도한 것 같은데요. 흔적 따윈 없을지도 몰라요. 어쨌든 수사 범위를 조금이라도 좁혀볼 수 없을까요?"

다카하시가 노자와 대신 반론했다.

"엉뚱한 방향으로 범위를 좁혀버리면 나중에 더 오래 고생하게 될 겁니다. 선입관을 가지지 말고 융단폭격을 하듯이 모든 가능성을 철저히 없애버리는 것이 결국 가장 빠른 지름길이 될 거예요."

그 결과 다카하시는 기차역과 도로 주변에 있는 CCTV를 확인하는 역할을 맡게 되었다. 그것도 두 번째 대조 검토였다. 그는 자신이 담당한 탐문 작업을 마치고 나서 자료실에

틀어박혀 어두운 화면 앞에 앉았다.

도이가키의 행적은 N시스템을 통해 확인됐다. 그러나 그 사진으로는 뒷좌석은 알아볼 수 없었다. 윗사람이 동행했다면 뒷좌석에 태웠을 테고, 또 운전자들 중에서는 조수석에 남을 태우는 것을 싫어하는 사람도 있다. 동승자가 없었다고 단정할 수는 없었다. 다른 곳에 있는 카메라들도 조사해서, 뒷좌석이 보일 만한 각도로 찍은 영상이 없는지 살펴봐야 한다.

그럼 기차역 카메라에서는 무엇을 찾느냐. 과장은 “아주 사소한 이변도 놓치지 마라”라고 지시했다. 누구를 찾아라, 무엇을 찾아라, 뭐 그런 것은 이해하지만, 이 지시는 좀 너무하지 않나? 노자와는 그렇게 생각했다.

그래서 에너지 음료를 선물로 줬다. 불평 한마디 없이 주어진 임무를 수행하는 부하에게.

“적당히 쉬어 가면서 해. 그래야 집중력을 유지하지.”

“감사합니다.”

다카하시는 조그만 갈색 병을 양손으로 공손히 받으면서 지나치게 기뻐했다.

“집에 꼭 들어가고. 알았지?”

“집에 가도 아무도 없는데요, 뭐. 전 그냥 여기서 잘래요. 그런데 왜 그러세요?”

다카하시는 살피는 듯한 눈빛으로 베테랑 형사를 쳐다봤다.

“신기하네요. 집에 들어가라니. 경위님답지 않은 말씀을 다 하시네요.”

“흥, 시끄러워.”

노자와는 쑥스러움을 감추려는 듯이 딴 데를 봤다.

“이제는 시대가 달라졌잖아. 젊을 때부터 집에 들어가서 자는 습관을 길러두는 게 좋아.”

그러면 자기 집에 있는 것이 불편해지지도 않을 테니까. 속으로 그렇게 덧붙였다.

잔업세가 도입되기 전에는 집에 늦게 들어가는 남편이나 아버지가 많았다. 그러나 지금은 어떤가. 노자와처럼 제외 직종에 속하면서 잔업을 꺼리지 않는 남자는 점점 설 자리를 잃어버리게 되었다. 제외 직종이라는 것은 사회 유지를 위해 필요한 직업이다. 명예로운 일이다. 그렇게 주장하더라도, 찬성하는 움직임은 그다지 크지 않을 것이다.

이 사건이 해결되면 좀 여유가 생길 것이다. 아내가 나와 상담하고 싶은 것이 있는 모양이니까, 그때 아내를 데리고 여행이나 가서 무슨 일이냐고 물어볼까. 노자와는 그답지 않게 그런 생각을 하다가 혼자 부끄러워했다.

그런데 그때 수사관 한 명이 뛰어 들어왔다.

"경시청에서 연락이 왔습니다. 이 몽타주의 주인공이 사건과 관계가 있을지도 모른다고 합니다."

사정을 들은 다카하시는 한숨을 쉬었다.

"체크해야 할 대상이 늘어난 것 같네요."

그것도 CCTV의 존재를 경계하면서 행동할 듯한 남자다. 조사해봤자 성과가 있을지 걱정이었다.

노자와는 묵묵히 부하의 어깨를 두드려줬다.

22

조사를 하면 할수록 야시로 회계사무소는 수상해 보였다. 신도 그룹 계열사는 대부분 이 사무소에 경리를 맡겨놓고 있었다. 세무서가 가진 정보를 통해 확인할 수 있는 것은 '명목과 돈의 흐름'뿐이므로, 실제로 어떤 업무를 어디까지 위탁했는지는 직접 가서 조사해보기 전까지는 알 수 없지만. 일단 종업원의 급여와 관련된 일은 모조리 틀어쥐고 있는 게 아닐까.

즉, 똑같은 수법으로 비리를 저지르고 있다면, 실행범은 야시로 회계사무소일 것이다.

"그런데 임검하러 갈 명분이 없단 말이죠."

오바 리에는 손에 든 펜을 빙글빙글 돌렸다. 적어도 겉보기에는 의심스런 점은 발견되지 않았다. 신도의 회사와의 자본 관계는 없었다. 신도가 신고 누락 상습범이고 언동이 수상한 것은 사실이지만, 겨우 그런 근거만 가지고 조사를 강행해도 되는 걸까.

"이제 와서 상식적인 말을 해봤자 무슨 소용이야? 착한 척해도 아무도 칭찬해주지 않아."

기누타가 도발했다.

"조사하러 가고 싶으니까 간다. 그거면 충분해."

"보고서를 쓰는 사람도, 상사한테 혼나는 사람도 저거든요?"

"맞아. 그래서 내가 권하고 있는 거야."

리에는 한숨을 쉬었다. '입만 다물고 있으면 미인'이란 말이 있는데, 기누타는 목소리조차 아름다웠다. 그 내용만 안 들으면 된다. 일본어를 모르는 사람이라면 기누타를 보고 절세미녀라고 생각할지도 모른다.

"있지, 내가 야지마 이야기를 했던가? 니시카와의 파트너인데. 아주 전형적인 품행 방정한 남자야."

"아, 네. 헤어진 아내하고 아직도 사이좋게 지낸다는 그 사람이요?"

"니시카와가 말해줬구나? 그 녀석은 남자인데도 수다쟁이란 말이지. 뭐, 아무튼. 야지마는 참 고지식한 인간인데도 일할 때에는 수단 방법을 가리지 않아. 본인은 모르는 것 같지만 그때마다 모드가 바뀌어. 허용 범위 한계선에 닿을락 말락 한 짓까지 서슴없이 한다니까. 그런데 요령은 부릴 줄 몰라서 언제나 보고서와 씨름하고 있지."

"그래서 저도 그렇게 하라고요?"

절대로 흉내 내지 못할 거라고 생각하면서 물어봤더니, 기누타는 고개를 옆으로 저었다.

"아니. 당신은 당신 방식대로 하면 돼. 다만 적이 눈앞에 있는데 겁먹고 주춤거리는 것은 다소 꼴불견이라는 거야. 그건 겁쟁이잖아."

"겁쟁이면 뭐 어때요."

리에는 입으로는 그렇게 반항하면서도 속으로는 임검을 하러 가기로 결심했다. 마지카 상사에 무작정 돌격한 시점에서 이미 방침은 결정돼버렸다. 이제 와서 신중해져봤자 소용없다. 게다가 빨리 가지 않으면, 적에게 사실을 은폐할 시간만 주는 꼴이다.

그래서 리에는 단호하게 결심하고 야시로 회계사무소로 향했다. 그것이 11월 2일이었고, 기누타와 니시카와가 동행했다.

리에에게는 한 가지 계책이 있었다.

"마지카 상사의 반면조사를 하러 왔습니다. 계약 및 실제

입금 내역, 급여와 잔업세 서류를 보여주세요. 이 회사가 혐의를 받고 있는 것은 아니므로 안심하시고 조사에 협력해주시길 바랍니다."

리에는 그렇게 말했다. 반면조사라는 것은 한마디로 증거를 확인하는 작업이다. 조사한 기업의 거래처를 방문해서, 그 회사와의 거래 내용 및 돈의 흐름을 체크하는 것이다. '야시로 회계사무소를 의심하는 것은 아니다'란 것을 암시함으로써 상대를 우리 편으로 만드는 작전이었는데, 적은 한 수 위였다.

사무소 대표인 야시로 마사키라는 50대 남성은 빈틈없는 미소를 지으며 대꾸했다.

"신도 씨에게서 이야기는 들었습니다. 필요한 서류는 드리겠습니다. 마음껏 가져가세요."

적이 먼저 손을 쓴 것이다. 데이터를 조작했을 가능성도 있었다. 리에는 신도 그룹 각사의 원천징수부를 제출하라고 지시했고, 또 원본 데이터도 체크했다. 표면적으로는 지난 며칠 사이에 뭔가가 수정된 듯한 흔적은 없었다.

작업을 하면서 야시로에게 물어봤다.

"신도 씨와는 오래 알고 지내셨습니까?"

"싱가포르에서 대학 동기였습니다."

"경리 업무 위탁은 언제부터 받으셨습니까?"

"제가 개업했을 때부터 받았지요. 15년 전입니다."

"시세에 비해 위탁료가 비싼 것 같은데요."

"뭐, 그거야 오랜 친구니까요."

야시로는 신도와는 달리 필요 이상의 대화를 즐기지 않는 타입인 듯했다. 그저 일문일답만 반복되고 더 이상 자세한 이야기는 나오지 않았다.

기누타가 끼어들었다.

"종업원에게 물어보니 신도와 관련된 업무는 당신이 혼자서 처리하고 있다던데요. 그러면 일거리가 너무 많지 않나요?"

"그 사람의 회사뿐만 아니라 중요한 고객의 업무는 제가 직접 처리하고 있습니다. 저는 아무리 열심히 일해도 잔업수당도 잔업세도 낼 필요가 없으니까요."

"비리를 저지르느라 그러는 게 아니고요?"

"증거도 없이 의심하다니. 보기 좋진 않군요."

아무리 봐도 우리가 불리했다. 리에는 기누타를 끌고 나오다시피 하면서 퇴각했다.

3일 밤, 군마는 계절을 역행한 것처럼 따뜻했다. 노자와는 자정 이후에 잠자리에 들었다.

이날은 공휴일이었지만 평소와 다름없이 탐문 조사를 하

러 다녔었다. 휴일에만 만날 수 있는 사람도 있으니까, 중요한 사건을 수사할 때에는 좀처럼 쉴 수가 없었다. 기특하게도 다카하시는 불평 한마디 없이 지루한 수사를 계속하고 있었다. 젊으니까 그만큼 체력은 있을 텐데, 아직은 에너지 조절 요령이 부족한지 좀 피곤해 보여서 걱정이었다. 저러다 중요한 순간에 제대로 움직이지 못하면 곤란한데.

그러나 이 열정적인 젊은이는 철야로 CCTV를 체크하겠다고 고집을 부렸다. 결국 노자와는 설득을 포기했다.

"마음대로 해. 난 집에 간다. 그래도 혹시 뭔가 발견하거든 언제든지 연락해. 밤중이어도 상관없으니까."

노자와는 그 말을 남기고 일단 귀가했다.

길거리와 주요 시설에 방범용 CCTV가 설치되고 나서부터는 수사가 많이 편해졌다. 그것은 증거 수집에도, 용의자 추적에도 도움이 되었다. 이번에도 그렇지 않을까? 노자와는 내심 기대했다. 발로 뛰어서 얻은 증거도, 눈으로 보아서 얻은 증거도 다 똑같다. 노력이 꼭 빛을 봤으면 좋겠다.

노자와도 피로가 쌓이긴 마찬가지였다. 그는 금방 잠들었다.

얼마나 잤을까. 머리맡에 놔둔 휴대폰이 울리는 바람에 벌떡 일어났다. 시계를 보니 새벽 세 시였다.

경찰서에서 온 전화였다. 그는 자기 뺨을 찰싹! 때려서 정신 차리고 전화를 받았다.

"여보세요."

"저 다카하시입니다. 9일 밤 가루이자와에 있는 주유소의 CCTV에서 도이가키의 자동차처럼 보이는 것을 발견했어요. 순간적으로 지나가는 영상인데요. 뒷좌석에 사람이 타고 있는 것처럼 보여요…… 확실하진 않지만요."

"당장 간다. 기다려."

전화를 끊으려고 했는데 다카하시가 급하게 말을 덧붙였다.

"저, 확실한 건 아니에요. 화상 분석을 해보기 전까지는 단정할 수 없어요."

"알았어. 그냥 보고 싶어서 그래."

용의자를 결정지을 수도 있는 유력한 단서다. 그러나 CCTV 영상은 화질이 낮으므로, 동승자가 누구인지는 컴퓨터로 분석해봐야지만 알 수 있을 것이다. 아침이 되어 감식반 분석 담당자가 출근할 때까지 기다려야 한다. 그래도 지금 자기 눈으로 확인해보고 싶었다.

3분 후 노자와는 오래된 양복 위에 얇은 코트를 걸치고 현관에 나와 있었다.

"긴급 출동이야?"

어느새 일어난 아내가 구둣주걱을 내밀었다.

"어, 미안해. 나 때문에 일어났어?"

"아냐. 조심해서 다녀와."

노자와는 가볍게 손을 들어 인사하고 현관문을 열었다. 아내의 기분은 나쁘지 않아 보였다. '긴급 호출을 받았으니 이제 슬슬 사건이 해결되려나 보다'라고 생각하는 걸까.

집에서 경찰서까지는 차로 15분 정도밖에 안 걸렸다. 전화를 받은 지 20분 만에 노자와는 목적지에 도착했다. 텅 빈 경찰서 안에 발소리가 울려 퍼졌다. 노자와는 서둘러 다카하시를 만나러 갔다.

"죄송해요. 여기까지 오시게 해서."

"괜찮아."

짧게 대답하고 모니터를 들여다봤다.

비스듬히 옆에서 찍은 영상이었다. 화질이 낮은 화면에 미니밴이 지나가는 모습이 보였다. 뒷좌석에서 사람 실루엣을 확인할 수 있었다. 겉모양을 보니 도이가키의 차와 같은 차종처럼 보였다. 단, 번호판은 찍히지 않았다. 화상 분석을 하더라도 도이가키의 차라고 단정하지는 못할지도 모른다.

"잘 찾아냈어. 시간적인 오류는 없지?"

"네. 인터체인지를 빠져나와서 15분 후니까요. 시간은 정확히 일치합니다."

다카하시는 기운이 넘쳤다. 졸음이 싹 달아나고 감정이 고양된 것 같았다.

"피해자의 차에 동승했잖아요. 그럼 용의자는 도쿄 부근에 사는 지인으로 압축할 수 있습니다. 나중에 돌아갈 때에는 차가 없었을 테니까, 기차역의 CCTV를 중점적으로 체크해보면 찾아낼 수 있을지도 모릅니다. 아 참, 근처의 숙소에 묵었을 가능성도 있네요. 호텔도 확인해봐야겠어요."

다카하시는 벌써 사건 관계자 파일을 펼쳐놓고 추리하기 시작했다.

"역시 수상한 사람은……."

"잠깐만. 뒷일은 내가 할게. 너는 좀 자. 내일 탐문하러 가야 하잖아."

"괜찮아요. 아직 정신은 말짱해요."

"너의 공적을 가로챌 마음은 없어. 효율을 위해서 하는 말이야. 그렇게 침침한 눈으로는 영상을 확인하는 것도 불가능하잖아."

다카하시도 스스로 알기는 아는지 입을 다물었다.

"그럼 두 시간만 잘게요."

"세 시간."

다카하시는 마지못해 고개를 끄덕이고 수면실로 향했다.

노자와는 모니터 앞 의자에 앉아서 기차역 CCTV 영상을 확인하기 시작했다. 이번에는 뭘 찾을지 정해놓고 체크하는 것이므로 일을 빠르게 처리할 수 있었다.

한 시간 후, 노자와는 회심의 미소를 지었다. 그가 찾던 것이 카메라 귀퉁이에 포착됐기 때문이다.

23

야시로 회계사무소에서 압수해온 급여 명세서 및 원천징수 영수증을 개인의 납세 기록과 대조해서 모순을 찾아낸다. 어차피 헛수고일 것 같았지만, 그래도 이건 꼭 해야 했다. 휴일에 출근한 리에는 신주쿠 세무서의 어느 한 방에 틀어박혀 숫자와 계속 씨름하고 있었다. 기누타도 시간 날 때 찾아와서 작업을 도와줬다.

그러나 결국 비리의 흔적은 발견하지 못했다. 잔업은 많지 않았는데, 잔업세는 적정 수준으로 납부하고 있었다.

"마음에 안 들어."

기누타가 피로해진 눈에 안약을 넣고 여러 번 눈을 깜빡거렸다. 리에는 기지개를 쭉 폈다. 어깨가 굳었고 몸이 무거웠다.

"굳이 따지자면, 잔업이 적다는 것이 좀 신경 쓰이는데요. 그렇다고 서비스 잔업이 존재할 것 같지는 않고……."

"이런 규모의 회사가 서비스 잔업을 시키면 금방 마루자의 조사 대상이 될 거야. 기록에 의하면 테스포라라는 회사가 한 번 조사를 받았는데, 그건 사적인 원한에 의한 고발이었대. 그 보고서도 그쪽 폴더에 들어가 있어."

리에도 이미 보고서를 봤다. 관할은 시부야 세무서였다.

"고발자는 징계해고를 당한 전 직원. 그래서 세무서 측도 처음부터 '원한에 의한 고발이겠구나' 하고 열심히 조사하지는 않았나 봐요."

"징계 사유는 뭔데?"

"취업 규칙 위반입니다. 구체적으로는……."

리에는 주석을 보고 눈살을 찌푸렸다.

"미신고 부업 활동 때문입니다."

"엄격하네."

잔업세가 도입된 다음부터는 많은 기업들이 직원의 부업을 인정하게 되었다. 신고가 필요하다는 것도 일반적인 규칙이었다. 그러나 그 규칙을 엄격하게 운용하는 사례는 드물지 않을까. 보통은 처음 한 번 걸렸을 때에는 주의만 주고 넘어갈 텐데.

"그를 해고하는 것이 진짜 목적이었고, 이유는 나중에 갖다 붙인 게 아닐까요?"

"응. 일리 있는 추측이야. 그런데 뭔가 마음에 걸려."

기누타는 한동안 생각에 잠겼다가 이윽고 고개를 들었다.

"어쨌든 퇴직자의 이야기를 한번 들어보고 싶어. 테스포라나 마지카 상사에서 몇 명 찾아내볼까?"

"퇴직자요?"

의아한 표정을 짓는 리에. 그러자 기누타가 가르쳐줬다. 잔업세 조사관이 기업을 조사할 때에는, 그 기업 퇴직자의 이야기를 들어보는 것이 일반적인 방법이라고 한다. 세무서에서는 더 이상 급여를 받지 않게 된 사람을 퇴직자로 간주하여 그에게 연락한다.

"해본 적 없니? 그럼 이번에 하게 해줄게."

안 그래도 알아서 할 거다. 경험을 쌓기 위해서라도 이제는 마루자의 업무도 전체적으로 배워보고 싶다는 생각이 들었다.

그날은 이미 늦은 시각이었으므로 다음 날인 4일부터 작업을 시작했다. 테스포라의 작년과 재작년 세무 신고 내용을 비교해서 퇴직자 명단을 만들고 전화를 걸었다. 명단을 만드는 일은 쉬웠지만, 전화를 거는 일은 힘들었다.

우선 상대가 전화를 잘 받지도 않았다. 받아도 "세무서입니다"라고 하면 즉시 끊어버렸다. 이쪽의 신분을 믿어주지도 않았고, 만나서 대화하고 싶다고 하면 싫어했다. 일반인에게서 정보를 얻어내는 것은 쉬운 일이 아니었다.

"경찰이 하는 탐문 조사도 이런가요? 무슨 요령 같은 건 없나요?"

기누타에게 물어봤더니 상대는 무성의하게 대답했다.

"글쎄? 나도 잘 몰라. 나는 남의 이야기를 듣는 것보다는 숫자를 들여다보는 것을 더 좋아하거든."

"그건 저도 마찬가지예요."

"당신은 젊잖아. 젊을 때 고생은 사서도 하는 거야."

"이런 때에만 젊은이 취급하지 말아주세요."

그래도 테스포라에서 진쇼쿠 공방, 마지카 상사로 조사 범위를 넓혀 전화를 걸다보니 마침내 흥미로운 상대를 만날 수 있었다. 마지카 상사에 근무했던 그 여성은 용건을 듣자마자 다짜고짜 말했다.

"거기 진짜 이상해. 보통은 그런 일로 해고하지는 않거든?"

해고를 당했나 보다.

"실례지만 해고 사유는 무엇이었나요?"

"회사에 보고하지 않고 부업을 했다가 들켰어. 내가 뭐 나쁜 아르바이트를 한 것도 아닌데. 잡지 기고가로 활동했을 뿐이거든?"

이 사람도 부업 때문에 해고됐다고? 리에는 수화기를 고쳐 들었다.

"겨우 그런 이유로 해고하다니…… 너무하네요. 말도 안 돼요."

"그렇지? 나도 화가 났었어. 하지만 그런 시시한 이유로 사람을 쉽게 해고해버리는 회사에 계속 들러붙어 있어봤자 나만 손해잖아. 그래서 그냥 관뒀어."

"회사의 비리를 알아내거나 비밀을 눈치챈 적은 없으셨고요?"

"글쎄? 난 모르겠어. 하지만 회사 입장에서는 내가 거기 있으면 안 되는 이유가 있었던 거겠지. 조사해보면 분명히 뭔가 나올 거야. 열심히 해봐."

상대가 전화를 끊을 것 같았다. 리에는 당황했다.

"조사에 협조해주시면 안 될까요? 만나서 이야기를……."

"미안. 난 바빠."

뚜뚜뚜. 허망한 소리가 들려왔다.

리에는 멍하니 수화기를 들여다봤다. 실낱같은 희망의 끈이 끊어져버렸다. 그러나 방금 그 이야기는 중요한 힌트가 아닐까. 겨우 두 번이라면 우연일 가능성도 있고, 처음에 생각했던 것처럼 회사 측에서 적당히 갖다 붙인 이유일지도 모른다. 그러나 신도 그룹은 사원의 부업을 싫어하는 게 아닐까. 그런 가설을 세우는 것도 가능했다. 좀 더 사례를 수집하면 그것을 증명할 수 있을지도 모른다.

"해고는 노기서의 전문 분야인데……."

나시모토에게 조사해 달라고 할까. 그러나 그는 아직 특별

휴직 중일 것이다. 관할 밖의 일이지만 니시카와에게 부탁할 수 있을까. 아니면 정규 루트로 신주쿠 노기서에 부탁해야 하나. 그건 기누타 스타일은 아닐 텐데. 시간이 걸리니까.

그렇게 생각에 잠겨 있는데 전화벨이 울렸다. 좋은 소식일까? 잠깐 기대를 품었지만, 상대의 목소리를 듣는 순간 기대가 무너졌다.

"문제가 생겼어. 내일 아침 열 시에 이쪽으로 와."

리에를 파견한 도쿄 국세국 과장의 지시였다.

어제와는 딴판으로 추워진 그날 밤. 어쩐지 역에서도 거리에서도 돌아다니는 사람이 적어 보였다. 코트를 입지 않은 직장인이 씩씩거리면서 뛰듯이 걸어가고 있었다.

전차를 타고 귀가하는 길에 오바 리에는 시선을 느꼈다. 길모퉁이를 돌았을 때, 전차에서 내렸을 때, 누군가가 자기를 지켜보는 것이 느껴졌다. 뒤에서 어떤 남자가 따라오는 듯한 느낌이 들었다.

어째서 나를 미행하는 걸까? 안 그래도 갑자기 호출당해서 불안해진 마음이 공포심을 증폭시켰다.

역에서 나온 리에는 당장 파출소로 달려가려고 했다. 그때 문득 뭔가를 떠올리고 휴대폰을 꺼내 들었다. 계속 뒤쪽을 경계하면서, 명함에 적힌 전화번호로 전화를 걸었다.

"여보세요. 신주쿠 세무서의 오바입니다. 무라시타 경감님이신가요?"

"네, 무라시타입니다. 오바 씨. 이번 일은 죄송하게 됐습니다."

상대가 선수를 치자 리에는 당황했다.

"네? 무슨 말씀이세요. 저는……."

"당신의 입장도 이해하지만, 경찰도 무조건 배려만 할 수는 없거든요. 게다가 이번 일은 거의 자수나 마찬가지였습니다."

더 큰 혼란에 빠졌다.

"무슨 말씀을 하시는 건지 모르겠어요. 저는 지금 왠지 미행을 당하는 것 같아서 전화를 드린 건데……."

"네?"

전화기 너머에서 허둥거리는 기색이 느껴졌다. 또 다른 불안감이 커져갔다. 자수라니? 그 살인 사건의 범인인가? 그래서 과장이 나를 부른 건가?

겨우 몇 초 후.

"죄송합니다. 제가 오해를 했군요."

무라시타가 그렇게 말했다. 아마 머리를 긁적이고 있을 것이다.

"현재 당신은 경시청 수사관의 경호를 받고 있습니다. 위험이 예상되어서 인원수를 좀 늘렸어요. 미리 말씀드릴걸 그랬네요. 죄송합니다. 그러니까 좀 거슬리시더라도, 안전만은 보장해드릴 테니 너그럽게 양해해주십시오."

"위험이라니요?"

"자세한 이야기는 수사상 문제가 있어서 말씀드릴 수 없습니다. 또 무슨 일이 있으면 편하게 연락해주세요."

편하게는 무슨 편하게야. 본인에게 말도 안 하고 경호를 한다고? 그건 그냥 감시잖아. 무라시타는 리에를 범인이라고 의심하는 것은 아닐 테지만, 경호한다는 사실을 가르쳐줄 정도로 신뢰하지도 않았다. 무라시타의 의도는 충분히 상상이 갔다.

경찰이 말하는 '위험'이란 것은 아마 신도와 관련된 것이리라. 그런데 경찰은 어디까지 파악하고 있는 걸까. 그 대답은 과장을 만나면 알게 될지도 모른다는 예감이 들었다.

24

11월 5일 목요일 아침. 나시모토에게서 메시지가 왔다.

"오늘 임검은 중지합니다. 나중에 연락하겠습니다."

외출 준비를 하던 가노는 깜짝 놀랐다. 한동안 그대로 휴대폰을 붙잡고 있었다. 그러다 겨우 정신 차리고 전화를 걸었다.

"여보세요. 응, 나시모토인데. 미안해. 오늘은 못 가게 되었어."

평소처럼 밝은 그 목소리. 가노는 조금 안심했다.

"무슨 문제라도 생겼어요?"

"그건 아닌데. 경찰이 몇 명이나 나를 경호해준다고 달라붙었거든. 그래서 임검을 하기가 힘들어. 너한테도 괜히 부담을 줄 수도 있으니까. 임검은 연기하는 게 나을 것 같았어."

"경호……라고요?"

"응. 협박 비슷한 것을 당해서 경찰에 신고했더니 그쪽에서 너무 거창하게 대응하더라. 넌 걱정할 필요 없어."

"저는……."

그렇게 말하려는 순간, 또 다른 전화벨 소리가 들려왔다. 집 전화인가?

"미안. 나중에 다시 연락할게."

통화를 마친 가노는 한숨을 푹 내쉬었다. 불안의 먹구름이 제 가슴을 뒤덮은 것 같았다.

리에는 약 3주일 만에 통근 정기권을 정해진 구간에서 사용했다. 바로 얼마 전에 구입한 6개월 정기권을 환불받지 않고 쭉 가지고 있었던 것이다. 언제든지 직장으로 돌아갈 수 있도록. 신주쿠는 그 구간의 중간에 있는 역이어서 정기권을 사용할 수 있었는데, 그걸로 얼마나 많은 돈을 낭비했는지는 계산해보고 싶지도 않았다.

도쿄 국세국은 평소와 다름없었다. 동료들은 가볍게 인사를 건넸다. 리에는 안색이 나쁘다는 지적을 받고 내심 뜨끔했다. 어젯밤에는 불안해서 잠을 설쳤던 것이다. 뉴스 프로그램을 살펴봤지만 수확은 없었다. 무슨 일이 있었든지 간에 경찰은 아직 그것을 발표하지 않은 것이다.

이전 팀의 동료가 말을 걸었다.

"오바, 웬일이야? 저쪽 일은 다 끝났어?"

"조만간 끝날 텐데, 오늘은 일단 보고하러 왔어요."

리에는 애매하게 대답하고 웃었다.

"그래? 알았어. 빨리 돌아와."

"네, 그래야죠. 제가 없으면 여러분도 쓸쓸하실 테니까요."

"오~ 그 성격은 여전하구나?"

그쪽의 편안한 분위기가 그립게 느껴졌지만, 지금은 주어진 일을 완수해야 한다. 리에는 호흡을 가다듬고 문에 노크했다.

과장은 침통한 표정으로 리에를 맞이했다. 오늘도 변함없이 센스 없는 카키색 넥타이를 꽉 졸라매고 있었다.

"오바 군. 미안해. 우리가 자네에게 사과를 해야겠어."

내가 위험해졌기 때문일까? 아니, 신도 문제는 아직 상층부에는 보고하지 않았다. 경찰이 가르쳐준 걸까?

"이번 사건은 예상보다 훨씬 더 심각한 모양이야. 신도라는 남자가 누구인지 난 자세히는 모르지만, 그는 경계해야 할 인물인 것 같아."

"저를 걱정해주셔서 감사합니다. 그런데 이제는 괜찮아요. 경찰도 경호를 해주는 것 같고, 이제 조금만 더 하면 진상을 밝혀낼 수 있을 겁니다."

"그래, 나중에 그건 이쪽에 보고하고 인수인계를 해줘."

깜빡깜빡. 리에는 자기 눈이 깜빡거리는 소리를 들은 것 같았다.

"인수인계요? ……그건, 다시 말해 이 사건에서 손을 떼라는 말씀이신가요?"

과장은 살짝 고개를 숙였다.

"미안하네. 사태는 더 이상 자네가 감당할 수 없는 수준으로 커져버렸어. 이건 우리가 사건을 너무 가볍게 봤기 때문이야. 내 책임이지. 이번 일로 자네의 평가가 떨어지지는 않을 테니까 안심하고 예전 업무로 복귀하도록 해."

"잠깐만요."

눈앞에 책상이 있었으면 쾅! 하고 내리쳤을 것이다.

"갑자기 그런 말씀을 하셔도 곤란합니다. 납득할 수 없어요. 사정을 설명해주세요. 설마 경찰이 무슨 짓을 한 건가요?"

"……역시 자네는 몰랐나 보군."

과장은 조용히 한숨을 쉬었다.

"사찰관리과에 스즈하타 겐이치라는 남자가 있는데."

리에는 고개를 끄덕였다. 수많은 동료들 중 한 명이었다. 얼굴과 이름은 일치시킬 수 있지만 친하게 대화해본 적은 없었다.

"그가 지금 경찰서에 구류되어 있는 모양이야."

"그 사람이 범인이에요?!"

무라시타가 말했던 '자수'가 바로 이건가? 그런데 과장은 고개를 가로저었다. 카키색 넥타이가 강한 존재감을 드러냈다.

"도이가키 사건과 직접적인 관계는 없는 것 같아. 다만 사건에 관한 내부 정보를 밖으로 흘렸다고 하더군."

과장은 매우 씁쓸한 얼굴로 설명했다.

경찰이 어떤 남자의 몽타주를 가지고 탐문하러 왔다고 한다. 그 몽타주에 스즈하타가 반응했다. 스즈하타는 아케보노 트러스트라는 기업에게서 금품 및 접대를 받고 정보를 흘려줬는데, 몽타주의 주인공이 그 일을 빌미로 스즈하타를 협박했다는 것이다.

그 회사 이름은 낯설지 않았다. 신도 그룹 계열사는 아니지만, 야시로 회계사무소와 거래하는 회사였다. 신도의 입김이 작용하는 회사일 것이다. 공무원에게 뇌물을 주고 나중에 그것 자체를 협박 재료로 삼다니. 프로의 솜씨였다. 그 협박도 협박 같지 않게 교묘하게 했을 것이다. 신도는 자기 손을 더럽히지 않고 정보를 얻어온 것이다.

"스즈하타는 조만간 뇌물 수수 혐의로 체포될 거야. 우리에게는 최악의 결과지. 살인보다도 더 끔찍해."

과장은 당연하다는 듯이 그런 말을 했지만, 도이가키의 유족이 들었다면 노발대발했을 것이다. 그러나 리에는 과장의 심정도 이해할 수 있었다. 그리고 자신이 참으로 역부족이었다는 사실도 이해했다. 그것은 자기 임무는 아니었지만, 리에는 책임을 느꼈다.

"죄송합니다."

경찰은 사건 담당자인 리에를 무시하고 국세국에서 탐문조사를 벌였다. 그들이 리에의 존재를 우습게 본 것이다.

"사과할 필요 없어. 자네 혼자서는 어쩔 수 없었던 거야. 이건 조직의 책임이다. 게다가 자네는 피해자이기도 해."

"피해자라고요?"

"응. 스즈하타가 그 남자에게 협박을 당해 자네의 정보를 가르쳐준 것 같아. 경찰은 그 증언을 듣고 자네를 경호하기 시작했을 거야."

아. 깨달음을 얻었다. 그래서 신도는 리에를 알고 있었던

것이다. 리에를 조사했다는 것은, 신도가 그만큼 도이가키 사건에 신경을 썼다는 증거가 아닐까. 다시 말해 신도는 사건 전부터 도이가키와 관계가 있었던 것이다. 사건 해결의 열쇠를 쥐고 있는 게 확실했다.

그런데 동시에 의문도 생겼다.

"저는 스즈하타 씨를 잘 모르고, 그분도 마찬가지일 겁니다. 그런데 어떻게 신도는 저의 가족관계까지……."

탐정이라도 고용해서 조사한 걸까? 그렇게 생각했을 때 문득 누군가의 얼굴이 떠올랐다. 그때 그 잡지 취재—결국 기사화되지는 않았으니까 그게 진짜인지 아닌지는 알 수 없었다. 그 기자와 잡담하는 도중에 부모님과 같이 산다는 이야기를 했었다. 그 여자가 조사원이었을지도 모른다.

"무슨 방법을 썼는지는 몰라도, 신도는 이미 자네를 자세히 알고 있어. 자네에게 위해를 가하지 않으리란 보장은 없어. 도이가키 사건을 굳이 상기시킬 필요는 없을 테지? 돌이킬 수 없는 일이 일어나면 안 되잖아. 자네는 이제 이 사건에서 손을 떼야 해."

"지금까지 저에게 맡겨놓으셨으면서 이제 와서 이러시는 건 너무하잖아요. 제가 부탁하진 않았지만, 경찰도 저를 지켜준다고 하니까요. 저는 이 일을 끝까지 하고 싶습니다."

"경찰을 데리고 다니면서 조사할 생각이야? 그거야말로

문제야. 자네도 알고 있잖아? 이미 경찰은 국세국 내부에 개입하려 하고 있어. 상부에서는 자네를 휴직시켜야 한다는 의견까지 나오고 있어."

"뭐라고요……?"

리에는 낙담의 구렁텅이에 빠질 뻔했다. 그러나 분노가 리에를 구해줬다.

"결국 저더러 책임을 지라는 뜻인가요? 입으로는 자기들이 잘못했다고 말하면서…… 실제로는 제 능력이 부족해서 일이 이렇게 됐다고 책망하시는 거군요? 적재적소다, 자네라면 할 수 있다, 그렇게 말씀하신 건 과장님 본인이시잖아요?"

"그래, 그러니까 내가 잘못했다고 인정하고 있잖아. 자네 책임은 묻지 않을 거야. 물론 처분도 하지 않을 거고. 오히려 사정 결과는 긍정적일 거야."

과장은 어린아이 달래는 듯한 말투로 말했다.

리에도 자신의 주장이 억지스럽다는 것은 자각하고 있었다. 그러나 물러나고 싶지 않았다. 지금까지의 노력이 물거품으로 변하게 놔둘 수는 없었다. 분명히 조금씩 진상에 다가가고 있는 듯한 느낌이 들었다. 잔업세의 치명적인 결함도 곧 드러날…….

그 순간 정신이 번쩍 들었다. 그래, 잔업세다. 신도가 그동안 온갖 분야에서 탈세 행위를 저질렀다 해도, 도이가키가 눈치챈 것은 잔업세 탈세다. 그래서 그는 치명적인 결함이라는 말을 했다.

표면적인 서류에는 비리의 흔적이 없었고, 노동자도 잔업수당 및 잔업세가 제대로 지불된다고 인식하고 있었다. 이것이 현재 상황이다. 그런데 여기에 비리가 존재한다. 단서가 되는 것은 '부업에 대한 경계심'. 리에는 부업을 해본 적이 없지만, 부업에 필요한 절차는 알고 있었다.

"아!"

크지는 않아도 맑은 목소리였다.

"왜 그래? 갑자기 입을 다물더니, 또 소리까지 내고?"

과장이 걱정스럽게 물어봤다. 리에는 한 걸음 앞으로 나섰다.

"알아낸 것 같아요."

"뭘?"

"탈세 방식이요. 잔업세의 결함도."

과장은 눈살을 찌푸렸다. 아무리 봐도 못 믿는 눈치였다. 그러나 리에는 개의치 않고 이야기를 시작했다.

"현재로선 아직 증거가 없으므로 가설에 불과하지만…… 그는 서류를 조작해서 숫자 내역을 변경했을 겁니다."

종업원에게 주는 급여 명세서와 원천징수 영수증에는 실제 노동시간과 소득세, 잔업세 등을 기재한다. 그리고 세무

신고를 할 때에는 잔업수당을 기본급이나 온갖 수당에다가 포함시켜서 다시 계산하여 잔업세를 속인다. 그러면 종업원에게 지불하는 총액은 똑같지만, 회사가 국가에 납부하는 잔업세뿐만 아니라 종업원이 내야 할 잔업세와 원천소득세의 차액은 그대로 회사의 주머니 속에 남게 된다.

잔업수당을 기본급이나 보너스에 포함시켜 지불하는 탈세 행위는 흔한 것이었다. 이것은 종업원의 고발에 의해 밝혀진다. 그러나 신도 그룹은 수령액을 잘 기재한 위장용 명세표를 만들어서 종업원에게 들키지 않게끔 비리를 저지른 것이다.

사회보험료나 소득세를 고려하지 않고 단순화시켜 보자. 예를 들어 한 달에 80시간 동안 잔업을 해서 잔업수당을 20만 엔 받는다고 가정하면 잔업세는 노사 합쳐서 6만 엔이다. 고로 종업원은 17만 엔을 받는데, 이것을 잔업 0시간으로 처리해서 기본급에 포함시켜 신고하면 6만 엔이 남게 된다.

실제로는 사회보험료 때문에 숫자를 크게 조작하기는 어렵지만, 잔업세는 누진 과세이므로 80시간을 60시간으로 줄이기만 해도 2만 엔 가까이 탈세할 수 있다.

실시간으로 생각하면서 설명하려니 아무래도 깔끔하게 설명하기 어려웠다. 그래도 이야기하는 사이에 스스로도 점점 더 사태를 이해하게 되었다. 이러면 탈세는 성공할지도 모른다. 실제로 세무서는 그것을 발견하지 못했다. 단, 도이가키는 예외였다.

"맙소사, 말도 안 돼."

과장은 말은 그렇게 하면서도 냉정해 보였다. 아니, 냉정한 척한 걸지도 모른다.

"너무 정성스러운 거 아냐? 그렇게 거창한 작업을 해서 탈세할 수 있는 금액이 얼마나 되는데? 기껏해야 연간 한 명당 20~30만 엔 정도잖아? 탈세 위험에 비하면 수지맞는 금액이 아니야. 탈세 방법도 너무 치졸해."

"신도는 실리를 추구하기보다는 게임을 즐기듯이 이 짓을 하고 있을 겁니다. 스스로 그런 말을 거침없이 했어요. 그리고 치졸하긴 해도 유효한 방법입니다."

상대의 반론이 오히려 그 가설이 정확하다는 확신을 심어줬다. 탈세는 대부분 독창성이 부족한 얄팍한 수법으로 이루어진다. 감시의 눈을 번뜩이는 세무서에게 그런 것은 통용되지 않는다. 또 정교한 수법이라도 어딘가에서 모순이 발생해 언젠가는 들키게 된다. 그런데도 세무서의 눈을 피할 수 있다면, 그건 독창적이지만 단순하면서 맹점을 찌르는 방법이 아닐까.

리에는 한층 더 열정적으로 설명했다.

"표면적인 신고 내용이 적정하고 종업원이 고발하지도 않는다면…… 아니, 약간 의심스러운 점이 있어도, 세무서는 종업원의 원천징수 영수증과 원천징수부를 직접 대조해보지는 않습니다. 그런데 잔업세는 원천징수 방식이니까 원칙적으로는 그것도 체크해야 합니다. 그것이 도이가키 씨가 말했던 잔업세의 치명적인 결함인 거예요."

다만 종업원이 스스로 확정신고를 할 때에는 문제가 생길 가능성이 있다. 그래서 신도 그룹은 개개인이 확정신고를 해야 하는 투잡을 경계하고 있었던 것이다. 퇴직자의 경우도 마찬가지고. 확정신고를 하는 사람에게는 정확한 원천징수 영수증을 줘야 하니까, 여기서 상상력을 마음껏 발휘해본다면 그 회사 안에 아예 확정신고자를 찾아내기 위한 시스템이 구축되어 있을지도 모른다. 물론 매월 급여 명세서와 정확한 원천징수 영수증의 내용이 다소 차이가 나더라도, 실제로 받는 금액이 일치한다면 노동자의 지식으로는 그 문제를 눈치채긴 어려울 것이다. 게다가 눈치채더라도 회사로선 조정할 방법이 있고, 그럴듯한 가짜 설명으로 설득할 수도 있을 것이다.

"신도의 회사는 매달 잔업세를 내고 있나?"

"아뇨. 회사 규모를 한정해서 특례를 이용하고 있습니다. 분기마다 한 번씩 하는 경우가 많은데, 반기에 한 번씩 하는 회사도 있어요. 규정치를 아슬아슬하게 넘지 않도록 종업원 숫자를 조절하고 있는 것은 저도 눈치챘거든요. 그래서 참

쪼잔하다고 생각했었는데…….”

잔업세 납부는 원천소득세와 마찬가지로 원칙적으로는 급여를 지불한 다음 달에 해야 한다. 그러나 사무 처리 부담을 고려해서, 회사의 규모에 따라 납부를 한꺼번에 하는 특례를 허용해주기도 했다. 종업원이 적으면 분기에 한 번이나 반기에 한 번씩만 납부를 해도 된다. 그 외에 성수기가 정해져 있는 기업의 경우에는 일정한 경감 조치가 존재하므로, 잔업세를 한꺼번에 납부하는 것을 인정하는 제도가 있다. 고로 법인의 경우에는 사업연도마다, 개인의 경우에는 해마다 체크하는 방식으로 일이 진행되어 왔다.

과장은 한동안 입을 열지 않았다.

신도의 탈세보다도 잔업세의 결함에 관해 생각해보고 있는 것이 아닐까. 그 미간의 세로 주름을 보니 그런 생각이 들었다.

이윽고 리에는 참지 못하고 입을 뗐다.

“증거는 쉽게 모을 수 있을 겁니다. 종업원의 급여 명세서를 빌려 와서 대조해보면 되니까요. 당장 시작하고 싶은데요. 괜찮을까요?”

이 혼란을 틈타서 어물쩍 사건 담당자 자리를 유지하려는 속셈이었다. 과장도 당연히 눈치챘을 테지만 굳이 지적하진 않았다.

"좋아. 그 대신 이번에는 꼬박꼬박 보고하도록 해. 자네가 자주 보고를 했더라면 좀 더 능숙하게 대처할 수 있었을지도 몰라."

"네, 알겠습니다."

과장님 마음이 변하기 전에 리에는 재빨리 방 밖으로 뛰쳐나갔다.

25

11월 5일 새벽, 무라시타는 그 남자를 우연히 발견했다. 스즈하타 겐이치의 집을 수색하러 가던 도중에.

캔 커피를 사려고 들른 편의점에서 우연히 스쳐 지나갔다. 몽타주의 주인공과. 정확히 말하자면 스쳐 지나가지는 못했다. 통로가 너무 좁아서, 아니, 무라시타가 너무 뚱뚱해서. 상대는 다시 뒤돌아 나가려고 했다.

"일찍 일어나는 새가 벌레를 잡는다. 그게 사실이었군요."

무라시타의 뇌리에 속담이 번뜩 떠올랐다. 캔 커피를 포기하고 먼저 편의점에서 빠져나와 유리창 너머로 그 남자를 관찰했다. 자세히 보니 얼굴은 다르지만 전체적인 분위기가 매우 흡사했다. 증언대로 상당히 키가 큰 남자였다.

같이 편의점에 들어갔던 반은 아무것도 눈치채지 못했는

지 멍하니 계산대 앞에 서 있었다. 옳지, 잘됐다. 반이 눈치챘더라면 당황하여 "경감님!" 하고 소리쳤을 것이다. 저 남자는 달아났을 테고.

그가 쇼핑을 마치고 나왔다. 무라시타는 자연스럽게 그에게 다가갔다.

"저기요, 실례합니다."

그는 의심스런 눈초리로 무라시타를 보더니 즉시 달아나려고 했다. 그러나 그가 다리에 힘주는 순간, 무라시타도 방어 자세를 취했다.

그 남자가 갑자기 힘을 빼고 입을 열었다.

"왜요. 나한테 볼일 있어요?"

미소까지 지으면서 그런 질문을 했다.

"저는 경찰입니다. 잠깐 이야기를 나누고 싶습니다."

무라시타는 경찰수첩을 보여줬다. 그리고 통행에 방해되지 않는 구석진 곳으로 그를 데려갔다.

"이름이 뭡니까? 신분증을 보여주세요."

그는 지갑에서 운전면허증을 꺼냈다.

"가사하라 마사하루, 32세. 역시 스즈키는 아니었군요."

그 남자는 차가운 눈빛으로 무라시타를 내려다봤다.

"스즈키는 예명이야."

"경감님, 무슨 일이에요?"

반이 편의점 봉투를 덜렁덜렁 흔들면서 이쪽으로 다가왔다. 무라시타는 가사하라의 면허증을 건네주고 조회해보라고 지시했다.

"그리고 차 한 대만 이쪽으로 보내 달라고 하세요. 다른 수사관들은 예정대로 수색을 하고요."

"네, 네."

반은 느긋하게 대답하고 그의 지시대로 행동했다. 그동안 무라시타는 가사하라의 신체검사를 시작했다. 뭐라도 발견되면 일이 편해질 텐데.

"그 가방 속에는 뭐가 들었습니까? 보여주세요."

가사하라는 말없이 까만색 냅색을 오픈했다. 무라시타는 그 움직임을 주의 깊게 지켜보면서 내용물을 확인했다. 그리고 사악한 미소를 지었다.

"이걸로 뭘 하려고 했습니까?"

그가 꺼내든 것은 드라이버와 비슷하게 생긴 공구—자물쇠 따는 도구였다. 가사하라는 '쳇, 재수가 없네'라는 듯이 어깨를 으쓱했다. 그 의도는 명백했다.

"스즈하타의 집에 침입할 생각이었나요?"

임의동행을 요구하자 가사하라는 순순히 응했다.

"뭐, 이쯤이야 익숙하지."

그는 허세를 부리면서 주위를 둘러봤다.

"경찰이 이렇게 빨리 움직일 줄은 몰랐어. 오산이었군."

"미안하지만 근면 성실한 사람들만 있어서요. 뒷이야기는 취조실에서 합시다."

가사하라는 스즈하타가 잡혀갔다는 사실을 알고 그의 집을 뒤지려고 했을 것이다. 여기서 그를 발견해서 다행이었다.

"경감님, 찾았어요. 전과가 있어요. 가사하라는 상해죄로 집행유예가 막 끝난 상태예요. 도호쿠 지방에서 체포됐대요."

반이 희희낙락하여 보고했다.

"전형적인 피라미 악당이군요. 적당히 압박하면 술술 불겠네요."

무라시타의 혼잣말을 듣고 가사하라는 가볍게 웃었다.

목요일 오전 신칸센 상행선은 주로 양복을 입은 승객들로 절반 이상이 채워져 있었다. 노자와 경위는 좌석에 몸을 푹 파묻고 눈을 감고 있었다. 그리고 옆자리에서는 다카하시 형사가 메모장을 한 손에 들고 내내 생각에 잠겨 있었다.

"이렇게 끝나는 걸까?"

다카하시의 혼잣말이 귀에 들어왔다.

10월 9일 금요일, 사건이 발생했다고 추정되는 날의 전날.

가루이자와 주유소의 CCTV를 통해서 도이가키의 자동차에 동승자가 있었다는 사실을 확인했다. 옆얼굴과 체격으로 보건대 그 인물은 나시모토 슌키일 것이다. 피해자인 도이가키와 한 팀이었던 노동기준 감독관.

그리고 다음 날인 10일 11시 즈음에 가루이자와 역 CCTV에 아주 잠깐이지만 나시모토의 모습이 찍혀 있었다.

또 어제 하루 종일 탐문을 해본 결과, 10일 토요일 10시 무렵에 나시모토와 비슷한 남자가 시라이토 폭포에서 버스를 탔다는 증언을 입수했다. 도쿄 역에서는 아직 그의 흔적이 발견되지 않았지만, 오미야나 우에노에서 내렸을 가능성도 고려해서 현재 수사 범위를 넓히고 있었다.

요컨대 나시모토가 9일에 기타카루이자와 방면으로 와서 10일에 도쿄로 돌아간 것은 거의 확실한 사실이었다. 십중팔구 사건과 관련이 있을 것이다. 그때 자기 집에 있었다고 거짓 증언을 한 것도 수상했다.

군마 현경찰 수사본부는 나시모토를 중요 참고인으로서 심문하기로 결정했다. 그래서 지금 노자와와 다카하시가 도쿄로 가고 있는 것이다. 현재 나시모토는 경시청 수사관의 경호 및 감시를 받고 있다고 하니까, 그쪽에 도착하자마자 연락해서 나시모토를 체포할 계획이었다. 노자와는 체포도 심문도 경시청에 맡기면 된다고 주장했지만 수사본부의 의견은 달랐다.

그런데 나시모토가 진짜 범인일까. 다카하시의 질문에 노자와는 신중하게 대답했다.

"뭔가를 알고 있는 것은 확실해. 그 이상은 억측에 불과하고."

나시모토가 범인일까? 그렇다면 그가 일부러 도이가키의 전화를 받은 척하거나 수색원을 제출한 이유를 알 수가 없었다. 시체를 애써 숨겨놓고 빨리 발견되게 하다니. 모순된 행위였다. 알리바이가 있는 시간대에 범행이 이루어진 것처럼 꾸미려고 했다면 이해가 가지만, 그는 오히려 자신이 의심받을 만한 행동을 했다. 일부러 모순된 행동을 해서 주변의 의심을 피하려고 한 걸까. 아니, 그보다는 시체가 계속 발견되지 않는 편이 더 나을 것이다.

어쩌면 그 전화는 가짜 증거가 아닐지도 모른다. 실제로 도이가키가 근처에 있는 나시모토에게 도움을 청했던 걸 수도 있다. 그 별장에는 여러 명이 있었고, 나시모토는 그중 하나였을 가능성도 없지는 않았다. 이 경우 나시모토는 직접적인 범인은 아니지만, 중요한 정보를 알면서도 그걸 숨기고 있는 셈이다.

경시청의 정보에 의하면 도이가키는 신도라는 실업가의 탈세를 추적하고 있었다고 한다. 나시모토는 신도의 존재를 알고 있었을까. 알았다면, 무슨 관계가 있었을까.

우에노를 출발할 때 노자와는 눈을 떴다. 다카하시가 당장 질문하기 시작했다.

"아, 노자와 경위님. 일어나셨어요? 나시모토는……."

"장소를 생각하고 말해."

이런 차내에서 무슨 이야기를 하는 거야? 너무 열정적인 것도 문제였다.

다카하시는 조그맣게 사과했다. 그리고 뜻밖의 폭탄 발언을 했다.

"저기요, 혹시 요새 일 말고 다른 고민거리가 있으세요?"

노자와는 눈을 휘둥그렇게 떴다. 곧바로 미간을 확 찡그렸다.

"주제넘은 소리 하지 마."

"죄송합니다. 좀 신경이 쓰여서요. 저, 그런데 가족 때문에 그러시는 거라면, 걱정하실 필요 없어요."

노자와는 다카하시를 노려봤다. 소심한 남자라면 주눅이 들었을 것이다.

"네가 뭔데 그런 말을 해?"

그것은 '가족문제가 있다'는 사실을 부정하는 말이 아니었다. 노자와는 스스로 그걸 깨닫고 혀를 찼다.

다카하시는 개의치 않고 이야기했다.

"저희 아버지는 소방관이세요. 그래서 집에 안 계실 때가 많았는데, 쓸쓸하다기보다는 자랑스러운 마음이 더 컸어요."

"그런데 너는 왜 경찰관이 된 거야?"

"범죄수사 드라마 때문에요."

노자와는 말없이 한심해하는 표정을 지었다.

"뭐 어때요? 그럴 수도 있죠. 아버지는 '왜 소방관 드라마는 없는 거야?!' 하고 화를 내셨지만요."

"나 참. 진지한 건지, 장난치는 건지 모르겠다."

노자와는 시선을 창밖으로 돌리고 중얼거렸다. 다카하시는 못 들은 척하면서 짐을 확인하기 시작했다.

곧 도쿄에 도착한다.

무라시타와 반은 경시청 취조실에서 가사하라와 마주 보고 있었다. 예상과는 달리 가사하라는 강적이었다. 잡담에는 응했지만 신도와의 관계는 전혀 밝히지 않았다.

"나는 탐정사무소를 경영하고 있어. 의뢰인에 관한 정보는 말할 수 없어."

"사실대로 증언하지 않으면 쓸데없는 죄까지 다 뒤집어쓰게 될지도 모릅니다. 그래도 괜찮아요? 이건 살인 사건 수사입니다. 당신은 실행범 혐의를 받고 있고요."

"살인 혐의라고? 글쎄, 난 그저 친절한 사람한테서 정보를 받고 스즈하타와 이야기를 좀 나눴을 뿐이야. 그게 협박이라고 한다면, 방금 당신이 한 말도 협박이야. 아니, 오히려 당신보다는 내가 한 말이 더 신사적이지."

가사하라의 지문은 도이가키의 별장에서 나온 것과 일치하지 않았다. 그의 몽타주로 탐문 수사도 해봤지만 아직까지는 목격자 증언을 얻지 못했다. 용의자 중 하나임은 틀림없지만, 그가 직접 관여했을 가능성은 높지 않았다.

그러나 무라시타는 이 남자가 도이가키와도 '교섭'을 했을 거라고 추측했다.

"도이가키도 협박했습니까?"

"응? 살해된 그 사람? 난 몰라."

"당신이 신도 그룹의 의뢰를 받고 움직였다는 사실은 이미 밝혀졌습니다. 빨리 증언하시면 그만큼 빨리 편해지실 텐데요."

"이래 봬도 나는 의리도 강하고 인내심도 강한 남자야. 경찰의 수법도 잘 알아. 더 이상 무슨 짓을 해봤자 시간낭비일 거야. 그냥 빨리 법정에서 대결하든가 하자고. 기소할 수 있으면 한번 해봐."

가사하라가 조소를 머금었다. 스즈하타에 대한 강요죄로 송치하는 것은 가능하지만, 그래 봤자 이 남자는 끄떡도 하지 않을지도 모른다.

"스즈하타는 당신에게 돈도 갈취당했다고 하던데요."

"그놈이 할 만한 이야기네. 나는 위험한 도박은 하지 않아. 돈을 갈취하는 짓 따위는 안 해."

그럴 테지. 무라시타도 속으로 동의했다. 공갈죄는 강요죄보다 무거운 죄다. 이런 타입의 인간은 당연히 그 사실을 알고 있을 것이다. 만만찮은 상대였다.

"뭐, 사실 수사1과 입장에서는 스즈하타는 전혀 중요하지 않아요. 탈세보다도 살인이 더 중요한 일이거든요. 사실대로 이야기하지 않는다면, 한동안……."

그때 문을 쾅쾅 두드리는 소리가 울려 퍼지면서 무라시타의 말을 중단시켰다.

"어휴, 지금 취조 중인데요."

무라시타는 그렇게 투덜거리면서 거대한 몸뚱이를 이끌고 문으로 다가가 상대의 용건을 물어봤다. 사정을 이해하고는 나지막한 신음 소리를 냈다.

"대체 왜 이렇게 여기저기서 한꺼번에 일이 터지는지 모르겠네요. 몸이 두 개라면 참 좋을 텐데."

체중은 충분히 2인분 같은데요? 하고 지적해주길 바랐지만, 반은 멀뚱멀뚱 이쪽을 보고 지시만 기다리고 있었다.

"취조는 일단 중지합시다. 용의자를 데리고 나가세요."

"왜, 무슨 일이야?"

가사하라가 흥미진진하다는 듯이 질문했다. 군마 현경찰의 형사가 찾아왔다는 사실, 그리고 지금은 중요 참고인이 된 나시모토가 경호 수사관을 따돌리고 도망쳤다는 사실은 당연히 이야기할 수 없었다.

"아무것도 아닙니다. 당신에게 설명해줄 이유는 없죠."

무라시타가 착실하게 대답하자, 가사하라가 피식 웃었다.

"나시모토가 뭘 어쨌는데?"

무라시타는 반사적으로 그쪽을 돌아봤다.

"나시모토에 관해 뭔가 알고 있습니까?"

"아니, 그냥. 방금 이름이 들려서. 그나저나 확인해보고 싶은데. 설마 나시모토가 나를 만났다고 경찰한테 가르쳐준 거야?"

"왜 그런 질문을 하는 거죠?"

"그야 뭐, 뜻밖이니까 그렇지. 그놈은 의심받고 있잖아? 그런데 왜 자진해서 경찰한테 접근하는 거야?"

그건 무라시타도 의문스럽게 여기고 있었다. 그리고 이 남자는 어떻게 나시모토가 의심받고 있다는 사실을 알아낸 걸까? 군마 현경찰은 이 남자가 체포된 다음에 이쪽으로 연락을 해왔는데.

머릿속에 흐릿하게 사건의 윤곽이 떠올랐다. 조금만 더 하면 뚜렷한 모습이 드러날 것이다. 그러나 지금은 생각하기보다는 행동해야 한다.

"이야기는 나중에 천천히 듣겠습니다."

무라시타는 가사하라에게 그렇게 말하고 거구를 흔들면서 걸음을 뗐다.

26

리에는 경호 수사관을 데리고 신주쿠 세무서로 향했다. 전차 안에서 사정을 간략하게 보고하는 메시지를 기누타에게 보냈다.

"신도에게 정보를 누설한 멍청이가 국세국 내부에 있었어요. 저는 담당자 자리에서 쫓겨날 뻔했다가 간신히 상사를 설득했어요. 신도의 수법이 뭔지 알 것 같으니 돌아가서 확인해볼게요. 잔업세에는 역시 결함이 있었습니다."

그런데 기누타답지 않게 오늘따라 답장이 느렸다. 자리를 비운 걸까.

그래도 15분 후에는 답장이 왔다.

"이쪽도 지금 바빠."

한껏 축적된 마그마가 출구를 찾아 헤매면서 꿈틀거린다. 그런 분위기가 느껴졌다.

리에가 서둘러 세무서에 돌아왔더니 기누타가 기다리고

있었다.

"좀 전까지 나시모토가 와 있었어."

"뭔가 조사하러 왔나요?"

"응. 크라시스테의 전 직원의 납세 기록을 보여 달라고 했어. 잔업세 납세액이 궁금했나 봐."

크라시스테는 신도 그룹이었던 회사다. 나시모토도 적의 수법을 눈치챘나 보다. 그 회사 사원의 급여 명세서를 손에 넣었다면, 기록과 대조해서 비리를 밝혀낼 수 있을 것이다.

"독자적으로 조사했나 보네요. 그는 기뻐했나요?"

별생각 없이 물어봤더니, 기누타는 고운 눈썹을 찡그리며 대답했다.

"결과를 보고 충격 받은 것 같았어. 그리고 인사만 하고 돌아갔어."

"원하던 결과가 아니었다는 거예요?"

리에도 불안해졌다. 내 가설이 틀렸나? 거기에 비리가 존재하지 않았던 걸까?

"그거, 저도 보고 싶어요."

"그럴 줄 알고 인쇄해뒀어."

리에는 기누타가 내민 종이를 뚫어져라 살펴봤다. 다치바나 소마, 32세. 크라시스테에 근무하던 연도의 수입은 800만엔 가까이나 되는데 잔업세는 많이 내지 않았다. 그러나 다른 회사로 이직한 해에는, 그가 3월까지만 근무했던 크라시스테를 경유한 잔업세가 전년도의 세 배 이상으로 증가했다. 명세서를 보기 전까지는 단정할 수 없지만, 이 수치는 리에의 가설을 뒷받침해주는 증거였다. 크라시스테 측이 탈세를 중지했기 때문에 잔업세가 갑자기 증가한 것이다. 다치바나의 확정신고 과정에서 의심받지 않기 위해서.

"설마 이런 단순한 수법을 썼을 줄이야……."

리에가 설명하기도 전에 기누타가 중얼거렸다. 다치바나의 납세액을 보고 눈치챈 것이리라. 역시 통찰력이 굉장하시다.

"단순하지만 수고로운 일이지요. 위험성에 비해서 얻는 이익도 크지 않고요."

"원래 탈세는 그런 거야. 하지만 그놈의 목적은 다른 것일지도 몰라."

"네. 신도와 대화했을 때 느꼈는데요. 그는 탈세 그 자체를…… 본인은 절세라고 표현했지만, 그걸 마치 게임처럼 즐기는 것 같았어요."

"구제 불능인 쓰레기네."

기누타가 아름다운 음성으로 악담을 했다.

"그런데 나시모토 씨는 왜 충격을 받은 걸까요? 지금까지 그걸 눈치채지 못해서?"

"글쎄. 그건 본인에게 물어보기 전까진 모르잖아?"

안 그래도 나시모토와 정보를 교환할 필요가 있었다. 리에는 그의 휴대폰에 전화를 걸었다. 그러나 연결이 되지 않았다. 전원을 꺼놨나?

"연결이 안 되니 어쩔 수 없네요. 저희 나름대로 증거를 모아 봐요."

힐끗 시계를 봤더니 오후 한 시 정도였다. 전혀 배고프지 않았지만 컨디션을 생각하면 가볍게 뭐라도 먹는 게 좋을지도 모른다.

"종업원용 급여 명세서를 손에 넣으려면 역시 퇴직자에게 부탁해야겠죠?"

"응. 그런데 전자 명세서는 퇴직자는 볼 수가 없어. 신도 그룹에는 음식점도 많으니까 그쪽을 공략해볼까? 적어도 출근부는 그 가게에서 관리하고 있을 테고, 사무실보다는 다소 개방적인 분위기일 테니까. 술집 같은 곳은 어때?"

"좋아요. 우선은 어제처럼 여기저기 전화를 걸어보고, 술집 오픈 시간이 되면 그쪽으로 조사하러 가요."

알았어. 기누타는 그렇게 대답하고 전화기를 들었다. 니시카와의 우렁찬 목소리가 들려왔다. 짧은 대화를 마치고 전화를 끊었다.

"오케이, 노동기준 감독관 섭외 완료. 조사 대상은 진쇼쿠 공방이 운영하는 '사봉'으로 하자. 여기서 가까운 술집이니까."

"알았어요. 점심은 어떻게 하실래요? 제가 뭐라도 사 올까요?"

"응. 그런데 붕어빵 같은 것은 싫어."

"네? 어휴, 붕어빵이 얼마나 맛있는데……."

리에는 킥킥거리며 웃었다. 점점 파트너십이 생기는 것 같았다.

돌연 전화벨이 울렸다. 가노 시게키는 그 전화를 받고 싶지 않았다. 무심한 전자음이 마치 파멸을 초래하는 저주의 목소리처럼 들렸다.

—긴급사태야. 제발 부탁이다. 너밖에 없어.

—가게가 망하면 너도 손해 보잖아?

—점장은 벌써 스무 시간 내내 일하고 있어. 도와줘야 해.

차례차례 기억이 되살아났다. 귀를 막아도 그 소리가 들렸다.

전화벨이 계속 울렸다. 나시모토. 그렇게 표시되어 있었다. 전화를 받아야 한다. 가노는 느릿느릿 손을 뻗다가 멈칫했다. 그 순간 소리가 더 커진 것 같았다. 전화를 받기 전까지는 저 소리는 중단되지 않을 것이다.

저항을 포기하고 통화 버튼을 눌렀다.

"여보세요, 가노입니다. 죄송해요. 오래 기다리셨죠."

"지금 통화 가능해?"

듣는 사람을 안심시켜주는 목소리가 귀에 흘러 들어왔다. 그때와 마찬가지였다. 마음이 훨씬 편해졌다.

네. 그렇게 대답하고 기다렸는데, 나시모토는 좀처럼 이야기를 꺼내지 않았다.

"저기요? 무슨 일 있으세요?"

"아니, 아무것도 아냐. 만나서 하고 싶은 이야기가 있는데. 지금 나올 수 있어?"

"네? 저, 그런데 괜찮으세요? 오늘 아침에 그러셨잖아요. 임검은 중지한다고……."

"임검은 못 해. 아무튼 긴급한 용건이야."

가노는 즉답하지 않았다. 불길한 예감이 들었다. 가면 안 돼. 그의 마음이 술렁거리면서 그렇게 속삭였다.

"어, 다, 당신을 경호하는 사람들은요?"

"따돌렸어."

그 대답을 듣고 더더욱 불안해졌다.

"……꼭 지금 당장 만나야 해요?"

상대가 침을 꿀꺽 삼키는 듯한 기척이 느껴졌다.

"응. 한시가 급한 일이야. 혹시 무슨 예정 있어?"

"그건 아닌데요. 불안해서 그래요. 괜찮은 건가요?"

"너는 아무것도 걱정할 필요 없어. 내가 시키는 대로 하면 돼. 지금까지 쭉 그랬듯이."

가노는 열심히 저항했다.

"자신이 없어졌어요. 역시 저는 못하겠어요."

"괜찮아. 넌 소질이 있어."

"하지만……."

"여기서 그만두면, 지금까지 해온 일이 뭐가 돼?"

나시모토의 목소리에 고요한 박력이 깃들었다. 가노는 억지로 고개를 들어야 했다.

그렇다. 이제 와서 그만둘 수는 없다. 끝까지 해야 한다.

"신주쿠 역에 도착하면 전화해."

"알았어요."

가노는 전화를 끊고 한숨을 푹 내쉬었다.

27

회의실 분위기는 팽팽하게 긴장되어 있었다. 벌써 옛날에 험악한 수준을 넘어서 일촉즉발일 정도로 적의가 심해진 상태였다.

노자와는 다카하시 외에 군마 현경찰 형사를 두 명 더 데리고 왔다. 수사1과에서는 열의는 있지만 좀 다혈질에 속하는 녀석들이었다. 그들을 데려온 것이 실수였나 보다.

두 형사는 초조하게 책상을 두드리거나 살벌한 시선으로 주위를 둘러봤다. 그럴 만도 했다. 지금쯤 나시모토를 심문해서 사건의 진상에 다가가고 있어야 하는데, 경시청 수사관이 그를 놓치는 바람에 여기서 멍하니 대기하게 된 것이다. 노자와는 수색을 돕겠다고 했지만, 이 동네 지리를 모르는 사람이 나서봤자 방해만 된다는 대답을 들었다.

"참고인을 도망치게 놔둔 멍청이들이 이제 와서 잘 붙잡을 수 있을까?"

형사 하나가 빈정거렸다. 노자와는 그의 의자를 가차 없이 걷어찼다. 심정은 이해하지만, 여기서 쓸데없이 대립할 필요는 없었다.

한편 경시청 측도 할 말은 있었다.

"그쪽이 영상에 관한 정보를 빨리 보고해줬더라면 오늘 아침에 나시모토를 체포할 수 있었어. 그런데 너희들은 자기들끼리 해결하려고 했잖아? 그래, 할 수 있으면 해봐."

"할 거다. 그러니까 나시모토를 당장 데려와."

"이런 데서 빈둥거리지 말고 나가서 직접 찾아보지 그래?"

"너희들이 우리한테 그랬잖아. 나서지 말라고."

"적당히 하시죠?"

지긋지긋하다는 듯이 주의를 주는 사람이 있었다. 방금 회의실에 들어온 무라시타 경감이었다.

"찾았습니까?"

노자와의 질문에 무라시타는 정중하게 대답했다.

"아니요. 그러나 행적은 알아냈습니다. 오전에는 신주쿠 세무서에 갔었나 봅니다. 그 후 신주쿠 역에서 그를 목격했다는 정보가 들어왔습니다. 그가 방문할 만한 곳을 감시하고 있으니 머잖아 찾아낼 수 있을 겁니다."

무라시타는 마지카 상사를 비롯한 신도 그룹 회사에 기대를 걸고 있었다. 도이가키와 나시모토와 신도가 서로 어떤 관계였는지는 모르지만, 나시모토가 신도를 찾아갈 가능성은 높아 보였다.

"신도의 증언은 들으셨습니까?"

노자와의 질문에 무라시타는 어색하게 어깨를 으쓱하며 대답했다.

"'경찰에게 할 말은 하나도 없다'고 하더군요."

마지카 상사 측은 "나시모토라는 노동기준 감독관한테서 조사를 받은 적은 없다. 우리 회사는 아무 상관도 없다"고 대답했다. 아마 신도도 그렇게 지시했을 테지만, 어쨌든 예상했던 반응이었다.

"그쪽 일은 수사2과와 세무서에 맡길 수밖에 없겠죠."

무라시타는 한숨을 푹 내쉬었다.

나시모토의 집에도 당연히 수사관이 파견되었다. 나시모토는 부모님, 할머님과 함께 사는 4인 가족이라고 했지만, 실제로는 별채에 사는 가족이 한 명 더 있었다. 그의 외삼촌. 산업재해로 인해 심각한 장해를 입은 사람이었다. 이는 나시모토가 노동기준 감독관이 된 원인 중 하나일 것이다.

이야기를 들어본 수사관의 말에 의하면 그 인물의 이름은 아사이 다몬. 46세 남성이었다. 오른쪽 반신이 불편해서 휠체어를 타고 생활하는데, 집에서 IT 관련 업무를 본다고 한다. 나시모토와 업무 관련 이야기는 하지 않기 때문에 이번 사건에 관해서는 잘 모른다고 했다. 사건이 일어난 주말에 나시모토는 19시 30분 정도에는 집에 돌아왔다고 한다. '다른 가족들은 다 여행을 떠났는데 내가 뭐 도와드릴 일은 없느냐' 하고 외삼촌에게 물어본 모양이다. 그다음 날에는 오후에 외출하는 나시모토와 대화를 나눴다. 수사관이 보기에 거짓말하는 듯한 느낌은 들지 않았다고 하는데, 어쩌면 나시모토는 일단 얼굴을 비추고 외출했다가 다음 날 낮에 돌아왔을 가능성도 있었다. 부모님과 할머님이 그때 여행을 떠났다는 사실은 이미 확인됐다.

노자와는 무라시타의 보고를 듣고 질문했다.

"나시모토의 부모님은 어때요? 이야기를 좀 들어봤나요?"

"들어봤지만 단서는 없는 것 같습니다. 현재 모친은 집에 있는데 부친은 아직 퇴근하지 않았다고 하더군요."

"노기서는요?"

"그쪽에도 사람을 보냈지만 특별한 보고는 들어오지 않았습니다. 휴직 중인데, 이번 주에는 거기 나타나지 않았다고 합니다."

노자와는 혀를 차고 싶은 것을 꾹 참고 고개를 숙였다. 쉽게 발견될 것 같지 않았다. 나 참, 답답하네. 경시청이 이렇게 큰 사고를 치다니.

불편한 침묵이 흘렀다. 그런데 다카하시가 침묵을 깼다.

"이 타이밍에 도망쳤잖아요. 역시 그 사람이 범인인 거겠죠?"

침묵하는 노자와 대신 무라시타가 대답했다.

"그럴 가능성은 높지만 단정할 수는 없습니다. 나시모토의 침착한 태도로 보건대 그의 행동에는 일관된 의도가 있을 텐데, 그 의도를 알 수가 없어요."

현시점에서 확인된 사실은 사건 전후에 나시모토가 그 근처에 있었다는 것밖에 없었다. 동기도 여전히 수수께끼였다. 나시모토는 일부러 도이가키의 시체가 발견되게 했고, 경찰에게 '잔업세의 결함'이라는 힌트를 줬다. 그가 범인이라면 그런 행동의 의도는 도대체 뭘까.

다카하시는 진지한 표정으로 생각에 잠겼다. 무라시타는 손에 든 수첩을 들여다보고 중얼중얼 혼잣말을 했다.

노자와는 전자담배를 만지작거렸다. 이 상황에서는 아무리 머리를 굴려도 답이 안 나올 것이다. 시간은 때울 수 있을지도 모르지만.

무라시타의 부하가 팩스를 들고 왔다. 군마 현경찰이 보내준 정보라고 한다. 흘끗 본 무라시타의 표정은 변화가 없었다.

"별장에서 나시모토의 지문이 나왔다고 합니다. 나시모토 본인이 간 적이 있다고 말했는데, 최근에 생긴 것이라면 추궁 재료로 쓰일 수 있을 겁니다. 시체 유기 현장의 족적은 나시모토의 집에 있는 신발과 일치하지 않았습니다. 뭐, 당연하다면 당연한 거죠. 나시모토가 범인이라면 그 신발은 버렸을 테니까요."

"결국 나시모토를 찾아내기 전까지는 아무것도 할 수 없겠네요."

노자와는 빈정거리려고 그런 말을 한 것이 아니었다. 그러나 어떤 사람은 그렇게 받아들였을 것이다. 무라시타는 태연해 보였다.

"네, 그래요. 일단은 좀 쉬고, 새로운 정보가 들어오면 다시 모이도록 할까요?"

"네. 좋습니다."

노자와는 수사본부에 연락하라고 다카하시에게 지시했다. 나시모토가 용의자 후보 제1순위라는 사실은 확실히 밝혀졌으므로, 그걸 염두에 두고 집중적으로 수사하면 틀림없이 증거가 발견될 것이다. 별장, 자동차, 시체 발견 현장 재조사를 지시했다. 유류물 중에 나시모토와 관련된 것이 있다면 지명수배도 가능할 것이다.

그때 무라시타가 노자와에게 말했다.

"저는 한 번 더 자칭 탐정이라는 남자를 심문해보겠습니다. 나시모토를 조사해본 모양이니까요. 어쩌면 그의 행방도 짐작하고 있을지도 모릅니다. 동석하시겠습니까?"

예상치 못한 제안에 노자와는 당황했다. 보통 외부인은 배제하고 싶어 할 텐데. 이 무라시타란 남자도 참 속을 알 수 없는 인물이었다.

"……사양할게요. 결과만 알려주세요."

"알겠습니다. 어차피 그는 아무 말도 안 할 테지만, 시간이나 때울 겸 물어보겠습니다."

노자와는 묵묵히 고개만 끄덕였다. 그리고 뚱뚱한 무라시타가 떠나가는 것을 지켜봤다.

28

가노 시게키는 침대 위에 웅크리고 앉아 있었다. 자기 원룸에 돌아온 이후로 30분 넘게 그러고 있었다.

예전부터 나시모토가 이상하다고 생각은 했었다. 그래도 나는 소원을 이루었으니까. 그렇게 생각하면서 애써 모르는 척했었다. 그러나 이제는 한계였다. 인정하지 않을 수 없었다. 도이가키를 죽인 사람은 나시모토가 아닐까. 가노는 의심하고 있었다.

낮에 나시모토가 그를 불러내 부탁을 했다. 그걸 떠올리고 가노는 후들후들 떨리는 무릎을 꽉 끌어안았다.

—호텔 카페에서 만난 나시모토는 평소와 다름없어 보였다. 그러나 이제 와서 돌이켜보니 그는 평소보다 더 주위의 시선에 신경 쓰고 있었다. 경찰이 미행하고 있다면 가노를 만날 수는 없을 테니까.

웨이터가 커피 2인분을 가져다주고 떠나갔다. 그러자 나시모토가 입을 열었다.

"이거 봐. 신도 그룹이 저지른 비리의 증거야."

나시모토가 보여준 클리어 파일에는 다치바나 소마의 급여 명세서와 납세 기록이 들어 있었다. 아파트 분양 회사 크라시스테에 근무하던 시절의 자료였다. 가노는 손가락으로 숫자를 짚으면서 확인해보다가 그 비밀을 눈치채고 고개를 번쩍 들었다.

"아니, 이렇게 귀찮은 짓을……. 그냥 우연의 일치……는 아니겠죠?"

"당연히 의도적인 거야. 도이가키 씨는 다른 사람의 기록을 입수해서 이 탈세를 발견했을 거야."

"그런데 겨우 한 명은 강력한 증거가 되기 힘들어요. 앞으로 계속 모을 생각이세요?"

내가 똑바로 일했으면 더 많은 증거를 모을 수 있었을 것이다. 그걸 생각하면 분했지만, 지금은 내가 할 수 있는 일을 해야 한다.

"그럴 예정이었는데 아무래도 어려울 것 같아. 시간이 없어. 내일이 마지막 기회야."

"그게 무슨 말씀이세요?"

가노는 이야기의 흐름을 파악하지 못했다. 시간이 없다니, 그게 무슨 뜻일까.

"내일 신도를 직접 만나서 탈세를 추궁할 거야. 그래서 네가 평소처럼 나를 보좌해줬으면 좋겠어."

가노는 치솟는 불안감을 억누르며 대꾸했다.

"네, 그거야 당연히 해드릴 수 있죠. 그런데 증거가 이거 하나뿐이라면 좀 빈약하지 않나요? 상대는 실수라고 주장할 겁니다."

"응, 그래서 계획이 하나 있어."

나시모토가 설명해준 계획은 다소 억지스러운 것이었다. 신도와 대화하는 장면을 그대로 실시간 방송으로 인터넷에 유포한다는 것이다. 기재와 방송 환경은 이미 준비해놨고, 협력자가 대기하고 있다고 한다.

"별것 아니야. 그저 마이크를 주머니에 넣고 가는 게 특이할 뿐이지. 그 상태로 신도를 추궁해서, 그가 속내를 드러내거나 자기 비리를 인정하게 만들 거야. 그러면 신도의 악랄함을 전 세계가 알게 될 거야."

"그냥 평범하게 고발하면 안 돼요?"

가노는 그렇게 물어보면서 숨 막히는 기분을 느꼈다. 나시모토의 얼굴에서는 미소가 사라져버렸다.

"그럴 수 있으면 참 좋았겠지. 하지만 그런 놈들을 법망에 걸려들게 하는 것은 쉬운 일이 아니야. 그러나 지금은 사회적 시선이라는 것이 있어. 그의 악행을 폭로하면 여론이 그에게 벌을 줄 거야."

"네……?"

법적으로는 처벌하지 못하니까, 인터넷에다가 사실을 폭로해서 사회적 제재를 받게 한다. 그것은 사형私刑이 아닌가. 법으로 죄인을 단속하는 사람이 해도 될 말이 아니었다.

그러나 나시모토는 진심이었다. 가노는 기어 들어가는 목소리로 반대해봤다.

"안 돼요. 전 싫어요. 왜냐하면……."

"괜찮아. 넌 그냥 그 자리에 있기만 하면 돼. 아무 말도 할 필요 없어. 만약에 누가 너의 죄를 물으려고 한다면, 내가 널 지킬게. 부탁이다. 나는 어떻게든 신도의 악행을 폭로하고 싶어."

가노는 입술을 꽉 깨물었다. 알았어요. 그렇게 대답할 수밖에 없었다. 나시모토는 약속시간과 장소를 가르쳐줬다.

"증거는 너에게 맡길게. 혹시 내가 오지 않으면, 네가 그걸 가지고 해줘."

"앗, 잠깐만……."

말을 끝까지 하기도 전에 나시모토는 벌떡 일어났다—.

혹시 내가 오지 않으면……. 그것은 체포됐을 때를 가정한 한마디가 아닐까. 가노는 그렇게 생각하지 않을 수 없었다. 그래서 그토록 초조해했던 것이다. 사건에 관해 자세히는 모르지만, 도이가키가 나시모토를 배신하고 신도에게 붙었기 때문에 나시모토가 화가 나서 그를 죽였을지도 모른다. 나시모토가 범죄를 저지른다면 그 상대는 반드시 악인일 것이다.

만약에 이 추측이 정확하다면 난 어떻게 해야 할까. 나시모토의 지시대로 신도를 고발한다. 그것이 내가 가야 할 길일까. 이게 범죄가 되지는 않을까. 누군가와 상담할 수는 없었다. 자기 스스로 결정해야 한다.

내일 가지 않으면 어떻게 될까. 나시모토는 혼자서 계획을 실행할 것이다. 혼자서 계획대로 잘 행동할 수 있을까. 실패하면 그는 가노를 원망할 것이다. 아니, 나시모토라면 실망은 해도 원망은 안 할지도 모른다. 그게 더 싫었다. 실망시키고 싶지 않았다. 그에게 인정받고 싶었다.

설령 살인자여도 나시모토는 나의 은인이다. 나시모토가 구해주지 않았다면 지금쯤 나는 이 세상에 없었을 것이다. 은혜를 갚아야 한다. 그는 절대로 나쁜 사람이 아니고, 신도 그룹은 증오스러운 악덕 기업이다.

가노는 고개를 들었다.

내가 좀 다치더라도, 이 세상과 세상 사람들을 위해서 꼭 해야 할 일이 있다. 할 수 있는 일이 있다. 3년 전 상황을 떠올려보면, 이런 생각을 할 수 있다는 것은 행복한 일이 아닐까.

마침내 결심했다. 그러자 기분이 상쾌해졌다.

내일 아침 여덟 시. 신도의 악행을 사회에 널리 알릴 것이다.

29

술집 '사봉'의 멋들어진 실내에 니시카와 소타로의 우렁찬 목소리가 울려 퍼졌다.

"노동기준 감독서에서 나왔습니다. 노동기준법 및 시간외 노동세법에 의거하여 임시 현장 조사를 실시하겠습니다. 점장님, 계십니까?"

"네, 전데요……?"

여자 점장이 어리둥절한 얼굴로 뛰어왔다. 가게 오픈 전이라 홀에는 점원이 없었다. 점장은 카운터석에서 태블릿 단말기를 건드리고 있었다. 발주인지 뭔지를 하는 중이었나 보다.

"나카노 노기서의 니시카와라고 합니다. 오늘은 신주쿠 쪽으로 지원 나왔습니다. 이 가게의 잔업세에 문제가 발생했으므로 확인하러 왔습니다. 필요한 서류를 보여주십시오."

"네, 뭐, 그거야 가능하지만요. 얼마 전에 조사했을 때에는 문제가 없다고 했는데……."

니시카와가 이쪽을 홱 돌아봤다. 눈썹이 팔자 모양으로 곤혹스럽게 일그러져 있었다. 리에도 내심 당황하면서 앞으로 나섰다. 세무서 데이터에는 임검 기록이 남아 있지 않았다.

"실례지만, 그때 조사하러 온 사람의 이름과 소속을 가르쳐주실 수 있을까요?"

점장은 네 하고 대답하더니 가게 안쪽으로 들어가 명함을 가지고 나왔다. 나시모토의 명함이었다. 그동안 혼자 조사하고 다닌 모양이다.

"몇 시간이나 거기서 서류를 대조해보고 있었어요. 그러니까 이제 혐의는 풀렸다고 생각하는데요."

점장도 이쯤 되니 귀찮다는 티를 냈다.

"그러고 보니 마루자한테서는 명함을 받지 못했네요."

"마루자요?"

온몸에 소름이 돋았다. 리에는 부르르 떨었다.

죽은 도이가키가 나시모토와 함께 조사하러 다니는 모습을 상상했기 때문이다. 그러나 현실적으로 그런 일은 있을 수 없었다.

"그 사람이 스스로 잔업세 조사관이라고 했습니까?"

점장은 머뭇거리면서 고개를 끄덕였다.

"그는 종업원의 이야기를 들었어요. 거기서도 아무 문제 없었을 거예요."

나시모토는 사건 이후 표면적으로는 휴직 상태였다. 도이가키의 후임이 될 잔업세 조사관은 이 사태가 진정된 다음에 임명될 예정이라서 아직은 공석이었다.

"우리도 니시카와를 이용하고 있으니까 다른 사람에게 뭐라고 할 자격은 없어. 어쨌든 받을 것만 받아서 돌아가자."

기누타는 누가 들으면 오해할 만한 표현으로 리에의 등을 떠밀었다.

"종업원의 급여 명세서를 보여주세요."

"그런 서류는 이 가게에는 없어요. 저번에 온 사람은 마침 월급날에 왔기 때문에 명세서를 보여줄 수 있었지만요."

"그럼 출근부나 근태 기록처럼 잔업시간을 확인할 수 있는 서류는 있나요?"

"잔업시간은 일람표로 만들어 관리하고 있는데요……."

점장이 들고 온 파일을 살펴본 리에는 회심의 미소를 지었다. 기록된 잔업시간은 1인당 한 달에 50시간 이상이었다. 꽤 많은 편이다. 종업원에게 준 급여 명세서에서는, 이 기록에 맞춰서 잔업세를 내준 것으로 되어 있을 것이다. 그러나 미리 조사해본 실제 납부 상황과는 확연히 달랐다.

리에는 그것을 니시카와에게 복사해 달라고 부탁하고 점장에게 물어봤다.

"당신은 관리직입니까?"

"저는 그렇게 생각하지만, 잔업세 대상이긴 해요. 법령을 중시하는 것이 회사의 기본 방침이거든요. 그런데 이런 일이 생기다니……."

누군가를 관리직으로 보느냐 마느냐는 세무 조사에서 해석이 엇갈리기 쉬운 부분이다. 잔업세 도입 이후로 체인점의 점장은 관리직으로 간주하지 않는 방식이 주류가 되었다.

“확정신고를 한 적이 있습니까?”

“있습니다. 주택 대출 공제를 신청할 때 딱 한 번 해봤어요. 아, 물론 여기서는 회사의 세무사가 대행해주기 때문에 제가 스스로 한 적은 없지만요.”

리에는 기누타와 서로 마주 봤다. 거기서 숫자를 조작하고 있는 것이다. 자잘한 여죄가 잔뜩 발견될 것 같았다. 점장의 이름을 확인하고 나중에 신고 내용을 살펴보기로 했다.

“무슨 문제라도 있나요?”

복사를 마치고 파일을 돌려줬더니 점장이 갑자기 불안해하는 모습을 보였다. 점장은 잘못이 없으니 안타깝긴 했지만, 리에로선 아무 말도 할 수 없었다.

“나중에 결과를 말씀드리겠습니다. 협조해주셔서 감사합니다.”

그렇게 인사하고 ‘사봉’을 떠났다.

가게 밖으로 나와서 잠시 걸어갔다. 앞장서던 니시카와가 돌연 걸음을 멈췄다.

“저는 여기서 먼저 가보겠습니다. 다음 일을 하러 가야 해서요. 그런데 두 분은 왜 그렇게 표정이 어두우세요? 증거가 발견됐잖아요?”

그 굵직한 목소리는 사색에 잠긴 리에를 현실로 끌어냈다.

"뭐, 그건 그렇지만. 아직은 뭔가 좀 석연치 않아서……."

나시모토는 리에나 기누타와 같은 것에 주목했다. 일부러 월급날을 노려 조사하러 갈 정도로 용의주도하기도 했다. 그러나 그때는 아슬아슬하게 진상에는 도달하지 못했다. 급여명세서와 실제 납세액을 대조해보면 충분히 눈치챌 수 있었을 텐데. 맹점이었던 걸까. 그러나 수상하다고 생각해서 조사했으면서도 그걸 확인하지 않은 것은 역시 어리석은 짓이었다. 그래서 크라시스테의 전 직원의 납세 기록을 봤을 때 충격을 받았던 걸까?

"세무서에 협력자가 있으면 그 사람에게 물어보든지, 아니면 나에게 물어봐도 좋았을 텐데."

공적을 독점하고 싶었던 걸까. 그러나 애초에 잔업세 탈세는 노동기준 감독관의 소관이 아니다. 신도 그룹은 불법적인 과잉노동이나 서비스 잔업을 강요하는 것은 아니니까 노동기준 감독관이 나서야 할 이유가 없다. 그런데 그는 왜 그렇게 신도에게 집착하는 걸까.

"왜 나시모토는 신도 그룹의 탈세를 독자적으로 조사한 걸까. 왜 세무서에 맡기지 않았던 걸까. 왜 진상을 알고 충격을 받은 걸까……. 나시모토는 근본적으로 마루자를, 세무서를 신용하지 않아. 그럴 만한 사정이 있었던 거야."

기누타는 들척지근한 커피를 마신 듯한 표정을 지었다.

"어, 저기요. 아무튼 저는 갈게요. 다음에 또 볼일이 있으면 불러주세요."

니시카와는 멀리 뛰어갔다. 그 뒷모습을 지켜보고 나서 기누타는 전화를 걸었다.

그동안 리에는 신중하게 주위를 살폈다. 오늘 아침까지와는 뭔가 분위기가 달랐다. 몇 명이나 되는 경찰관에게 경호를 받는다는 느낌은 더 이상 들지 않았다. 누가 따라왔어도 아마 한 명이 아닐까. 혹시 내가 모르는 곳에서 또 무슨 일이 생긴 걸까.

"……알았어. 고마워."

기누타가 통화를 마치고 리에를 돌아봤다.

"나시모토와는 여전히 연락이 안 돼. 노기서에 전화해서 확인해봤더니, 그는 공식적으로는 휴직 중이어도 몇 번인가 출근해서 뭔가를 조사했던 모양이야. 그런데 이번 주에는 나타나지 않았대. 오히려 나한테 묻더라. 경찰이 그를 찾고 있는데 어디 갔는지 모르냐고."

"경찰이요……?"

리에는 목소리를 낮췄다. 아, 역시 그랬구나. 그런 생각이 들었다. 나시모토와는 결국 전화로만 대화하고 끝까지 직접 만나지는 못했다. 그래서 은근히 다행이구나 싶기도 했다.

"또 하나 중요한 사실을 확인했어. 나시모토의 조사를 도와준 마루자는 없어."

리에는 고개를 갸웃거렸다.

"다른 노기서의 마루자가 아닐까요?"

"그럴지도 모르지만, 만약 그 사람이 마루자가 아니라면……?"

"네? 설마……."

지나친 추측이라고 생각했다.

물론 마루자를 사칭해서 조사를 했다면, 그가 세무서 데이터에 접근하지 못한 것도 이해가 갔다. 나시모토가 충격 받은 이유는 바로 그것―너무나 쉽게 알 수 있는 정보였기 때문일지도 모른다. 그러나 굳이 가짜 마루자까지 준비해서 조사하러 다닌 의도가 뭘까. 어차피 올해 안에는 도이가키의 후임도 결정될 테고, 새해가 되면 통상 모드로 되돌아갈 텐데. 그때까지 기다릴 수 없었던 걸까.

나시모토는 기다리지 못할 이유가 있었다. 암담했다. 그건 아마도, 지나친 추측이 아닐 것이다.

"슬슬 정면 대결을 해야 할지도 몰라."

"……네."

기누타의 의도를 어쩐지 알 것 같았다. 어떤 스토리가 머릿속에서 완성되어가고 있었다.

"우리는 우선 도이가키의 행동부터 확실히 알아내야 해."

어깨를 나란히 하고 걸으면서 기누타가 먼저 입을 뗐다.

"당신은 신도의 잔업세 탈세와 잔업세의 결함을 눈치챘어. 도이가키와 같은 지점에 선 거야. 앞으로 어떻게 할래?"

리에는 망설임 없이 대답했다.

"벌써 과장님께는 말씀드렸어요. 좀 더 증거를 모아서 입건까지 성공시킬 겁니다. 대국적으로는 이번 사례를 고려한 법 개정이나 조사 태도 개선까지도 생각해봐야지요."

"맞아. 그렇게 상사에게 보고할 테지. 그런데 도이가키는 그러지 않았어."

도이가키는 나시모토에게 슬쩍 암시만 줬을 뿐이지 상사에게는 보고하지 않았다. 정보를 공유하지 않고 홀로 독점하고 있었다.

"이유가 뭘까?"

"증거가 없어서 그런 게 아닐까요?"

리에는 스스로 그렇게 말하면서도 즉시 속으로 부정했다. 일단 이 수법을 알아내면 증거를 모으는 것은 별로 어려운 일이 아니다. 실제로 자기들도, 또 나시모토도 의혹을 확신으로 바꿀 만한 재료는 이미 입수했다.

리에는 주위를 경계하면서 소리를 낮췄다.

"도이가키가 신도 그룹과 교섭하려고 했던 걸까요?"

"교섭이라는 부드러운 표현이 과연 적절한지 모르겠네."

일주일 전이라면 리에도 발끈하여 부정했을 것이다. 그러나 스즈하타 사건으로 인해 동료들에 대한 신뢰를 잃고 말았다.

"단순히 돈만 요구했을 가능성도 있을까요?"

"진짜 멍청한 인간이라면 그럴 수도 있지."

한 번은 돈을 뜯어낼 수 있을지도 모른다. 그러나 두 번째부터는 상황이 역전된다. 돈을 뜯어냈다는 사실로 오히려 협박당한다면, 잃을 것이 많은 개인이 패배할 수밖에 없다. 스즈하타의 예만 봐도 그렇듯이.

"'나는 좀 더 능숙하게 잘할 수 있다'고 주장하면서 그 회사의 고문이 되는 것이 제일 현명한 선택일 거야."

국세청 퇴직자를 고용하는 기업은 적지 않았다. 그런 사람은 특별히 비리를 덮어주진 않아도, 세무서에 연줄이 닿아 있거나 조사 방식에 정통하기 때문에 그만큼 가치가 있었다.

"도이가키는 그런 선택을 할 만한 인물인가요?"

"적어도 진짜 멍청한 인간은 아니었어."

리에와는 달리 기누타는 도이가키와 면식이 있었다. 같이 일한 적도 있었을 것이다.

"좋게나 나쁘게나 남들 눈에 띄지 않는 타입이었어. 나시모토와 파트너가 되고 나서 실적은 좋아졌지만, 변함없이 존재감이 거의 없는 남자였어."

"하지만 나시모토 씨는 그가 일을 열심히 하는 존경스러운 사람이었다고 말했잖아요?"

"고인을 나쁘게 말하는 사람이 어디 있겠어……라고 생각했어. 나는."

잠시 기분 나쁜 침묵이 이어졌다.

이윽고 리에는 참지 못하고 먼저 자신의 추측을 이야기했다.

"도이가키가 신도 그룹에 들어가기로 결심했다면 나시모토 씨에게는 그 이야기를 했을 거예요. 물론 자세한 사정은 생략하고. 그랬는데 그가 비리를 숨겨줬다는 사실을 나시모토 씨가 눈치챘다면, 과연 어떻게 반응했을지……."

"나시모토하고는 몇 번 일을 같이 해봤는데, 그는 정의감이 지나치게 강한 편이었어. 의혹을 품었다면 도이가키를 추궁했을 거야. 싸웠을 수도 있고."

그 결과 고의였는지 실수였는지는 몰라도 결국 도이가키를 죽이고 말았다. 나시모토는 도이가키가 알아낸 비리를 파헤치려고 독자적인 조사를 시작했다. 마루자의 도움을 받지 않고. 그렇게 생각하면 앞뒤가 맞았다.

"아마 나시모토는 도이가키의 조사 대상이 신도 그룹이란 사실을 몰랐을 거야. 다시 말해 도이가키는 파트너에게도 그런 정보를 가르쳐주진 않았던 거지. 그래서 그는 경찰이나 우리를 이용해 조사하려고 했던 거야."

"그 단서가 영화법교와 잔업세의 결합이었단 말이죠. 우리는 기누타 씨 덕분에 신도를 알아낼 수 있었는데, 나시모토 씨도 다른 루트로 거기까지 도달했나 보네요."

"응. 대충은 짐작이 가."

도이가키를 용서할 수 없었다면 정식 절차를 밟아 고발하면 됐을 것이다. 신도도 도이가키도 법으로 다스릴 수 있었다. 나시모토의 행동은 전혀 이해할 수 없었지만, 전에 상사가 말했던 것처럼 살인범의 심정을 상상하려고 하는 것이 잘못된 걸지도 모른다. 그보다는 사실 자체가 중요하다.

"만약에 진짜로 나시모토 씨가 범인이라면……."

리에는 냉정을 유지하려고 했지만 목소리가 저절로 떨렸다. 자기와 이야기를 나눴던 사람이 살인범이라니. 그런 생각은 하고 싶지 않았다.

"저는 어떻게 해야 할까요?"

"그건 스스로 생각해. 당신이 맡은 임무는 뭐야?"

경찰보다 먼저 사건의 진상을 밝혀내는 것. 만약 그들이 상상한 대로 도이가키의 배임 행위 때문에 사건이 발생했다면, 그 사실을 숨기는 것이 상부가 원하는 바였다. 그런데 정말 그래도 되는 걸까. 애초에 이걸 숨기는 것이 가능하기는 할까. 신도 그룹과 나시모토는 도이가키의 배임 행위도 알고 있었다. 리에가 그들을 통제하는 것은 불가능했다.

살인 사건은 탈세 사건과는 달리 리에나 기누타에게는 수사 권한이 없으므로, 경찰에 정보를 제공하고 잘 처리해 달라고 부탁할 수밖에 없었다. 하지만 그러자니 또 다른 문제가 있었다.

"사실 이건 아마추어의 추리에 불과하잖아요. 경찰이 우리 이야기를 믿어줄까요?"

"글쎄? 하지만 또 하나의 범죄는 조금만 조사하면 확실히 알 수 있을 거야."

마루자 사칭.

"나시모토 씨가 진쇼쿠 공방 외에 다른 곳도 조사했을까요……? 아, 그 급여 명세서의 주인이 있었죠!"

"맞아. 연락처도 알고 있고."

세무서로 돌아와서 기누타가 다치바나에게 전화를 걸었다. 상대는 금방 전화를 받았다. 이런 때에도 기누타의 미성은 유효했다.

"……네, 그렇습니다. 그때 동행한 마루자의 이름은 아시나요? 이쪽의 기록이 누락되어서 확인하고 싶은데요."

유연한 손가락이 움직여 메모를 한다. 그걸 들여다본 리에의 눈이 동그래졌다. 의외로 글씨가 엉망이었다. 남들은 알아보지도 못할 정도였다.

"협조해주셔서 감사합니다."

기누타는 전화를 끊더니 흘끗 리에를 보았다. 왜, 불만 있어? 하는 시선으로. 그리고 메모를 보면서 버튼을 눌러 몇 번인가 전화를 걸었다. 번번이 연결이 되지 않았다.

"가짜 마루자의 명함에 적힌 이름은 가노 시게키. 세무서 번호는 가짜. 휴대폰은 신호는 가는데 받지 않아."

"그렇다면……."

기누타는 이미 결론을 내렸다. 가짜 의사나 가짜 변호사가 있다는 이야기는 가끔 들어봤어도, 가짜 마루자는 전대미문이었다. 도대체 어떤 벌을 받게 될까. 의사법이나 변호사법 같은 법률은 없으니까 '사기를 쳐서 손해를 끼쳤다'는 이유로 사기죄로 처리해야 하나.

"단순한 사칭이라면 경찰에 알릴 필요는 없지. 우리가 경고하고 끝낼 수도 있는데."

"네, 단순한 사칭이라면 말이죠."

살인 혐의를 받고 있는 나시모토가 얽혀 있으니까, 이걸 잠자코 두고 볼 수는 없었다. 탈세는 증오스런 범죄다. 국민을 위해 사용되어야 할 세금을 개인이 꿀꺽해서 사리사욕을 채우고 사회에 손해를 끼치는 것이므로. 또 자신의 의무를 다하지 않고 그걸 은닉한 것도 똑같은 죄다. 그러나, 그렇다 해도. 범죄를 범죄로 다스려서 바로잡으려고 하면 안 된다.

"상부에 보고하지 않아도 돼?"

물론 해야 한다. 그러나 상부의 판단을 기다리려면 시간이 걸린다. 상부는 가짜 마루자의 존재를 공표하지 않고 넘어가려고 할지도 모른다. 그러나 일본 경찰은 유능하니까 언젠가는 범인을 체포할 것이다. 그때 국세청이 은폐를 시도했다는 사실이 들통난다면 커다란 타격을 입을 것이다.

"나중에 할게요."

"혼날지도 몰라."

"괜찮아요. 저는 아직 정식으로 담당자 자리에서 밀려나진 않았으니까요. 문서도 있으니, 경찰에게 어디까지 정보를 제공할지는 제가 결정할 수 있습니다. 설령 그것 때문에 상부가 원치 않는 결과가 나오더라도, 정당한 판단으로 저를 처분하는 것은 불가능할 거예요."

그러자 기누타는 힘차게 고개를 끄덕였다.

"좋아. 합격이야."

"뭐가요?"

"확고한 자기 가치관을 가지고 있으면, 조직 안에서 배척당하더라도 씩씩하게 잘살아갈 수 있어."

리에는 내심 기뻐하면서도 살짝 눈살을 찌푸렸다.

"기누타 씨. 저는 당신과는 달라요."

"그래? 내가 장담하는데, 조만간 당신은 나와 같은 부류로 취급될 거야."

"……경찰한테 연락이나 할게요."

리에는 전화기를 손에 들었다.

30

리에와 기누타는 경시청의 어느 방에서 네 명의 형사와 마주 보고 있었다. 경시청의 무라시타와 반, 군마 현경찰 노자와와 다카하시였다.

무라시타 경감과 좀처럼 연락이 되지 않아 답답해하고 있던 차에 기누타가 제안을 했다.

"그럼 직접 가볼까? 경시청에."

일반인이 경시청에 마음대로 들어가도 되나? 리에는 그런 걱정을 했지만, 기누타를 말리려고 하는 것보다는 순순히 따르는 것이 더 편했다. 다행히 도중에 무라시타가 이쪽으로 연락을 해줬기 때문에 예고도 없이 쳐들어가는 사태는 면할 수 있었다.

"죄송합니다. 제가 좀 바빴거든요."

무라시타는 그렇게 사과하면서도 더 이상 설명할 마음이 없어 보였다. 그래서 리에가 물어봤다.

"나시모토 씨 때문인가요?"

경찰이 나시모토를 찾는 것 같던데. 찾았을까?

"네, 뭐, 그렇죠. 그나저나 사건에 관한 중요한 사실을 알아냈다고 하셨는데요. 구체적으로는 어떤 내용입니까?"

'사건에 관한 중요한 사실'이란 것은 좀 과장된 표현이지만 아예 틀린 말은 아니었다.

"저, 아마추어의 추리란 것을 염두에 두고 이야기를 들어주세요."

리에는 그렇게 서두를 뗐다. 그리고 기누타와 대화하면서 추측했던 내용을 이야기했다. 형사들은 예상보다 진지하게 그 이야기에 귀를 기울였다. 특히 다카하시라는 젊은 형사는 참 열정적이었다. 가끔씩 질문을 하려다가 베테랑 형사인 노자와에게 가로막히곤 했다.

리에의 이야기가 끝나자 무라시타는 커다란 몸뚱이를 흔들며 고개를 끄덕였다.

"그렇군요. 귀중한 의견을 들려주셔서 감사합니다. 저희도 비슷한 생각을 하고 있었는데, 세금에 관해서는 문외한이다 보니 몇 가지 의문이 있었거든요. 혹시 나시모토의 목적이 뭔지는 아시겠습니까?"

"목적이요?"

무라시타는 잠깐 머뭇거렸다. 어쩌면 연기하는 걸지도 모른다.

"당신이 협력해줬기 때문에 말씀드리는 건데요. 그의 행동은 합리적이지 않은 듯한 느낌이 듭니다. 그는 도이가키에게서 도움을 청하는 전화가 왔다고 하고, 수색원을 제출했습니다. 대체 왜 그랬을까요? 시체를 옮겨다 숨겨놨으면서 일부러 그것이 발견되게 만들다니, 그것은 부자연스러운 행동이잖아요?"

모든 사건 경위가 보도되지는 않았다. 리에가 미간을 찌푸리자, 무라시타가 재빨리 사정을 설명해줬다.

"요컨대 시체가 발견되기를 바랐던 이유가 뭐냐, 이겁니다."

리에는 기누타를 쳐다봤다. 기누타는 틀림없이 눈치챘을 것이다.

"나시모토의 입장이 되어 생각해봐."

기누타는 아무렇지도 않게 말했지만 그것은 쉬운 일이 아니었다. 정상적인 사고회로를 가진 인간이라면 살인은 하지 않을 것이다.

"일반적이지도 않고 윤리적이지도 않지만, 그의 행동에는 그 나름대로의 이유가 있을 거야. 적어도 대책 없이 되는대로 행동하는 것은 아니야. 탈세범이라고 생각해봐."

나시모토는 도이가키를 죽일 정도로 증오했다. 도이가키를 유혹한 인물에게도 엄청난 분노를 느꼈을 것이다. 그러나 그 시점에서 나시모토는 도이가키의 배후에 있는 인물이 신도라는 사실을 몰랐다. 그래서 경찰과 국세국을 이용해 사건의 배경을 조사하려고 했던 것이 아닐까.

"도이가키가 살해됐다는 사실이 알려지면 업무상 문제가 없었는지 경찰이 수사할 거야. 국세국도 마찬가지고. 그러니까 사건은 빨리 발각되어야 해. 그러나 자기가 금방 체포되어버리면 스스로 진상을 파헤칠 수 없어. 시간도 벌어야 했지. 그래서 그런 어중간한 짓을 했던 게 아닐까?"

리에는 고개를 갸웃거렸다.

"그냥 자수하면 됐을 텐데요."

"그러면 스스로 적을 추궁할 수 없잖아."

"그게 그렇게 중요한가요?"

"그는 가짜 마루자까지 준비하면서 조사를 진행했어. 그 정열은 비상식적이야."

"아, 그렇군요."

수긍하긴 했지만 리에는 기누타만큼 정확하게 나시모토의 심정을 이해할 수는 없었다. 직접 만나본 사람과 그러지 못한 사람의 차이인 걸까. 아니면 기누타의 정신에는 그에게 동조하는 부분이 있는 걸까.

무라시타가 입을 뗐다.

"일반적으로 범인이 체포되면 사건의 배경을 깊이 파헤치지 않는 경향이 있죠. 만약에 시체가 현장에 그대로 남아 있어서 나시모토가 곧바로 체포됐더라면, 우리도 영화법교인지 뭔지까지 조사하려고 하지는 않았을 겁니다. 세무서 측은 어떨지 몰라도."

"세무서는 조사할 테지만, 나시모토가 그걸 알 수는 없었을지도 모르겠네요."

"이 사건이 표면화되면서도 자신이 금방 체포되지는 않는다. 그런 것이 나시모토에게는 가장 유리한 상황이었던 거군요."

다카하시가 그렇게 정리했다. 그러자 노자와가 날카로운 목소리로 주의를 줬다.

"아무리 납득할 만한 이야기여도 아직은 추측에 불과해. 증거는 없어. 먼저 스토리를 만들어놓은 다음에 증거를 찾아서는 안 돼."

네, 알겠습니다. 다카하시가 우직하게 대답했다.

기누타는 눈을 가늘게 뜨고 무라시타를 쳐다봤다.

"가짜 마루자 사건까지 포함하면 나시모토를 추궁할 만한 재료는 충분히 수집한 것 같은데. 여기 넷이나 모여서 우리를 상대해주고 있다는 것은……."

"네, 맞습니다. 아직 찾아내지 못했어요. 그 점에 관해서도 의견을 구하고 싶습니다."

무라시타는 기죽은 기색이 전혀 없었다. 나시모토를 놓쳐 버린 것도 전혀 개의치 않는 것처럼 보였다. 이게 바로 둔감함의 힘인가?

리에는 기누타의 재촉을 받고 입을 열었다.

"나시모토는 최저한의 증거를 갖췄습니다. 경찰이 자기 코앞까지 다가왔다는 사실도 눈치챘을 거예요. 그렇다면 마지막으로 신도를 직접 추궁하려고 하지 않을까요?"

"네. 저희도 그렇게 생각해서 신도 그룹 회사에는 수사관을 파견해놨습니다. 신도가 사장직을 맡은 마지카 상사는 여섯 명이 교대로 감시하고 있는데, 아직까진 나시모토가 나타났다는 보고는 들어오지 않았습니다."

그때 다카하시가 제안했다.

"그 가짜 마루자를 잡아오면 되지 않을까요?"

"그건 불가능해. 어디 사는 누구인지도 모르는걸."

기누타의 부정적인 의견에도 다카하시는 굴하지 않았다.

"나시모토를 조사했던 자칭 탐정이란 녀석은 알고 있을지도 몰라요."

"아까 심문해봤는데요. 그 남자에게 뭔가 기대하면 안 됩니다. 의미심장한 말만 늘어놓고 중요한 정보는 하나도 안 알려주거든요. 나시모토를 수상하다고 생각하긴 한 것 같은데, 가짜 마루자의 존재까지 알아내진 못했을 겁니다. 만약에 알고 있었다면 협박 재료로 삼았을 테니까요."

"장소보다도 사람이 중요해."

노자와가 한마디 툭 던졌다.

"맞아요. 신도 본인을 감시하다 보면 언젠가 나시모토와 딱 마주치지 않을까요?"

"하긴 그러네요."

무라시타가 고개를 끄덕였을 때 전화벨이 울렸다. 리에는 일단 자리를 떴다. 국세국에서 온 전화였다. 벌써 열한 시가 넘었는데. 어지간히 급한 볼일인가 보다.

"미안해. 이런 시간에 연락해서."

과장의 목소리에서 피곤함이 묻어났다.

"그런데 급한 일이야. 인터넷에 누가 기묘한 예고를 올렸어. 내일 아침 여덟 시에 탈세 적발 현장을 생방송으로 중계한다고."

"중계요……?"

너무 놀라 한순간 말문이 막혀버렸다.

세무서 측은 이를테면 탈세 같은 키워드를 지정해서 항상 인터넷 정보를 감시하고 있는데, 거기서 그 정보를 얻은 모양이다.

"십중팔구 장난일 테지만, 만에 하나라도 그 사건과 관계가 있을까봐 자네에게 연락한 거야. 이게 진짜라면 무슨 수를 써서든 막아야 해."

"짚이는 것이 있습니다. 경찰과 연대해서 대처하겠습니다."

"경찰? 아니, 일을 크게 만들지 말아줘."

과장은 불만을 표시했지만 리에는 강하게 밀어붙였다.

"지금은 생중계를 막는 것이 더 중요하잖아요? 필요하다면 누구의 도움이라도 받을 겁니다."

리에는 즉시 모두에게 그 사실을 보고했다.

"……그렇다고 하네요. 나시모토가 신도를 공개처형하려고 하는 걸지도 모릅니다."

"오, 재미있겠는데?"

반이 그렇게 말했다. 나머지 형사들은 어안이 벙벙해진 표정을 지었고, 기누타는 역시나 침착하게 얼굴을 찌푸리며 말했다.

"신도의 악행이 공개되는 것은 좋지만, 탈세 수법이 공개되는 것은 좋지 않아."

"그 생중계인지 뭔지의 대상이 신도라는 근거는 있나?"

노자와가 질문했다. 리에는 인터넷을 검색해서 어느 동영상 사이트에 그런 예고가 올라온 것을 확인했다. 그러나 당연히 어디 사는 누가 대상인지는 적혀 있지 않았다. 내일 오전 여덟 시부터 음성만 나오는 생중계를 하겠다. 그게 전부였다. 그렇기 때문에 오히려 진실성이 있어 보였다. 현재로선 이 정보가 확산된 흔적은 없었다. 그러나 방송이 실제로 시작된다면, 입소문이 나서 시청자가 모일지도 모른다.

리에는 상대의 질문에 대답했다.

"나시모토 외에는 일부러 이런 짓을 하는 사람은 없을 겁니다. 정규 임검은 불가능하니까 이런 황당한 수단을 쓰는 것 같아요. 그런데 아침 여덟 시라니, 시간이 좀 이상하네요. 출근시간을 노린 걸까요?"

"그럴지도 모르죠. 신도는 오늘은 이미 후추 시에 있는 집으로 돌아갔다고 합니다. 그곳을 감시하면서 나시모토가 나타날 때까지 기다려봅시다. 아무튼 귀중한 정보를 제공해주셔서 감사합니다. 뒷일은 우리에게 맡겨주세요."

무라시타는 그렇게 말하더니 반을 쳐다봤다.

"반. 잔업을 해야겠네요."

"지금도 충분히 잔업을 하고 있거든요?"

젊은 형사는 입술을 삐죽거렸다. 그러나 무라시타는 개의치 않고 명령했다.

"'사봉'이라는 가게에 가서 가짜 마루자의 특징이 뭔지 알아내세요. 딱 보면 알아볼 수 있을 정도로. 술집은 아직 문을 닫지 않았을 겁니다."

"왜 자꾸 나만 시켜요?"

그러자 다카하시가 노자와를 쳐다봤다. 눈짓으로 허락을 구하고 입을 열었다.

"저도 돕겠습니다. 같이 가요."

젊은 형사 둘이 밖으로 나갔다. 무라시타는 다시 리에와 기누타를 향해 몸을 돌렸다.

"두 분은 차로 모셔다드릴까요?"

"아뇨, 그건 사양할게요. 그보다 내일 아침에는 저희도 신도의 집에 가도 될까요?"

리에가 물어보자, 무라시타는 굵은 눈썹을 꿈틀거리며 마뜩잖은 표정을 지었다.

"뒷일은 경찰이 해야 할 일입니다. 일반인은 관여하지 않으시는 편이 좋습니다."

"하지만, 저희는……."

리에가 반론하려고 했다. 그때 무라시타가 어색하게 한쪽 눈을 찡긋했다.

"그러나 거기 있는 사람을 억지로 쫓아낼 필요까진 없을 겁니다. 그렇죠?"

리에에게는 그 한마디면 충분했다. 더 이상 쓸데없는 주의를 받지 않도록, 기누타와 눈빛을 교환하고 일어났다.

어느새 자정이 넘었다. 제외 직종이어도 당연히 잔업수당은 받을 수 있지만 한 달 잔업수당의 표준 상한선은 정해져 있었다. 잘 조정하지 않으면 과장님 눈 밖에 날지도 모른다.

리에와 기누타는 역의 택시 승강장으로 걸어갔다.

"나시모토는 정말로 신도의 집에 쳐들어갈 작정인 걸까요?"

실은 뭔가 좀 석연치 않았다. 집에 찾아가봤자 신도는 상대해주지도 않을 텐데. 기업 임검은 거부할 가능성이 거의 없지만, 사적인 공간은 그렇지 않았다.

기누타도 같은 의문을 품고 있었다.

"신도가 집에서 나왔을 때 말을 건다. 경찰은 그렇게 생각하는 모양인데, 나시모토가 그런 어설픈 계획을 세웠을까?"

"정해진 행동 패턴이 있는 걸지도 몰라요. 무슨 요일 아침에는 어디에 간다!는 식으로."

"나시모토가 그런 것을 조사할 시간이 있었을까?"

기누타는 고개를 갸웃거렸다.

"공개된 정보를 한번 살펴봐야겠네."

2분 후. 기누타는 온라인 잡지 기사를 보여줬다.

"두 달 전 경영자 인터뷰야. 아침에는 일곱 시 반부터 조깅하면서 애견 산책을 시킨대."

"아하. 산책할 때에는 무방비하니까요. 불러 세워서 추궁할 수도 있겠네요."

리에는 신도의 집 근처 지도를 확인해봤다.

"가까운 곳에 다마가와 강변 공원이 있어요. 여기일까요? 그런데 신도는 어차피 집에서 나와야 하잖아요. 대문 주변을 감시하면 될 것 같은데요."

"흐음. 글쎄? 탈세가 취미라는 남자가 과연 경찰이 감시하는 곳을 통해서 나올까?"

"그건 그러네요. 신도는 경계심 때문에 산책하러 나오지 않을지도 몰라요. 그러면 어딘가에서 잠복하고 있을 나시모토를 찾아다녀야 할 텐데요. 집 앞은 경찰들에게 맡겨놓고 우리는 공원을 찾아볼까요?"

기누타는 3초쯤 생각해보더니 "좋아" 하고 중얼거렸다.

"일단 해보자. 아침 일곱 시에 후추 역에서 만날까?"

"……너무 이르지 않아요?"

"나도 그렇게 생각해."

그들의 의견은 일치했지만 약속시간을 늦출 수도 없었다. 나시모토가 신도를 추궁하기 전에 그를 막아야 하므로.

지금부터 택시를 타고 집에 돌아가면 기껏해야 서너 시간밖에 못 잘 것이다. 그걸 생각하니 좀 우울해졌지만, 신기하게도 피곤하지는 않았다. 내일은 드디어 결전이 벌어진다.

31

11월 6일 금요일, 오전 일곱 시 반—.

일기예보대로 아침부터 날이 참 맑았다. 눈부신 잔디의 초록빛이 눈을 즐겁게 해줬지만, 손발은 차갑게 식어서 괴로웠다. 리에와 기누타는 공원 벤치 옆에 서서 주위를 둘러보고 있었다. 평일 아침 공원에는 의외로 사람이 많았다. 조깅하거나 개를 산책시키는 사람들 외에도 체조하는 노인 그룹도 있었고, 길거리 공연 연습을 하는 젊은이도 있었다.

"오늘은 춥네요."

리에가 중얼거리자, 기누타가 빙그레 웃으며 대꾸했다.

"이렇게 추운 날 잠복하는 것은 잔업세 조사에서는 흔한 일이야."

"저는 추위에 약해요."

"그런 사람은 대부분 더위에도 약하던데?"

말문이 막혀버렸다. 실제로 여름에는 더위에 약하다는 말을 입에 달고 살았다. 리에는 주머니에 들어 있는 일회용 손난로를 꽉 움켜쥐었다.

기누타가 세운 작전은 '니시카와'였다. '자전거 타고 신도의 집 주변을 빙빙 돌면서 나시모토를 찾아내라'고 그에게 지시한 것이다. 니시카와는 대학 야구부 출신이라 체력 하나는 끝내주기 때문에 이런 일에 적합하다고 한다. 나카노에서 자기 자전거를 타고 온 니시카와는 힘차게 가슴을 두드리며 장담했다.

"저한테 맡겨주세요. 꼭 찾아낼게요."

나시모토와는 같이 연수를 받은 적이 있어서 얼굴은 안다고 했다.

"상대도 보통이 아니니까 주의해야 해. 남을 다치게 하면 안 돼."

"네, 알았어요."

니시카와는 날렵하게 자전거에 올라타더니 곧 빠른 속도로 사라져갔다.

그 후로 20분이 지났다. 니시카와에게서는 아직 연락이 없었다.

"우리도 슬슬 움직일까요?"

리에는 기누타에게 그렇게 말하고 움직였다. 기누타가 세 걸음 뒤에서 따라왔다.

기누타는 모든 것을 니시카와에게 맡길 생각이었나 보다. 그러나 리에는 가만있을 수 없었다. 신도와 애견의 사진을 보여주면서 탐문 조사를 하기로 했다. 개를 키우는 사람들은 같은 시간에 같은 루트로 산책하는 일이 종종 있고, 애견가들끼리 서로 아는 사이인 경우가 많다고 한다. 개를 데리고 다니는 사람이라면 신도를 알고 있을지도 모른다.

리에는 사진이 표시된 태블릿 PC를 손에 들고 움직였다. 갈색 소형견을 데리고 있는 노부인에게 다가갔다. 개는 포메라니안 같았다. 신도의 개와 색깔은 달라도 같은 종이었다. 그래서 예감이 좋았다.

"실례합니다. 뭐 좀 여쭤 봐도 될까요? 지금 이 사람을 찾고 있는데요……."

친근하게 말을 걸었더니 노부인은 경계하는 기색도 없이 멈춰 서서 대답했다.

"아, 사장님? 언제나 여기서 만나는데."

첫 시도에 성공할 줄이야. 리에가 자신의 행운에 놀라고 있는데, 노부인이 더더욱 경악스러운 말을 했다.

"신기하네? 아까도 누가 똑같은 걸 물어봤거든. 저기, 당신은 왜 사장님을 찾아다니는 거야?"

"아, 그게요. 어, 잡지 인터뷰를 요청하고 싶어서……."

미리 준비해둔 대답인데도 입에서 매끄럽게 나오지 않았다. 아까도 누가 물어봤다고? 나시모토가 물어본 걸까?

리에는 기누타를 돌아봤다. 통화 중이었다. 그 야릇한 목소리가 갑자기 확 커졌다.

"뭐? 경찰한테 잡혔다고? 세상에, 뭐 하는 거니?!"

기누타는 한 손으로 찡그린 얼굴을 덮으며 탄식했다. 작전

'니시카와'는 실패했나 보다. 이러다간 제때 나시모토를 막지 못할지도 모른다.

성큼성큼 걷는 나시모토. 가노는 열심히 그 뒤를 쫓아갔다. 10미터 앞에서 추리닝 입은 남자가 하얀 개를 데리고 걸어가고 있었다. 조금만 더 가면 말을 걸 수 있을 것이다.

오늘 아침에 나시모토는 평소와 다름없는 미소를 짓고 있었다. 그래서 가노는 사건에 관해 물어보지 않았다. 그저 옳다고 믿고 따라갈 수밖에 없었다.

"신도 씨."

나시모토가 말을 걸었다.

신도가 걸음을 멈추고 천천히 이쪽을 돌아봤다.

"오."

상대가 여유로운 미소를 지었다. 산책이 중단되자 개가 날카롭게 짖었다.

"나시모토 군. 맞지? 그래서 경찰이 어슬렁거리고 있었던 거군. 참 귀찮게도."

"당신이 빠져나오지 못할까 봐 걱정했습니다."

"미리 준비만 해놓으면, 감시망을 뚫고 외출하는 것쯤이야 어렵지 않은 일이지."

"그렇군요. 도망치는 것은 특기란 말씀이시죠?"

신도는 잠시 입을 다물고 나시모토의 표정을 주시했다. 두려움이라곤 전혀 없었다. 이 상황을 즐기는 듯한 분위기였다.

"난 당장 경찰을 부를 수도 있어."

"부르고 싶으면 부르세요."

나시모토는 동요하지 않았다. 신도는 약간 눈살을 찌푸렸다.

"어제부터 경찰이 자네를 찾아다니던데. 자네가 유력한 살인 용의자가 되어서 그런 게 아닌가?"

"저는 증거가 갖춰졌기 때문에 당신을 찾아온 겁니다."

나시모토는 일부러 화제를 돌리면서 주도권을 쥐려고 했다.

"증거라니, 무슨 증거?"

"신도 그룹의 잔업세 탈세 증거입니다. 이중 명세서를 만들어 종업원을 속이고 잔업세를 탈세한다. 아주 악질적인 수법이죠."

신도는 차갑게 웃었다.

"정말로 증거가 있다면 정식 절차를 밟으면 될 텐데. 그러지 못할 사정이라도 있는 건가?"

"사정? 그딴 거 없어."

나시모토의 말투가 표변했다.

"잔업세를 탈세하면 단순히 국고로 들어가야 할 돈이 줄어드는 게 아니야. 시스템이 무너져서 또다시 과잉노동이 당연해지는 세상이 온다면 노동자가 다치게 돼. 불법적인 서비스 잔업이 횡행하던 시대로 되돌아가는 거야. 경영자의 이기심 때문에 노동자가 희생되다니, 난 그런 것은 용납할 수 없어. 과로자살이나 산업재해는 두 번 다시 발생하면 안 돼. 신도, 네놈의 범죄는 이미 밝혀졌다. 순순히 인정해. 네가 탈세했다는 사실을."

"자네의 범죄도 이미 밝혀진 것 같은데."

"자, 이거 봐. 한 종업원의 급여 명세서와 납세 기록이다."

나시모토는 신도의 말을 무시하고 주머니 속에서 접힌 종이를 꺼냈다.

"종업원에게 주는 급여 명세서에 기록된 잔업은 85시간, 납세 기록에서는 42시간. 탈세 의도가 명백히 드러나 있어. 변명의 여지도 없을 테지만, 할 말이 있으면 어디 한번 해봐."

"좋아."

신도는 가볍게 고개를 끄덕이더니 웃으며 입을 열었다.

"원한다면 내가 자네를 보호해주도록 하지. 자네 지금 쫓기고 있잖아? 그리고 거기 젊은이. 가노 군, 맞지? 마루자라고 하던데 신주쿠 세무서에는 그런 인물은 없다고 하더군.

내가 사기를 당했다고 말한다면 과연 어떻게 될까?"

들켰다. 온몸에서 피가 쫙 빠져나가는 듯한 느낌이 들었다. 가노는 반사적으로 나시모토의 팔을 붙잡으려고 손을 뻗었다. 그러나 닿지 않았다. 나는 어떻게 될까. 체포되는 걸까.

"걱정하지 마."

나시모토가 이쪽을 돌아보고 속삭였다. 그러나 이 대화는 이미 인터넷상에 배포되고 있을 것이다. 가노의 개인정보도 즉시 폭로될 것이다. 이 오명은 평생 씻어내지 못한다. 아무리 정의로운 행동을 했어도 소용없다. 후회의 감정이 울컥 치밀어 올라 당장이라도 토할 것 같았다.

신도가 다정하게 두어 번 고개를 끄덕였다.

"내가 자네들 둘 다 돌봐줄게. 자네들이 저지른 죄의 무게를 생각해보면 이것도 나쁘지 않은 거래일 거야."

"거래라고? 그럼 우리는 뭘 제공해야 하지?"

그러자 신도가 빙그레 웃었다.

"그런 이야기는 나중에 할까? 어쨌든 총명한 자네는 이미 알고 있을 거야. 나라가 명하는 대로 순순히 세금을 납부하는 착한 양들이 있기 때문에 국가와 사회가 성립되는 거야. 이걸 뒤집어 생각해보면, 양들을 키워주는 사람은 세금 따윈 낼 필요가 없는 거지. 나도 당연히 양들을 키우는 사람이고. 우리 회사의 양들은 참으로 착하고 다루기 쉬워. 아무것도 눈치채지 못하고 '참 좋은 회사야'라고 하면서 만족스럽게 일하고 있지. 그러니 자네도 그 양들을 키우는 쪽에 합류하도록 해."

"흥, 드디어 본색을 드러냈구나. 탈세범아."

나시모토는 쿡쿡거리면서 기묘한 소리로 웃었다. 가노는 한 발, 두 발 뒷걸음질 쳤다.

"이 대화는 녹음해서 실시간으로 인터넷에 올리고 있어. 네놈의 오만한 연설이 전 세계에 생중계되고 있단 말이다."

"……뭐라고?"

신도의 목소리가 갈라졌다. 시선이 불안하게 좌우로 흔들렸다.

"이봐, 너. 네가 저지른 죄가 뭔지 알기나 해? 넌 살인을 했고, 저 애송이는 사기를 쳤어. 소액 탈세 따위와는 비교도 안 되는 범죄라고. 그런데 내가 그런 협박에 굴할 것 같아?"

"개인에 대한 죄와 사회에 대한 죄를 똑같이 취급하지 마. 피해자의 숫자가 달라."

아니, 그건 너무 극단적인 주장인데. 가노가 그렇게 생각했을 때.

"그만해!"

아침 공원에 쩌렁쩌렁한 목소리가 울려 퍼졌다. 스포츠 자전거가 이쪽으로 돌진하더니 나시모토 앞에 멈춰 섰다. 양복

차림의 덩치 큰 남자가 자전거에서 내렸다.

"니시카와? 네가 왜……."

나시모토는 잠깐 머뭇거리더니 곧바로 명령했다.

"거기 그놈을 잡아. 노동자의 적이야."

니시카와는 반사적으로 그쪽을 돌아볼 뻔했다. 그러나 곧 정신 차리고 나시모토에게 다가갔다.

"네, 나중에 잡을 겁니다. 그 전에 당신부터 잡아야죠."

"나 같은 놈한테 신경 쓸 때가 아니야."

나시모토는 가노를 돌아보고 탈세 증거인 종이를 건네주려고 했다.

"도망쳐. 여기선 나 하나만 잡히면 돼."

"아뇨, 그럴 수는……."

가노는 그렇게 대답하다가 깨달았다. 열 명이 넘는 남녀가 이쪽으로 달려오고 있었다.

32

리에는 니시카와 다음으로 나시모토 앞에 도착했다. 달리기를 잘해서 그런 게 아니라 단지 가까이 있었기 때문이다. 니시카와에게 오른팔을 붙잡힌 채 얌전히 있는 나시모토에게 말을 걸었다.

"나시모토 씨. 저는 세무서의 오바입니다."

"아, 당신이 오바 씨군요. 좀 더 빨리 인사를 드렸어야 했는데. 죄송합니다."

나시모토는 탈력한 듯했지만 그래도 만족스러워 보였다. 그럼 계획대로 탈세를 추궁하는 장면을 방송하는 데 성공한 걸까. 우리가 늦었다. 세무서의 체면이 완전히 구겨져버렸다.

리에는 패배를 의식하면서 말을 쥐어짜냈다. 물어보고 싶은 것이 있었다.

"당신이 가짜 마루자까지 준비하면서 신도를 추궁하려고 했던 이유가 뭡니까?"

"이유야 뻔하죠. 그는 노동자를, 국민을 속이고 사리사욕을 채우고 있었습니다. 그걸 간과할 수는 없잖아요."

"그건 저희가 할 일입니다. 탈세 혐의는 점점 짙어지고 있으니까 조만간 대대적인 사찰을 시작할 겁니다. 안심하고 저희에게 맡겨주세요."

"실례지만 당신들을 전면적으로 신용하기는 쉽지 않군요."

그렇게 말할 줄 알았지만, 막상 그 말을 들으니 화가 났다. 비록 불상사가 일어나긴 했어도 대부분의 직원들은 성실하게 열정을 가지고 일하고 있으니까. 이렇게까지 폄하당하고 싶진 않았다. 게다가 나시모토는 이미 범죄 용의자가 아닌가.

"잔업세 조사관도 노동기준 감독관도 다 똑같이 법을 준수하면서 직무를 수행해야 하지 않나요? 만약 도이가키가 잘못된 길로 빠졌다면 법적으로 그를 규탄해야 했을 겁니다. 신도에 대해서도 마찬가지고요. 당신도, 또 마루자를 사칭한 이 사람도, 탈세를 심판할 권리는 가지고 있지 않아요."

"저는 저의 정의와 양심에 따라 행동할 따름입니다."

"그 결과가 살인입니까?"

나시모토는 침묵했다. 인정하는 걸까? 리에는 그렇게 생각하면서 계속 추궁했다.

"도이가키가 당신에게 무슨 말을 했습니까?"

리에는 그것이 궁금했다. 나시모토가 멀리 떠나기 전에 그것만은 꼭 물어보고 싶었다.

"그 사람은 돈을 받고 자기를 팔아넘겼습니다. 진실을 은폐하고 악행을 돕는 길을 선택했습니다. 그것은 사회에 대한, 정의에 대한 배신입니다. 결코 용서할 수 없는 짓입니다."

자신의 추측이 맞았다는 기쁨보다는 혐오감이 더 컸다. 온몸에 소름이 쫙 끼쳤다. 나시모토는 자기 자신의 정의감과 가치관에 도취되어 분별력을 잃어버렸다. 아무리 도이가키가 사회적인 죄를 저질렀어도, 살인은 정당화될 수 없을 텐데.

반이라는 젊은 형사가 다른 형사들보다 더 빨리 도착했다.

숨을 헐떡이지도 않았다. 반은 나시모토의 자유로운 왼팔을 붙잡더니, 어쩔 줄 모르고 잠시 머뭇거렸다. 리에는 그 틈에 재빨리 질문을 계속했다.

"도이가키는 신도 그룹에 들어가려고 했던 거죠? 그게 범죄입니까?"

"글쎄요. 법적으로 처벌하기는 어려울 테죠. 그 사람은 자신이 무엇을 알아냈는지, 구체적인 정보는 거의 가르쳐주지 않았습니다. 배임죄가 성립될지 어떨지 잘 모르겠네요."

"그래서 당신이 직접 처벌한 겁니까?"

나시모토는 쓴웃음을 짓는 것처럼 보였다.

"그런 악당을 내버려두다니. 세무서가 태만했던 거죠. 그렇지 않습니까?"

"당신은 우리를 비난할 자격이 없습니다."

리에가 나시모토를 노려보자, 그는 자신감 넘치는 미소를 지으며 대꾸했다.

"잔업세의 목적은 세수입이 아니라 노동자를 구하는 것입니다. 그 시스템에 구멍이 뚫리면 어떻게 될까요. 블랙 기업이 많아질 테고 불행한 노동자가 생겨날 겁니다. 그런데 많은 마루자들은 추징금이 소액이란 이유로 조사를 대충대충 하고 있어요. 또 탈세 행위를 눈치챘어도, 그걸 상부에 보고하지 않고 스스로 낙하산을 타는 데 이용하려고 하죠. 이러면 노동자도 납세자도 지킬 수 없잖아요?"

리에는 순간적으로 현기증을 느꼈다. 추징금으로 가치를 판단한 것은 자기 자신이었다. 다행히 얼마 전에 기누타가 지적해줬지만. 그래서 망설임 없이 반론할 수 있었다.

"도이가키 한 사람만 보고 전체를 판단하지 마세요. 열심히 일하는 마루자가 얼마나 많은지 아세요? 노동기준 감독관도 마찬가지입니다. 그들의 꾸준한 활동 덕분에 노동환경이 개선되고 사회가 점점 바뀌고 있어요. 당신은 현실을 보지 않고 망상 속에서 자신의 죄를 정당화하고 있을 뿐입니다. 자기 혼자만의 가치관을 바탕으로 자기가 옳다고 믿고 있는 거죠. 그 점에선 신도와 똑같네요."

"뭐라고?!"

나시모토의 표정이 확 변했다. 살기 어린 시선이 리에를 푹 찔렀다. 니시카와와 반이 힘을 꽉 줘서 나시모토를 붙잡았다.

마침 이쪽으로 뛰어온 다카하시 형사가 말했다.

"뒷일은 경찰에게 맡겨주세요."

리에는 순순히 물러났다. 대답은 들었지만, 그것이 진실인지 아닌지는 나시모토나 신도의 취조가 끝난 후에나 알 수 있을 것이다.

그러고 보니 신도는 어디 갔을까. 주위를 둘러보니, 좀 떨어진 곳에서 그가 기누타와 대치하고 있는 것이 보였다. 도망치려다가 잡혔나 보다.

신도의 개가 시끄럽게 짖어댔다. 그러나 기누타가 쏘아보자 즉시 얌전해졌다.

"당신도 같이 경찰서에 가지 그래? 어차피 탈세 수법은 다 들켰는데."

"무슨 말인지 모르겠군. 나는 살인범에게 협박당한 피해자야. 이제 슬슬 회사에 가봐야 해. 비켜줬으면 좋겠는데."

"그놈도 잡아!"

그때 제압당한 나시모토가 버럭 소리를 질렀다.

"탈세 증거는 전부 내가 가지고 있어. 그놈은 그 증거를 넘겨주면 나를 도망치게 해주겠다면서 거래를 제안했어. 범인 은닉죄까지 저지른 거야."

그러자 기누타가 후후 하고 웃었다. 그 본성을 모르는 남자에게는 매력적인 미소처럼 보일지도 모른다.

"저거 봐. 동귀어진이라도 하려나 본데? 얌전히 따라오는 편이 나을지도 몰라. 그나마 죄가 가벼워질 수도 있잖아?"

"흥, 살인범이 하는 말을 누가 믿어?"

"그래, 재판장에 가서 그렇게 주장해봐."

기누타가 한마디 했을 때 요란한 소리가 났다. 무라시타가 자전거를 타고 도착한 것이다. 그 거대한 몸뚱이에 사정없이 짓눌린 자전거 타이어는 터지기 일보 직전이었다.

"안녕하십니까. 신도 씨. 그만 포기하고 따라오시죠. 당신이 피해자라면, 피해자로서도 증언해주시길 바랍니다."

"너희들은 살인범을 쫓아온 거잖아? 자기 전문 분야도 아닌데 쓸데없이 간섭하지 마."

"네, 그건 그렇습니다만 저희의 목적은 벌써 달성했거든요. 그러니까 내친김에 남의 일도 도와주려는 거죠."

신도의 얼굴이 붉으락푸르락했다. 애써 화를 참는 것 같았다.

"변호사를 부를 테니 기다려."

"그러세요. 그건 당신의 권리니까요."

신도와 무라시타가 신경전을 벌이는 사이에 기누타는 전화로 누군가에게 지시를 내렸다. 과연 체포가 될지 임의동행이 될지는 몰라도, 어떤 식으로든 경찰이 신도를 붙잡아두는 동안에 우리는 우리에게 필요한 증거를 모조리 확보할 거다. 그런 의도가 느껴졌다.

그런데 나시모토는 신도가 이미 자백했다고 말했었다.

"나시모토와 신도는 대체 무슨 대화를 나눈 걸까요? 그게 인터넷에도 배포된 거죠?"

리에의 의문에 무라시타가 답해줬다.

"대화 내용은 저희가 나중에 확인해보겠습니다. 둘 다 자백했다면 취조하기는 편해지겠네요. 그리고 인터넷 중계는 저희가 막았습니다."

네?! 리에의 눈이 휘둥그레졌다.

"중계 기지도 있고 기기를 조작하는 사람도 있을 것이다. 기누타 씨가 그렇게 힌트를 주셨거든요. 그래서 영장을 받아서 오늘 아침 일찍 나시모토의 집을 수색해봤습니다. 예상대로 중계용 설비가 있었어요. 나시모토는 외삼촌에게 그걸 조작해 달라고 부탁했나 봅니다. 뭐, 그래서 자연스럽게 그걸 저지하게 된 거죠."

"아…… 저, 감사합니다."

"아닙니다. 여러분 덕분에 나시모토를 체포할 수 있었으니까요. 오히려 저희가 감사하죠."

기누타가 통화를 마쳤다.

"협력해주셔서 고맙습니다. 경찰 측이 신도를 붙잡아놓는 동안에 증거를 모을 수 있을 것 같아요."

"그거 잘됐군요. 이렇게 미녀 두 분에게 감사 인사를 듣다니, 경찰에게는 참 과분한 행복입니다."

무라시타는 세 명의 수사관을 불러 신도를 감시하라고 명령했다.

"여기 사장님은 변호사가 동석한다면 진술을 할 의향이 있는 것 같습니다. 나중에 데려와주세요."

노자와와 다카하시가 나시모토를 연행했다. 반이 가노를 데리고 걸어갔다. 무라시타는 자전거로 그 뒤를 따라갔다. 할 일이 없어진 수사관이 구경꾼들을 해산시켰다. 개 짖는 소리가 여기저기서 들려왔다.

"저는 이제 일하러 갈게요. 고생 많으셨습니다."

니시카와가 큰 소리로 인사하고 손을 흔들었다. 기누타는 고맙다는 인사 대신 가볍게 손을 들었고, 리에는 고개를 꾸벅 숙였다. 고개를 들었을 때에는 이미 니시카와의 모습은 보이지 않았다. 힘이 넘치는 사람이구나.

리에는 기누타와 마주 보고 힘 빠진 미소를 지었다.

"잘했어."

"아니에요. 당신 덕분에 인터넷 중계를 막을 수 있었잖아요. 아까는 가슴이 철렁했었어요. 사표 써야 하는 줄 알고. 감사합니다."

"그렇게 혼자서 전부 다 책임질 필요는 없어. 책임 따윈 명령한 녀석한테 떠넘기면 돼."

아, 그런가? 하는 생각이 들었다. 위험한 징조였다.

"실은 그 장면이 생중계됐어도 재미있었을 텐데."

"글쎄요. 전 아직은 그렇게까지 막 나가진 못해요."

그때 문득 신도가 신경 쓰였다. 리에는 그쪽을 돌아봤다. 신도는 형사들에게 둘러싸여 얌전히 있기는커녕 열심히 손짓 발짓을 하면서 연설인지 강의인지 뭔지를 하고 있었다.

"저 문제가 남아 있네. 국세국은 한동안 계속 바쁘겠어."

"네. 이제 제 소관은 아닐 테지만요."

신도 그룹을 상대하려면 국세국도 대부대를 조직해야 한다. 혹시 리에가 관여하더라도 말단 팀원 중 하나일 것이다. 물론 그래도 괜찮았다. 원래 리에의 역할은 그런 것이었으니까. 그러나 자기가 주도적으로 조사를 진행시키는 것에 비하면 재미가 없을지도 모른다.

"재미가 없으면 마루자가 되어보지 그래?"

그럴까요? 하고 가볍게 말할 수는 없었다. 리에는 생각에 잠겨버렸다. 그러자 기누타가 리에의 옆구리를 콕 찔렀다.

"아직은 수련이 덜 된 것 같은데. 당분간은 말단 팀원으로서 경험을 더 쌓아봐."

"네, 그럴게요."

우선 국세국에 출근해서 이번 사건의 전말을 상사에게 보고해야 한다. 모든 것이 해명되려면 시간이 좀 걸리겠지만, 그래도 용의자가 체포되면서 사건이 일단락되긴 했다. 의외로 빨리 끝난 셈인가.

"앗, 올해 안에 끝났잖아?"

리에가 퍼뜩 깨닫고 큰 소리로 외쳤다. 기누타가 이상하다는 듯이 쳐다봤다.

"아, 아네요. 그냥 혼잣말이에요."

별생각 없이 약속을 해버린 것이 문제였다. 그런데 지난 2~3주 동안은 지나치게 많이 일해서 한동안은 잔업도 휴일 출근도 금지될 판이었다. 음, 그래. 시간이 남아도니까 한번 만나봐도 좋을까? 리에는 그렇게 긍정적인 생각을 하기 시작했다.

33

11월 7일 토요일, 노자와와 다카하시는 군마로 돌아갔다. 나시모토에 관해서는 경시청이 취조부터 송치까지 다 하기로 했으므로 군마 현경찰 형사들의 할 일은 이제 끝났다. 아무래도 탈세 문제가 얽히면 군마 현경찰은 대처하기 어려우니까 상부도 쉽사리 납득했다고 한다. 물론 뒤처리는 해야 하고, 또 진술을 확인하기 위한 수사를 도와줘야 할지도 모르지만, 그래도 이제는 마음이 편해졌다.

노자와는 아내에게 돌아간다고 연락했다. 그런데 아내가 신칸센 도착시간을 물어봤다. 딸이 마중을 나온다는 것이다. 이런 일은 처음이라 당황했지만 일단 시간을 가르쳐줬다. 혹시 뭔가 상담하고 싶어 하는 사람은 아내가 아니라 딸이었던 걸까?

신칸센이 다카사키 역에 도착했다.

노자와는 다카하시를 데리고 개찰구를 빠져나왔다. 5미터 앞에 있는 기둥 옆에서 딸이 반갑게 손을 흔들고 있었다. 다 큰 어른이 왜 저렇게 호들갑을 떨지?

눈이 마주쳤는데도 딸은 계속해서 손을 흔들었다. 노자와는 얼굴을 붉히며 가슴 앞까지 손을 들어 인사했다.

딸이 고개를 끄덕이고 시선을 옮겼다. 여전히 손을 흔들면서.

"왜 저래?"

노자와는 그 시선을 좇아 뒤를 돌아봤다. 그리고 똑같이 손을 흔드는 다카하시를 발견했다.

머릿속에서 물음표가 깜빡거렸다. 잠시 후, 가족의 변화와 다카하시의 묘한 언동이 하나로 연결되었다.

노자와는 말없이 다카하시의 어깨를 콱 붙잡았다. 친애의 표현치고는 다소 과격했다.

"저는 어떻게 돼도 상관없으니 신도를 꼭 체포해주세요."

나시모토의 첫마디를 들은 무라시타는 기가 막혔다.

"미안하지만 그건 교환조건이 될 수 없습니다. 당신의 범죄와 신도의 범죄는 독립적으로 취급될 겁니다. ……공식적인 견해는 그렇지만요. 개인적인 의견으로는, 아마 신도는 체포될 겁니다. 세무서도 경찰도 자기들을 얕본 상대를 결코 용서하지 않거든요."

이어서 무라시타는 부드러운 어조로 질문했다.

"자, 당신은 어떻습니까. 자기 죄를 인정하나요?"

나시모토는 속이 후련해진 표정으로 무라시타를 응시했다.

"어차피 각오하고 있었습니다. 도망칠 생각은 없습니다. 어디서부터 설명하면 좋을까요?"

"어디서부터든 상관없습니다. 원하는 대로 말씀해보세요."

무라시타는 자세를 고쳐 앉았다. 조서를 쓰는 반이 얼굴을 찡그렸다. 이야기가 길어질 것 같은 분위기를 느꼈나 보다.

"도이가키 씨는 작년 여름부터 독자적인 조사를 시작했습니다. 일하느라 바쁜 와중에도 짬을 내서 조사하러 다니는 것 같았어요."

도이가키는 테스포라에서 일하던 지인과 상담해주다가 신도 그룹의 탈세를 눈치챘다. 상부에 보고하지 않고 혼자 조사를 진행한 것은 뭔가 꿍꿍이가 있었기 때문이리라.

"저는 몇 번이나 도와드리겠다고 했습니다. 그러나 그는 관할 외 조사라면서 거부했어요. 그러면서 가끔씩 의미심장한 말을 하기 시작했죠. '잔업세에는 치명적인 결함이 있어'

라든가, 뭐 그런 거요."

도이가키는 끝까지 신도의 이름을 밝히지 않았다. 그 나름대로 조심했던 걸지도 모르지만, 그것 때문에 사건이 복잡해져버렸다.

"특히 올해 장마철 들어 도이가키 씨의 상태가 몹시 이상해졌어요. 돌이켜보면 그때부터 신도의 권유를 받았을지도 모릅니다."

수사 결과, 신도 그룹이 먼저 도이가키에게 접근했다고 한다. 처음에는 돈을 주려고 했는데, 도이가키는 그 제안을 거절하고 "나를 세무 담당자로 고용하지 않겠느냐"고 물어봤다고 한다. 이것은 신도가 증언한 내용이었다.

"그는 우리 회사에서 일하고 싶어 했어. 그것만 봐도 우수한 인물이란 사실을 알 수 있었지. 국세국의 아무개와는 두뇌 구조 자체가 달라."

신도는 즐겁게 이야기를 계속했다.

"입막음? 무슨 뜻인지 모르겠군. 우수한 인재를 고용하는 것은 경영자로서 당연한 일이잖아? 법적으로도 윤리적으로도 비난받을 이유는 없어."

신도의 윤리관은 상당히 독특했다. 나시모토에게 거래를 제안한 것에 관해서는 '강요당해서 어쩔 수 없이 그랬다'고 항변했다. 녹음의 증거능력에도 문제가 있으니까 아마 이

'매수'는 불문에 부쳐질 것이다. 그날 신도는 결국 체포되지 않고 풀려났다. 국세국에게 활약할 기회를 준 셈이다.

도이가키 씨는 고민했던 것 같아요. 나시모토는 그렇게 말했다.

"어머니를 양로원에 보내드리고 싶다는 이야기를 했습니다. 그런데 돈 이야기는 하지 않았어요. 도이가키 씨는 독신이고 여유로운 생활을 하고 있었으니까요. 그렇게까지 사정이 어려운 줄은 몰랐습니다."

경찰이 수사해본 결과, 도이가키의 생활은 결코 풍족하지 않았다. 그는 돈이 생기는 족족 취미생활에 투자했다. 저축액이 100만 엔을 넘어본 적이 없었다. 고급 양로원에 가예약을 해놨지만, 실제로 들어갈 때 필요한 돈을 마련하기 힘들었던 모양이다. 그래서 돈을 벌려고 신도 그룹에 들어가기로 결심한 게 아닐까.

그럼 조용히 입 다물고 일을 그만두면 됐을 텐데, 묘하게 성실한 도이가키는 그 이야기를 나시모토에게 하고 말았다. 그리고 그 선택으로 인해 목숨을 잃었다.

"도이가키 씨가 일을 그만두려 한다는 것은 어렴풋이 알고 있었습니다. 그날 별장에 가자는 제안을 받았을 때 짐작했어요. '그 이야기를 하려나 보다' 하고요. 그래서 저는 아무에게도 말하지 않았습니다. 혹시나 그가 나쁜 이유로 일을 그만두려고 하면 막아야 하니까요."

그리고 심한 말다툼이 벌어졌다.

"도이가키 씨는 어떤 기업의 스카우트 제의를 받았다는 말밖에 안 했습니다. 하지만 그것은, 그가 내내 조사했던 악덕 기업일 게 뻔했어요."

"그래서 죽였습니까?"

무라시타의 질문에 나시모토는 주저 없이 고개를 끄덕였다.

"도이가키 씨는 이미 인간의 마음을 잃어버렸습니다. '잔업세 탈세 금액 따윈 별것 아니야. 그걸로 노동자가 불이익을 받지만 않는다면 자네도 납득하지 않겠어?'라고 하더군요. 그러나 잔업세를 탈세하는 경영자가 노동자의 권리를 존중해줄 리 없습니다. 도이가키 씨의 주장은 잔업세를 부정하는 것이고, 노동기준 감독관을 부정하는 것이었습니다. 잔업세가 도입된 이후로 쌓여온 노동자 보호 실적과 그 정신을 우롱하는 것이었어요. 이걸 그냥 놔두면 직접적으로든 간접적으로든 심각한 피해가 생길 것 같았습니다. 아무 잘못도 하지 않았는데 슬퍼하는 사람이 생길 것입니다. 저는 노동자를 지키기 위해 행동할 수밖에 없었습니다."

무라시타와 반은 서로 얼굴을 마주 봤다. 상대의 말뜻을 파악하기 어려웠다.

"그때 당신은 아직 신도의 존재도, 탈세 수법도 몰랐지요? 그런데 살해를 결심하게 된 계기는 뭡니까?"

"……권유를 받았어요. 같이 이직하자고. 그 회사는 우수한 노동기준 감독관을 환영해줄 거라고."

"그걸 용납할 수 없었던 건가요?"

나시모토의 얼굴에서 표정이 사라졌다. 억양 없는 무미건조한 말이 입에서 흘러나왔다.

"그는 저에게 말했습니다. 이제 그만 어른이 되라고. 장애인 가족이 있으니까 앞으로 돈이 필요할 거라고요. 우리 외삼촌은 악덕 경영자 때문에 그렇게 되어버린 건데."

무라시타는 반에게 눈짓했다.

"잠깐 쉴까요?"

잠시 후 취조가 재개됐다. 나시모토는 침착하게 살해 상황을 진술했다.

10월 10일 새벽. 그는 방심한 도이가키를 때려눕히고 비닐끈으로 목을 졸라 살해했다. 그리고 아침이 되자 시체를 차에 싣고 가서 유기했다.

"체포될 거라고 각오는 했습니다. 죄에 대한 책임은 지고 싶습니다. 하지만 그 전에 해야 할 일이 있었습니다. 도이가키를 나쁜 길로 끌어들인 놈들을 파멸시키는 것. 제 손으로 그 일을 해내기 위해서는 시간이 필요했습니다."

금방 체포되면 곤란하다. 그래서 시체를 유기하고, 별장에 자신이 있었던 흔적을 지웠다. 그런데 또 경찰을 이용해 이번 일을 조사하고 싶었으므로, 경찰로 하여금 시체를 발견하고 신원을 확인하게 해야 했다. 그래서 전화와 메시지로 가짜 증거를 만들어낸 것이다.

적에 관한 단서는 우연히 발견한 영화법교 팸플릿밖에 없었다. 그는 경찰 수사가 진척되기를 기대하면서 또 한편으로는 직접 가노를 데리고 조사를 개시했다.

"처음부터 세무서에 의지할 생각은 없었습니다. 결국 그들에겐 돈이 전부거든요. 추징금을 기대하기 어려운 안건에는 관심도 없고, 스스로 돈 때문에 변절하기도 하죠. 잔업세는 본디 노동자를 구하기 위해 존재하는 세금인데. 마루자는 그저 돈만 내면 된다고 생각하는 겁니다."

그래서 가짜 마루자를 이용했다고 한다.

"가노는 아무 잘못도 하지 않았습니다. 위법 행위는 하지 않았을 테고, 혹시 했더라도 제가 강요해서 그런 겁니다. 의욕과 지식이 있는 젊은이이니 부디 그를 괴롭히지 말아주세요. 그리고 성격이 좀 섬세한 편이니까, 취조하실 때 신경 써주시면 고맙겠습니다."

나시모토는 진지하게 말했다.

"선처하도록 하죠."

무라시타는 일단 그렇게 대답했다. 그런데 가노는 의외로 똑 부러지게 상황을 진술했다.

"제가 아르바이트를 하던 편의점에서는 사람이 부족해서 날마다 스무 시간씩 일을 했습니다. 쉬는 날에도 가게에 불려갔어요. 그때는 머리가 마비됐었어요. 그냥 편해지고 싶어서 죽으려고 했죠. 그때 나시모토 씨가 저를 구해줬습니다."

손님으로 찾아온 나시모토는 가노의 상태가 이상하다는 것을 눈치채고 노동기준 감독관으로서 가게 전체에 지도를 해줬다. 그리하여 가노는 그동안 받지 못했던 할증 잔업수당을 받고 무사히 일을 그만둘 수 있었다.

"그때 마루자가 되고 싶다고 생각했어요. 휴학했던 대학교에 다시 돌아갔고, 전문학교에도 다니면서 공부를 하기 시작했어요."

가노는 왕따 당하다가 고등학교를 중퇴했다. 검정고시를 치고 대학교에 입학했지만 거기서도 문제가 생기고 말았다. 그래도 복귀해서 열심히 노력하는 모습이 참 멋지다고 나시모토가 격려해줬다고 한다.

"국세 전문관 시험에는 한 번 실패했고, 두 번째 시험을 보려고 공부하고 있었어요. 그런데 그때 나시모토 씨가 실전 훈련을 해보지 않겠냐고 제안하셨어요."

"은인의 부탁이라 거절할 수 없었단 말이죠?"

"네. 그런데 원래 저도 하고 싶었던 일이었어요."

"왜 노동기준 감독관이 아니라 마루자가 되고 싶어 한 겁니까?"

우물쭈물하는 가노의 표정을 보고 그 대답을 알았다. 마루자는 노동기준 감독관과 한 팀이 되어 일할 수 있기 때문이다.

집요하게 파고드는 것은 잔인한 짓이다. 무라시타는 질문을 바꿨다.

"나시모토가 뭘 하는지 알고 있었습니까?"

"그건…… 처음에는 전혀 몰랐습니다. 마루자 후임이 아직 결정되지 않았는데도 당장 임검을 하고 싶어서 그러시는 거라고 생각했습니다. 그런데 신도라는 사람의 이름이 등장할 무렵부터 나시모토 씨의 태도가 좀 이상해졌고…… '복수'라든가 뭐 그런 말을 중얼거리셔서…… 그래서 저도, 어렴풋이는……."

"알겠습니다. 감사합니다."

무라시타는 약간 망설이다가 이야기했다.

"나시모토는 자기에게 고마워하는 당신의 마음을 이용해서 범죄에 가담시키려고 했어요. 그건 아셔야 합니다."

"네, 압니다. 하지만 나시모토 씨는 사리사욕을 위해 행동하지는 않았어요. 그것도 알아주셨으면 좋겠어요."

무라시타는 미소 지었다.

"알겠습니다."

결국 가노는 형사처분은 받지 않고 세무서의 주의만 받았다. 사기죄라고 할 만한 구체적인 피해도 발생하지 않았고, 가짜 임검을 당했던 신도 그룹도 가노에게는 별 관심이 없었기 때문이다. 가노도 지금은 몹시 우울해하고 있지만 의외로 마음이 강한 청년이니까 틀림없이 제 갈 길을 잘 개척해나갈 것이다.

나시모토의 집을 수색한 결과 인터넷 방송 설비가 발견됐다. 외삼촌은 나시모토의 부탁을 받고, 녹음된 대화를 거의 실시간으로 방송할 계획이었다고 한다. 그는 나시모토가 무슨 범죄를 저질렀는지 몰랐다. 그때 수색하러 간 형사와 함께 나시모토와 신도의 대화를 듣고 경악했다고 한다.

"그 애가 사람까지 죽일 정도로 절박했었다니…… 그건 제 탓이기도 합니다."

그는 고개를 푹 숙이고 그렇게 말했다고 한다.

흉기인 스패너와 피해자의 휴대폰은 나시모토의 진술대로 신주쿠 세무서 근처에 있는 하수구에서 발견됐다. 휴대폰은 철저히 파괴되어 데이터 복원이 거의 불가능해 보였지만, 그 진술의 진위는 다른 증거들을 통해 충분히 확인됐다.

나시모토는 도이가키를 살해한 뒤 가노와 같이 조사를 진행하다가 마침내 신도 그룹의 탈세를 발견했다. 신도가 가사하라를 통해 자신에게 접촉했으므로, 신도와 도이가키가 관련되어 있음을 확신했다고 한다. 경찰에 그 정보를 제공한 것은 자신이 체포될지도 모르는 위험한 도박이었는데, 그에겐 그런 도박을 해야 할 이유가 있었다.

무라시타는 그의 진술을 듣다가 어떤 사실을 깨달았다.

"신도의 탈세를 조사한 이유는 자신의 행위—도이가키를 살해한 것이 잘못되지 않았다는 사실을 증명하기 위해서였나요?"

나시모토는 한동안 눈만 깜빡거리다가 이윽고 고개를 끄덕였다.

"그렇게 생각할 수도 있겠네요. 결과적으로는……."

살인범은 미소 지었다.

"저는 잘못하지 않았습니다. 배신자를 죽이고, 신도의 죄를 폭로하고, 사회에 공헌했다고 생각합니다. 국가나 사회의 입장에서는 살인보다도 탈세가 훨씬 더 심각한 중죄입니다. 형사님도 그렇게 생각하지 않으십니까?"

무라시타는 한숨을 쉬었다. 이렇게 신념을 가진 범죄자를 상대하다 보면 체력과 정신력이 소모된다. 그런데도 살이 빠지지 않으니 놀랍다, 놀라워.

나시모토는 검찰에 송치되어 살인죄 및 사체유기죄로 기

소됐다. 그 전에 노동기준 감독서에서는 면직 처분을 받았다. 범죄 때문이 아니라, 대기 중에 가짜 마루자를 이용해 제멋대로 임검을 하러 다녔기 때문이다.

나시모토는 반성하는 기색이 없었고 또 범죄를 정당화하는 언동을 보였다. 그래서 부모님이 붙여주신 변호사들도 고생하고 있다고 한다.

12월 17일 목요일. 도쿄 지검 특수부는 신도 마사타카와, 마지카 상사를 비롯한 신도 그룹의 법인을 시간외노동세법 위반 혐의로 불구속 기소했다. 그리고 야시로 회계사무소의 야시로 마사키도 방조죄로 기소됐다.

신도의 탈세 수법은 리에와 기누타가 추측한 것과 거의 비슷했다. 종업원은 스스로 잔업세를 정확히 내고 있다고 생각했지만, 실제로는 잔업수당이 기본급이나 수당의 일부로 처리되었다. 야시로가 제작한 프로그램에 의해 원천징수 세액, 사회보험료, 주민세까지 전부 다 교묘하게 조작되어서 종업원의 실수령액은 그대로였으므로 아무도 눈치채지 못했던 것이다. 과세 증명서를 떼서 급여 명세서와 비교해봤으면 눈치챘을 테지만, 그런 짓을 할 정도로 호기심 많은 사람도 없을 것이다. 누군가가 확정신고를 해야 할 경우에는 야시로 회계사무소가 모든 절차를 대행해 문제를 덮어버렸다.

세무서 측도 서류와 납세액이 일치하면 추궁하지 않았다. 마루자와 노동기준 감독관이 직접 조사했다면 문제점을 발견할 수 있었을지도 모르지만, 노동자가 신빙성 있는 고발을 해주지 않는 한 임검은 실시되지 않는다.

이런 수법으로 신도 그룹 회사들이 탈세한 잔업세는 3억 엔 이상이었다. 처음에는 소수의 사원들을 상대로 실험해봤는데 아무도 눈치채지 못하는 것 같아서 점점 대상을 확대했다고 한다.

신도는 처음에는 탈세 의도를 인정하지 않았다.

“탈세할 마음은 없었어. 야시로 씨가 좋은 절세 방법이 있다고 해서 그에게 일을 맡겼을 뿐이야. 해석의 차이가 존재한다면 어쩔 수 없지. 내야 할 돈은 낼게.”

그러나 야시로가 증언을 시작하자, 신도도 변명을 포기하고 뻔뻔하게 나왔다.

“샛길이 있으면 당연히 사용해야지. 안 그래? 탈세를 눈치채지 못하는 세무서와, 눈치채지 못하게 만드는 제도가 잘못된 거 아냐? 적어도 탈세 금액이 이렇게 커진 것은 너희들 책임이야. 나를 감방에 집어넣고 싶으면 마음대로 해. 거기서 다시 절세 방법을 연구해서 언젠가는 게임을 재개할 테니까.”

신도는 증거가 갖춰진 잔업세 탈세는 인정했지만, 영화법교를 경유한 탈세에 대해서는 쭉 모르쇠로 일관했다.

회사나 자택 수색을 통해서는 거액의 현금이 발견되지 않았다. 화장실에서도 불단에서도 지하실에서도 수상한 꾸러미가 발견되긴 했지만 그 내용물은 현금이 아니라, 나무로 된 곰 조각상이나 장난감 지폐 같은 것이었다. 노골적으로 세무서를 우롱한 것이다.

신도의 웅장한 저택은 몇 번이나 개축된 것 같았다. 정원은 아름답게 꾸며졌고, 대문이나 비상구뿐만 아니라 밖으로 이어진 비밀통로까지 있었다. 그는 이 통로를 이용해 경찰을 따돌린 것이다. 그런데 기록상 이런 저택 공사나 정원 손질을 담당한 업자는 존재하지 않았다. 고용인들은 한결같이 자기는 도와줬을 뿐이고 급료는 받지 않았다고 주장했다. 노동의 대가를 불법적인 현금으로 지불한 흔적은 분명히 있었다.

이 점에 대해 추궁하자, 신도는 소리 높여 웃었다.

"현금이 어디 있냐고? 글쎄, 내가 그걸 숨기고 있다면 가르쳐줄 이유가 없잖아? 안 들키려고 숨기는 건데. 사실 나 같으면…… 세금을 낼 바에야, 차라리 그 돈을 아무 표시도 없이 땅에다 묻어둘 거야. 100년 뒤에나 200년 뒤에나 1000년 뒤에 아무나 파내서 마음대로 쓰라고."

세무서와 신도의 싸움은 한동안 계속될 예정이다.

그리고 신도의 탈세를 계기로 국세청은 잔업세 신고 납세 방법을 재검토하기 시작했다. 체크하기 쉬운 방법으로 바꾸면, 서류는 작성하기 힘들어지고 기업의 부담이 커질 것이다. 그래서 '양심에 맡기는 방법은 그대로 놔두고 조사 태도를 바꿈으로써 이 문제를 해결할 수 없겠느냐'는 의견도 나오고 있다고 한다. 그러면 마루자의 부담이 커질 것이다.

긴급 조치로 '그동안 중소기업에게 베풀었던 4분기 납부 특혜를 폐지하고 대기업과 마찬가지로 철저히 매달 납부하게 만들자'는 아이디어가 나왔다. 신도 그룹이 이직하는 직원 대책으로 이 제도를 악용했기 때문이다. 그러나 중소기업 우대 조치를 없애려고 한다면 여당이 반대할 것이다. 이 토론은 좀처럼 끝나지 않았고 조정은 난항을 거듭하고 있었다.

일본에서는 원천징수와 연말정산이 이루어지므로 급여소득자들 대부분은 확정신고를 하지 않는다. 이 제도는 징세 효율은 높지만, 그와 동시에 납세자의 의식이 낮아진다는 폐해도 있었다. 자기가 소득세와 주민세와 사회보험료를 정확히 얼마나 내고 있는지 파악하고 있는 사람은 많지 않을 것이다.

신도의 탈세는 그 점을 교묘하게 이용한 것이었다. 잔업세 도입 이후로 국세청은 납세 의식을 개선하기 위해서 열심히 계몽 활동을 펼쳐왔지만, 그것도 불충분했던 것이다. 그 사실이 하필이면 잔업세 탈세에 의해 밝혀졌으므로 국세청은 큰 충격을 받았다.

물론 어떤 제도든 처음부터 완벽할 수는 없다. 문제가 생기면 개량하고, 시대 변화에 맞춰 수정하면서 오래오래 유지하는 것이다.

잔업세는 이 사회에 받아들여져 사회를 바꿔나가고 있다. 치명적인 결함은 수정되어 이 사회에 뿌리를 내릴 것이다.

34

오바 리에는 신도 그룹 조사에 자료분석팀의 일원으로 참가했다. 직접 사찰하러 가지는 않고 모니터와 눈싸움하면서 하루하루를 보내게 되었다.

한번은 조사팀이 리에의 의견을 구하기도 했다. 리에는 신도와 대결한 경험이 있으므로.

"이상한 인간이니까 그놈이 하는 말은 귀담아듣지 마세요. 무시할 수 있으면 그냥 무시하세요."

진심으로 그렇게 말했는데 상대는 한숨을 쉬었다.

"아니, 그럴 수는 없잖아. 진지한 의견을 들려줘."

"저는 진지한데요? 그 녀석은 남을 깔보고 거짓말을 하면서 우리를 바보 취급 한다고요. 대화를 즐기는 거죠. 탈세범을 즐겁게 만들어주긴 싫잖아요? 그러니까 무조건 사무적인 태도로 일관하는 것이 제일 좋아요."

유효한 조언이라고 생각했다. 그런데 진술 청취를 하러 간 팀원들의 몹시 지친 얼굴을 보니, 그 조언도 별로 소용없었나 보다.

꾸준한 조사가 결실을 맺어—뭐, 실은 맘먹고 조사하면 쉽게 알아낼 수 있는 수법이지만—신도 일당은 드디어 기소됐다. 기소된 후에도 여죄에 관한 조사가 진행됐는데, 리에는 이제 그만 기존의 팀으로 돌아가라는 명령을 받았다.

"이쯤에서 정리하는 게 좋을 것 같아. 자네는 이번 경험을 잘 살려서 다음 단계로 나아가도록 해."

리에는 과장의 젠체하는 한마디를 자연스럽게 받아들였다. 이번 사건을 통해 자신은 조금 바뀐 것 같았다. 성장했는지 변화했는지, 아니면 퇴보했는지. 그건 아직 모르겠다. 앞으로 일하는 것을 보면 알 수 있으리라.

리에의 변모에 큰 영향을 준 기누타는 변하지 않았다. 듣자하니 또 다른 곳으로 이동하게 되었다고 한다.

"난 신주쿠에서는 나름대로 얌전하게 지냈는데."

그게 얌전한 거였다고? 지금까지 어떻게 살아온 걸까. 리에는 의문을 느꼈지만 직접 물어보지는 않았다. 그것은 본인의 주관이 아니라 객관적인 의견이 필요한 문제였다.

그런데 원래 있던 팀에 돌아가자마자 리에는 언동이 기누타와 비슷해졌다는 이야기를 듣고 말았다.

"저기, 이렇게 그 사람한테 영향을 받으면……."

상사는 말하다 말고 입을 다물었다. 반격하려던 리에는 김이 팍 샜다.

"영향을 받으면? 뭐요?"

"아냐, 됐어. 괜찮아. 우수한 사람이니까. 어서 일이나 하자."

상사는 대충 얼버무리고 넘어갔다. 리에는 고개를 갸웃거리며 작업을 시작했다.

스즈하타와 도이가키 사건이 알려지면서 세무서의 평판은 나빠졌다. 신도 그룹을 조사하는 데 집중하는 동안에는 그것도 잊을 수 있었지만, 상황이 일단락되자 여론의 비난이 아프게 느껴졌다. 리에가 원래 있던 팀도 사기가 떨어진 상태였다.

그래서 자신이 이곳으로 다시 불려온 걸지도 모른다. 자아도취든 뭐든 상관없다. 지나친 자신감이어도 좋다. 내가 열심히 일해서 이 분위기를 바꿔볼 것이다.

국세 조사관이라는 것은 손해 보는 직업이다. 이 사회와 국민을 위해 뼈 빠지게 일하는데도 남들에게 환영받기는커녕 거부당하고 미움을 받기도 한다. 그래도 리에는 앞을 보고 꼿꼿하게 고개를 들었다. 국세청도 마루자도 세무서 직원도 목적은 다 똑같다. 공평하고 공정하게 모든 이들이 행복하게 살 수 있는 사회를 만든다. 그러기 위한 기본 자금이 세금이다. 그래서 리에는 긍지를 가지고 일하는 것이다.

잔업? 그건 적당히 하자. 기누타처럼 되지는 못해도, 짧은 시간 내에 최대의 성과를 올리는 사람이 되고 싶었다. 그리고 여가를 유효하게 활용하고 싶었다.

얼마 전에 약속대로 다시 만난 모리의 얼굴을 떠올리다가 리에는 고개를 설레설레 흔들었다. 그는 여전히 좋은 것도 나쁜 것도 모조리 긍정하는 무사태평한 사람이었다. 전투적으로 대화하는 것을 좋아하는 리에에게는 모리와의 대화가 영 싱겁게 느껴졌지만, 그것도 싫지는 않았다.

대체로 인상은 나쁘지 않아도 '그래, 이 사람이야!'란 생각은 들지 않았다. 그들의 관계가 어찌 될지는 본인도 아직은 잘 몰랐다.

연말에 리에는 국세청을 대표하여 가노의 사과를 받았다.

"제가 한 짓을 진심으로 반성하고 있습니다. 여러분께 폐를 끼쳐서 죄송합니다. 마루자가 되지는 못할 테지만, 앞으로 약자를 위해 일하는 사람이 되려고 합니다."

리에는 할 말을 찾지 못하고 한동안 침묵을 지키다가 어렵게 입을 열었다.

"보람 있는 직업을 찾으면 하루하루가 충실해지니까. 힘

내세요."

"네, 감사합니다."

가노는 아직 그 사건을 완전히 잊지는 못했지만, 그래도 희미한 미소를 짓고 있었다.

이것이 리에가 사건 담당자로서 마지막으로 수행한 업무였다.

크리스마스가 지난 후, 리에는 최종 보고서를 손에 들고 신주쿠 세무서에 들렀다. 서장과 기누타에게 보고서를 주기 위해서였다. 우편으로 보내도 될 테지만 어쩐지 기누타를 직접 만나보고 싶었다.

그런데 기누타는 다른 손님을 맞이하고 있었다. 안경 쓴 선량해 보이는 남자. 그는 리에를 보더니 가볍게 인사하고 얼른 돌아가려고 했다.

"아, 겐오. 기다려."

기누타가 날카롭게 말했다. 마치 개한테 "기다려!"라고 명령하는 것 같았다. 리에는 웃음을 터뜨릴 뻔했다.

"마침 잘됐어. 소개할게. 나중에 또 음모를 꾸밀 때에는 한 팀이 될 테니까."

"당신 마음대로 한 팀으로 만들지 마세요."

리에는 그렇게 대꾸했다. 남자는 말없이 어깨를 으쓱했다.

그 남자의 이름은 야지마 아키히사. 몇 번인가 화제에 오른 마루자였다. 아, 이혼한 아내와……라는 말을 하려다가 꿀꺽 삼켰다.

야지마가 안경을 고쳐 쓰면서 말했다.

"안녕하세요. 소문은 들었습니다. 멋진 활약을 하셨다고요."

"80퍼센트는 기누타 씨의 공적이죠."

기누타가 빙그레 웃었다. 겸손해지려고 한 말인데 의미가 없었나 보다.

"그럼 전 이만 가보겠습니다."

야지마는 두툼한 봉투를 소중히 껴안고 종종걸음으로 사라져갔다. 그는 나카노 세무서에 소속된 사람이다. 다른 세무서에서는 아무래도 마음이 편치 않은가 보다.

리에의 시선을 눈치챈 기누타가 설명을 해줬다.

"저 봉투 속에는 극비 서류가 들어 있어. 수상해 보이는 안건을 정리해놓은 거지. 국세국으로 이동하면 사용하지 못하게 될 테니까, 그에게 맡아 달라고 한 거야."

"네? 저기, 국세국으로 이동하시는 거예요?"

"응. 새해부터."

그럼 일부러 여기까지 올 필요도 없었잖아! 리에는 원망스럽게 상대를 쳐다봤다. 그러나 기누타는 끄떡도 하지 않았다.

“나도 바로 얼마 전에 알았어. 그런데 왜 나는 항상 파격적으로 이동하는 걸까?”

리에는 노코멘트 했다. 그리고 다른 질문을 던졌다.

“어떤 부서인데요?”

“총무부. 거기서 내부조사를 담당하래.”

요컨대 스즈하타 같은 비양심적인 직원이 있는지 잘 감시하라는 것이었다. 상층부는 이 날카로운 창끝을 내부로 향하게 만들자는 결단을 내린 모양이다. 그런데 그것이 제 살 깎아먹기가 되지는 않을까. 영 불안했다.

“재미없어 보이는 일이지? 벌써부터 다음 이동이 기다려진다니까.”

“분명히 금방 또 이동하시게 될 거예요.”

솔직한 감상이었다.

그러고 보니 기누타는 독신일 텐데 여가시간은 어떻게 보내는 걸까. 물어봤더니 이 미녀는 귀찮다는 듯이 대답했다.

“자기계발.”

거짓말이다. 아무리 봐도 기누타는 그런 타입이 아니다. 틀림없이 반려동물이라도 키우고 있을 것이다. 그것도 좀 특이한 동물. 거북이일지도 모른다.

리에가 그런 상상을 하면서 키득키득 웃자 기누타는 눈살을 찌푸렸다. 기누타의 하얀 옷깃에서 동물의 털처럼 보이는 갈색 물체가 하늘하늘 떨어졌다.

잔업세 2: 마루자 살인사건

1판 1쇄 발행 2022년 4월 13일

저　　자 고마에 료
옮 긴 이 한수진
발 행 인 유재옥

본 부 장 조병권
편집 1팀 김준균 김혜연 박소연
편집 2팀 정영길 조찬희 박치우
편집 3팀 오준영 곽혜민 이해빈
디 자 인 김보라 박민솔
표지디자인 곰곰사무소
라 이 츠 한주원 이승희
디 지 털 박상섭 이성호 최서윤 김지연
발 행 처 (주)소미미디어
발행등록 제2015-000008호
주　　소 서울시 마포구 토정로 222, 403호(신수동, 한국출판콘텐츠센터)
판　　매 (주)소미미디어
제 작 처 코리아피앤피
영　　업 박종욱
마 케 팅 한민지 최정연 한소리
물　　류 허석용 백철기
전　　화 편집부 (070)4260-1393, (070)4405-6528 기획실 (02)567-3388
판매 및 마케팅 (070)4165-6888, Fax (02)322-7665

ISBN 979-11-384-0931-5 03830

* 책값은 뒤표지에 있습니다.
* 파본은 구입하신 서점에서 교환해드립니다.